诺贝尔文学奖得主
莫言散文全编

莫言散文集·1

THE SINGING WALL

莫言
会唱歌的墙

浙江文艺出版社
Zhejiang Literature & Art Publishing House

2009年5月,在北京家中

童年时第一张照片　　　　　1980年，在河北保定

2002年9月，在老家旧居前

2005年元旦，在北海道访问侉田清治老人

2008年6月，在张家口坝上

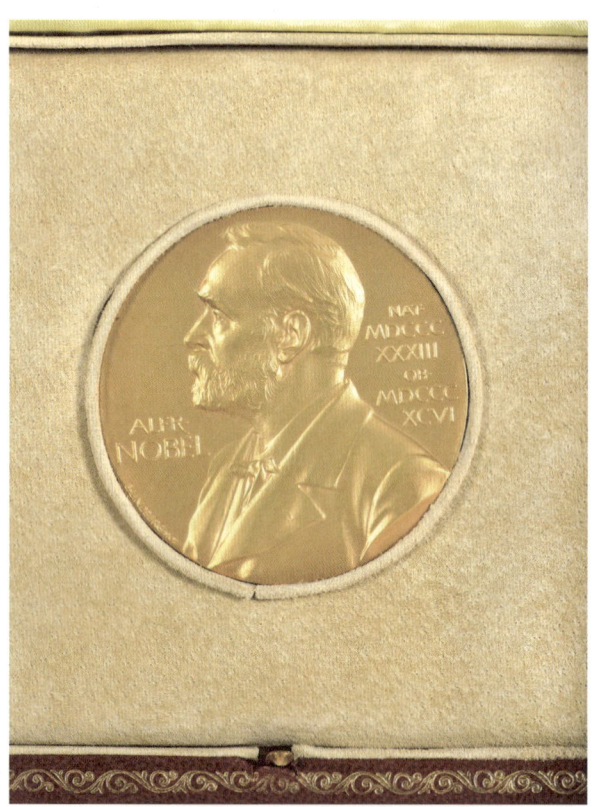

2012年诺贝尔文学奖奖章

2012年诺贝尔文学奖证书

狗的趣谈

莫言

今年明⽇是鸡年，可我偏偏和狗干上了，好像是在过狗年似的。友庆时光欻过陈三⺎，一眨眼间，狗年就在不远处对我狂吠了。我年头上被狗咬伤，打了狂犬疫苗已过百日，除了身上落下几个紫红的疤痕外，别无不适感觉。据说狂犬病毒有潜伏期，现今百日过后安然无恙，看来得狂犬病的可能性已很小了。如果得狂犬病而死，倒也算一种较为别致的死法，可以让朋友们有一些趣话说。

咬我的疯狗被处理之后，我便张罗着父亲给我女儿挑条小狗。父亲对他这个孙女的要求向来是有求必应，所以办得格外认真。全人家合一谋，亲戚都找了即分头去办，很快就查清了几户，这几户人家都有母狗怀着孕，说一等下崽，立即捡个好的送来。我姐为了给我女儿弄小狗，甚至不惜登上与她家关系不睦的人家的门。那家有一条母狗曾经咬过她的女儿。那家的女主人也十分干脆，说没问题，一旦狗下崽，一定留下一个最好的。

就在这当儿，我女儿自己从邻居家抱来了一只狗，一个挺大的、绒乎乎的小家伙，十分可爱。我女儿说是四十公狗，但它却蹒跚洒脱。我印象中的小狗都是三条腿翘着、一条腿翘着

《狗的趣谈》手稿

目录

第一辑

3　　我和羊
8　　也许是因为当过"财神爷"
17　　美丽的自杀
27　　故乡往事
35　　酒后絮语
43　　讲话
46　　洗热水澡
51　　会唱歌的墙
61　　漫长的文学梦
65　　灿烂的星空
75　　童年读书

80	厨房里的看客
83	草木虫鱼
87	我的大学梦
91	我的中学时代
95	我的大学

第二辑

103	狗文三篇
117	吃事三篇
136	我与酒
141	俄罗斯散记
154	狗·鸟·马
163	我与北京城
165	上官团长的马
167	说老从
172	你是一条鱼
177	故地重游
181	第一次去青岛
184	过去的年
189	北京秋天下午的我
194	我眼中的阿城
199	从照相说起
205	洪水·牛蛙
210	腊八粥、灶马与"打尖" ——谈小时候的年

第三辑

219 天堂里的房子

222 写给父亲的信

225 卖白菜

231 说说俺们山东人

236 我的老师

240 北海道的人

245 与金屋修先生伊豆半岛之行杂忆

247 感念吉田富夫教授

250 "人"字的结构

253 北九州印象

256 在毁灭中反思

260 栏外看斗牛

262 陪考一日

267 学书漫谈

272 人好社才好

274 两封信

278 马的眼镜

第一辑

我 和 羊

羊的种类繁多,形态各异,但给我印象最深的是绵羊。

二十年前,有两只绵羊是我亲密的朋友,它们的模样至今还清晰地印在我的脑海里。那时候,我是什么模样已经无法考证了。因为在当时的农村,拍照片的事儿是很罕见的;六七岁的男孩,也少有照着镜子看自己模样的。据母亲说,我童年时丑极了,小脸抹得花猫绿狗,唇上挂着两条鼻涕,乡下人谓之"二龙吐须"。母亲还说我小时候饭量极大,好像饿死鬼托生的。去年春节我回去探家,母亲又说起往事。她说我本来是个好苗子,可惜正长身体时饿坏了坯子,结果成了现在这个弯弯曲曲的样子。说着,母亲就眼泪婆娑了。我不愿意看着母亲难过,就扭转话题,说起那两只绵羊。

记得那是一个春天的上午,家里忽然来了一个衣衫褴褛的老头。我躲在门后,好奇地看着他,听他用生疏的外地口音和爷爷说话。他从怀里摸出了两个茅草饼给我吃。饼是甜的,吃到口里沙沙响。那感觉至今还记忆犹新。爷爷让我称那老头为二爷。后来我知道二爷是爷爷的拜把子兄弟,是在淮海战役时送军粮的路上结拜的,也算是患难之交。二爷问我:"小三,愿意放羊不?"我说:"愿意!"二爷说:

"那好,等下个集我就给你把羊送来。"

二爷走了,我就天天盼集,还缠着爷爷用麻皮拧了一条鞭子。终于把集盼到了。二爷果然送来了两只小羊羔,是用草筐背来的。它们的颜色像雪一样,身上的毛打着卷儿。眼睛碧蓝,像透明的玻璃珠子。小鼻头粉嘟嘟的。刚送来时,它们不停地叫唤,好像两个孤儿。听着它们的叫声,我的鼻子很酸,眼泪不知不觉地就流了出来。二爷说,这两只小羊羔才生出来两个月,本来还在吃奶,但它们的妈不幸死了。不过好歹现在已是春天,嫩草儿已经长起来了,只要精心喂养,它们死不了。

当时正是六十年代初,生活困难,货币贬值,市场上什么都贵,羊更贵。虽说爷爷和二爷是生死朋友,但还是拿出钱给他。二爷气得山羊胡子一撅一撅的,说:"大哥,你瞧不起我!这羊,是我送给小三耍的。"爷爷说:"二弟,这不是羊钱,是大哥帮你几个路费。"二爷的老伴刚刚饿死,剩下他一个人无依无靠,折腾了家产,想到东北去投奔女儿。他哆嗦着接过钱,眼里含着泪说:"大哥,咱弟兄们就这么着了……"

小羊一雄一雌,读中学的大姐给它们起了名字,雄的叫"谢廖沙",雌的叫"瓦丽娅"。那时候中苏友好,学校里开俄语课,大姐是她们班里的俄语课代表。

我们村坐落在三县交界处。出村东行二里,就是一片辽阔的大草甸子。春天一到,一望无际的绿草地上,开着繁多的花朵,好像一块大地毯。在这里,我和羊找到了乐园。它们忘掉了愁苦,吃饱了嫩草,就在草地上追逐跳跃。我也高兴地在草地上打滚。不时有在草地上结巢的云雀被我们惊起,箭一般射到天上去。

谢廖沙和瓦丽娅渐渐大了,并且很肥。我却还是那样矮,还是那样瘦。家里人都省饭给我吃,可我总感到吃不饱。每当我看到羊儿的嘴巴灵巧而敏捷地采吃嫩草时,总是油然而生羡慕之情。有时候,我也学着羊儿,啃一些草儿吃。但我毕竟不是羊,那些看起来鲜嫩的绿草,苦涩难以下咽。

有一天,我无意中发现谢廖沙的头上露出了两点粉红色的东西,不觉万分惊异,急忙回家请教爷爷。爷爷说羊儿要长角了。我对谢廖沙的长角很反感,因为它一长角就变得很丑。

春去秋来,谢廖沙已经十分雄伟,四肢矫健有力,头上的角已很粗壮,盘旋着向两侧伸去。它已失去了俊美的少年形象,走起路来昂着头,一副骄傲自大的样子,很像公社里的脱产干部。我每每按着它的脑袋往下按,想让它谦虚一点。这使它很不满,头一摆,就把我甩出去了。瓦丽娅也长大了。它很丰满,很斯文,像个大闺女。它也生了角,但很小。

我的两只羊在村子里有了名气。每当我在草地上放它们时,就有一些男孩子围上来,远远地观看谢廖沙头上的角,并且还打赌:谁要敢摸摸谢廖沙的角,大家就帮他剜一筐野菜。有个叫大壮的逞英雄,蹑手蹑脚地靠上去,还没等他动手,就被谢廖沙顶翻了。我当然不怕谢廖沙。只要我不按它的脑袋,它对我就很友好。我可以骑在它背上,让它驮着我走好远。

有好事者劝爷爷把羊卖了,说每只能卖三百元。听到这消息,我怕极了,也恨极了。天黑了,不回家,想和羊在草地上露宿。爷爷找到我们,说:"放心吧,孩子,我们不卖。你好不容易将它们放大,我们怎么舍得卖?"

在草地上放牧着的还有国有农场一群羊。其中一只头羊,听说是从新疆那边弄来的。那家伙已经有六七岁了,个头比谢廖沙还要大一点。那家伙满身长毛脏成了黄褐色,两只青色的角像铁鞭一样在头上弯曲着。那家伙喜欢斜着眼睛看人,样子十分可怕。我对这群羊向来是避而远之。不想有一天,我的两只羊却违背我的意愿,硬是主动地和那群羊靠拢了。那个牧羊人看上去有二十七八岁,穿着一身邋遢的蓝布学生装,鼻梁上架着"二饼",一张小瘦脸白惨惨的,像盐碱地似的。这人很热情地对我说:"小孩,你这两只羊放得不错!"我骄傲地扬起头。他又说:"可惜是品种不好,如果你这只母羊能用我们这只新疆种羊交配,生出的小羊保证好。"说着,他指了指那只丑陋的老公羊。我急忙想把我的羊赶走,但是已经晚了。那只老公羊看见了瓦丽娅,颠颠地凑了上来。它的肮脏的嘴巴在瓦丽娅身后嗅着,嗅一嗅就屏住鼻孔,龇牙咧唇,向着天,做出一副很流氓的样子来。瓦丽娅夹着尾巴躲避它,但那家伙跟在后边穷追不舍。我挥起鞭子愤怒地抽打着它,但是它毫不在乎。这时,谢廖沙勇敢地冲上去了。老公羊是角斗的老手,它原地站住,用轻蔑的目光斜视着谢廖沙,活像一个老流氓。第一个回合,老公羊以虚避实,将谢廖沙闪倒在地。但谢廖沙并不畏缩。它迅速地跳起来,又英猛地冲上去。它的眼睛射出红光,鼻孔张大,咻咻地喷着气,好像一匹我想象中的狼。老公羊不敢轻敌,晃动着铁角迎上来,一声巨响,四只角撞到一起,仿佛有火星子溅出来。接下来它们展开了恶斗,只听到乒乒乓乓地乱响,一大片草地被它们的蹄子践踏得一塌糊涂。最后,两只羊都势衰力竭,口里嚼着白沫,毛儿都汗湿了。战斗进入胶着状态。四只羊角交叉在一起。谢廖沙进三步,老公羊退三步;老公羊进三步,谢廖沙退三步。我急得放声大哭。大骂老公羊,老公羊不理睬。大骂牧羊人,牧羊人也不理睬。牧羊人根本就没听到我的叫骂,他低着头,只顾在一个夹板上画着什么。这个坏蛋。我冲上去,用鞭杆子戳着老公羊的屁股。牧羊人上来拉开我,说:"小兄弟,求求你,让我把这幅斗羊图画完吧……"我看到,他那夹板的一张白纸上,活生生地有谢廖沙和老公羊相持的画面,只是老公羊的后腿还没画好。我这才知道,世上的活物竟然可以搬到纸上。想不到这个窝窝囊囊的牧羊人竟然有这样大的本事。我对他不由得肃然起了敬意。

牧羊人和我成了很好的朋友。我们每天都在大草甸子里相会。他使我知道了许多稀奇古怪的事情,我也让他知道了我们村子里的许多秘密。他把那幅斗羊图送给了我,并在上边署上了龙飞凤舞的名字。我如获至宝,双手捧回家,家里人都称奇。用一块熟地瓜我把斗羊图贴在了墙上。

姐姐星期天回来背口粮,看到了墙上的斗羊图,说画这画的是省里挺有名的画家,可惜被打成了右派。当天下午,我就介绍姐姐和牧羊人认识了。

后来,老公羊和谢廖沙又斗了几次,仍然不分胜负,莫名其妙地它们就和解了。

第二年,瓦丽娅生了两只小羊,毛儿细长,大尾巴拖到地面,果然不同寻常。这时,羊已经不值钱了,四只羊也值不了一百块。我知道爷爷有点后悔,但他嘴里没说。

弹指就是二十年,爷爷已经九十岁。我当兵也有了些年头。去年我回去探亲,爷爷说:那张羊皮,已经被虫子咬烂了……你二爷,大概早就没了吧……

爷爷说的那张羊皮,是谢廖沙的皮。当年,它与老公羊角斗之后,性格发生了变化,动不动就顶人。顶不到人时,它就顶墙,羊圈的墙上被它顶出了一个大洞。有一次,爷爷去给它饮水,这家伙,竟然六亲不认,把爷爷的头顶破了。爷爷说:这东西,不能留了。有一天,趁着我不在家,爷爷就让四叔把它杀了。我回家看到,昔日威风凛凛的谢廖沙,已经变成了肉,在汤锅里翻滚。我们家族里的十几个孩子,围在锅边,等着吃它的肉。我的眼里流出了泪。母亲将一碗羊杂递给我时,我心里虽然不是滋味,但还是狼吞虎咽了下去。

瓦丽娅和它的两个孩子,也被爷爷赶到集上去卖了。

后来,姐姐跟着牧羊人走了。那张牧羊图是被姐姐揭走了呢,还是被母亲引了火,我已经记不清了。

一九八一年五月于保定

也许是因为当过"财神爷"[*]

当兵十年,追随时尚,渐渐地喜欢和大家一样,起初是矫揉造作,久而自然地模仿少年的娇嗔和天真,恨不得拉住岁月的车轮,使青春如万里长城永不倒。这股妖风迷雾使我受益匪浅,因而在感觉上一直把自己看得很小很嫩,至今还顶花带刺犹如一掐冒水的小黄瓜,并常以此为阿Q式的借口,原谅自己的低能和无出息。自从考入军艺后,有人奉承我年轻有为、前途无量,也就很舒服地接受了这奉承,自以为少年得志,鹏程万里。春节,花了三元六角钱买了一条处理牛仔裤子箍住身体的下半截,带着豆蔻花开的良好感觉探家去。下了火车上汽车,下了汽车过小桥;小桥被发财心重的汽车压断了两条桥石,形成了一个豁口,站在旁边的石条上,正好从这个豁口里打水。桥下被人在冰上砸出了一个洞,洞里的水很蓝。我一踏上小桥就看到一个妇女在打水。她留着由女八路兴过来的二刀毛头,上身穿一件鲜红的大棉袄,下身穿一件油晃晃的黑棉裤,赤脚穿着一双白色的

---

[*] 本文是1985年在解放军艺术学院文学系时的问卷调查《你怎样走上文学之路》的答卷。

塑料凉鞋。天并非不冷,桶里的水溅到桥石上,立即就结了冰。我看到了她的从白凉鞋里露出来的鲜红的脚后跟,心里很有点那个。在文学系里受到的教育往往使我夸张地观察生活,所以我发现了她的通红的脚后跟。也许是感觉到后边有人看吧,她猛地转过身来,胳膊弯子上挎着扁担,扁担钩子钩着水桶,水桶淋着水在空中转了一个圈,划出一条冰冷的弧线,然后砰的一声蹾到桥石上。她看到了我的脸时我也看到了她的脸。

"是你呀,'财神爷'!"她大声地吃喝起来。

"哎呀!"我惊叫一声,有些装腔作势,紧接着说,"冬妹,十年没见了,不是你叫我,我还真的不大敢认你了。"

"可不是怎么着,您现在是大军官,怎么敢认俺呢?"

"这是哪里的话,"我有点不好意思地说,"你变得太厉害了。"

"难道你还没变?看你那一脸褶子,看你那副虾米腰,可我还不是一眼就把你给认出来啦?"她轻蔑地说,"你不就是闯好了吗?不就是穿上了一条包腚裤子嘛!"

我满脸发烧,嘿嘿地干笑。

她野蛮地笑起来,笑过,说:"看你这副熊相,扔了二十数三十的人了,竟然还会脸红。咱姊妹的情分不是一天两天啦,你管什么都忘了,也不会把我带着你去装财神爷那个大年夜忘了吧!"

"怎么能忘了呢?"我搔着脖子说。

"走吧,"她跺跺脚,冻得梆硬的塑料凉鞋啪啪地响着,说,"别戳在这里了,就像演《桥头会》似的,让俺孩他爹看到,没准又要揍我。那块死熊,疑心大得很,看到我跟谁说话就以为我跟谁。"

"他是爱你呢。"我把刚学会的一句酸话用上了。

她吃惊地盯着我,眼睛瞪得溜圆,眼角上一片皮肤绷紧,皱纹浅了一些,显出了纹底的灰白皮肤。

"算了吧,你别用这样的话来硌硬俺了。"她顿着脚说,"快走吧,我脚冷。"

"这样的季节,你怎么穿凉鞋?"

"怕臭了脚!"

过了小桥,有两条小路通往村子,一条向东南,一条向西南。向西南的通向她现在的村子;向东南的通向她的过去的,也是我的现在的村子。(世间多歧路,人生也多歧路。十字路口学问大,文学家对此可以无病呻吟,哲学家可以对此大发议论,我可以对此信口开河,来完成命题作文《我怎样走上文学之路》。)

灰白色的小路,一条通往西南,一条通往东南。一条通往她的家,一条通往我的家。她说:"到俺家落落脚吧,俺那口子,不会说话心里明白,佩服得你不得了,我把你带回家去,吓唬吓唬他。"

我犹豫了片刻,说:"不啦,今天就不去了,等过了年,我一定给你去拜年!"

"不去拉倒,谁还敢指望你去拜年,贵人不踏贱地呢!"她说完,挑起水桶就走了。

她根本没有回头。我看到她那包裹在肥大的棉袄棉裤里的纤弱腰肢活泼地扭动着,听着扁担钩子和水桶鼻子摩擦出的吱吱咯咯的声响,看着沿着从她的塑料凉鞋中露出的通红的脚后跟一点点伸长的灰白的小路,听着她渐渐远去的粗重的呼吸声,嗅着她留在我身边的那股子村妇特有的热烘烘、臊乎乎——闻惯了很亲切——的气息,猛然想起当年光着屁股徜徉街头,遍身泥巴捞鱼摸虾,皮开肉绽上树捕蝉等等一系列往事。几十年的光景一闪而过,犹如赤脚蹚河水,不管你搅起了多大的浪花,人过去了,水也就平了。如果是了不起的浪花,自然也会留在脑海里。面对着这一切,一大段可以写进《我怎样走上文学之路》的文字蓦然地从脑海里浮现出来:

你已经扔了二十数三十,再呼"我是青年"的口号时,应该有惶惶不安的感觉了。你已经把一条腿和大半截身体探进了中年的门槛,到了正经八百地执行自我批判的年龄了。你千万不要沾沾自喜,不要被那十几篇狗屁文章陶醉。你这种文章其实是个人就能写。你现在还远远不是谈创作经验的时候,希望你这辈子永远也不要谈什么创作经验。你好好听听人家说什么吧。电影《小兵张嘎》看过没有?那里边有一句台词很好,是八路军警告鬼子翻译官的,说"别看今天闹得欢,就怕将来拉清单"。所以呀,你千万别跟着闹腾。老师让你写《我怎样走上文学之路》,能写就写,实在写不了就算了,我看少写一篇作文老师也不会把你开除了。实在非要写,我看你就写写这个在滴水成冰的早晨穿着塑料凉鞋到河里来挑水的女人吧。去年你回家时,你爹就扯着你的耳朵叮嘱你:"小三啊,你已经将近三十啦,不小啦,该懂一点点事理啦。你难道还要让我担一辈子心吗?你从小就喜欢多嘴多舌,嘴上缺个把门的,你说话不中听,一句话能毒死一个连。渐渐大了,要长点心眼子,话要出口先想三遍,能不说的尽量不要说。无论对谁,都要说好听的话,你难道没听人家说'良言一句三冬暖,恶语伤人六月寒'?画龙画虎难画骨,知人知面不知心;啄木鸟死在树洞里,吃亏就在一张嘴上;拳不离手,曲不离口;活到老,学到老;人之初,性本善……""等等,"你说,"行行好吧爹,您不要把这人世间的真理一次全对我说了,让我先把这些消化一下,赶明儿个您接着说。"

  王冬妹比我大一岁,我十年没见她是因为她在我当兵的第二年后下了关东,是因为她从关东回来后我连续三年没探家。正月初一,我一大早就去她家给她拜年。男子汉大丈夫说话算一句嘛。年三十夜里下了一场小雪,雪很薄,但还是羞羞答答地遮掩了田野和路面。因为有了这场小雪,这个大年初一就显得特别像大年初一。其实太阳一出雪一化,什么东西就还是什么东西。想起当年我跟王冬妹去装财神爷那个大年夜里也下了雪,那可是一场地道的大雪,下得"河上一笼统,井是黑窟窿,黑狗身上白,白狗身上肿"。

"冬妹姐,新年发财!"我站在她家院子里大喊。

冬妹在屋子里应了一声,跳出来迎接我的却是一个黄胡子黄眼珠的剽悍男子。他用土黄色的眼珠子恶狠狠地盯着我,一句话也不说。我知道这肯定就是冬妹那位疑心极重的丈夫了,便满脸堆起解释性的笑容,说:"大哥,我是冬妹的同村邻居,小时候的朋友。"黄眼汉子对我的话毫无反应,一双眼睛滴溜溜地上下打量着我。在我那条价值三元六角钱的牛仔裤子上他的目光停留了一会,然后他的嘴巴撇起来,跷起一根小指头,在我面前晃动着,嘴里发出一阵令人心寒的怪叫声。我的心顿时沉重起来,原来王冬妹嫁给了一个哑巴。她可真够可怜的。我更可怜,这个哑巴显然是瞧不起我,他用他的小指头表示,我和我身上的牛仔裤子一样,都是不值钱的次品。在哑巴的啊啊声中,从屋子里蹿出了两个光着脑袋的少年。他们俩同样的服饰,同样的模样,同样的大小,用同样的黄眼珠子瞅着我。我急忙地从口袋里摸出糖给他们。男孩刚想伸手,哑巴突然地啊啊几声,男孩紧盯着我手里的糖块,不敢近前。这时,冬妹从屋子里走了出来。她显然是刚刚换了一身新装,浑身通红,像个爆竹。她的头发上湿漉漉的,显然是抹了水。

"哎哟呵,新年大吉,'财神爷'驾到!"她说着笑着,走到我的面前,亲昵地捏捏我的手。

哑巴猛地把她拽开,一副怒气冲冲的样子,黄眼珠子里好像要出火。他用小指头比画着我的裤子,脸上不断地变换着表情,嘴巴里不断地发出怪声。最后,他啐了一口唾沫,还用穿着关东大棉鞋的大脚使劲地踩踩。踩得我屁滚尿流,恨不得立即逃走。冬妹对着他嗷了几声,伸出大拇指,指指我,指指我们村子的方向,指指我胸前口袋里的钢笔,比画出写字的样子,又比画出一本方方正正的书的样子,又伸出大拇指,高高地举起来——她脸上的表情也是丰富多彩。哑巴顿时满面堆起笑容,目光温顺得像只老羊。他短促地笑着,伸出大拇指,在我的面前晃动着。他指指我的心窝,又指指他自己的心窝,然后就跺脚、喊叫,感动得我差点流出眼泪。那两个小家伙还在远远地歪着头看我。我把手里的糖往前递递,说:"过来!"

哑巴对着小男孩招招手,他们就像敏捷的小狗一样蹦了过来,把我手中的糖挖走了。哑巴抓过来其中的一个小男孩,按着他的脑袋让他给我磕头。另外的那个小男孩也主动地跑过来,在我面前,一起下跪,给我磕头,光头上沾了泥土。

"是双胞胎?"我问冬妹。

"双胞胎算什么,三胞胎还有呢,"她说,"一胎生了三个,像下小狗一样,两个小,一个嫚,两个哑巴,一个响巴。"

见她这样说,我也就调侃道:"你可真能干!"

她笑了笑,没搭理我。

哑巴从每个男孩手里夺出几块糖,大步进里屋了。

"他把糖拿去给小嫚吃了。三个孩子,就小嫚会说话,他喜欢。"冬妹幽幽地说。

女孩躺在被窝里,用漆黑的眼睛看着我。我把口袋里的糖全部摸出来,堆在了她的面前。

"这是你大舅。"冬妹说。

哑巴跷起大拇指对着女孩晃。

"大舅!"女孩很脆生地叫我。

这一天,我过得很愉快。冬妹把她家最好的东西给我吃。哑巴也非常地热情,使我感到了兄弟般的温暖。傍晚时,夕阳照耀着融化得斑斑点点的白雪,冬妹抱着女孩,送我出村。哑巴和男孩站在门口,对着我频频招手。

她抬头看了我一眼,脸上露出很悲切的神色。我生怕她说什么,连忙说:"回去吧,回去吧,送出这老远啦,回去吧。"

她叹了一口气，说："再送一程吧，十年不见，你成了大军官，大学生，大作家，还能到俺家里来坐坐，给面子不小啊！"

"又来了，冬妹姐，你这是醋熘我呢，"我说，"骗子最怕老乡亲，我吃几碗干饭别人不知道你还不知道？你忘了我们一起去装财神爷时，那些词儿都是你编的。要不是社会的原因，你肯定会成为一个女作家。比我厉害十倍。"

她扑哧一声笑了，说："过得真快啊，过得真快，好像只是眨巴眼的工夫，二十年就过去了！"

二十年前，我八岁，她九岁。我家是中农，她家是富农。中农还是团结对象，富农就是阶级敌人了。那年春天遭了大风，夏天遭了大旱，秋天遭了大水，庄稼几乎颗粒不收。春节前夕，上级发下来救济粮，说是要让人民群众在大灾之年过上一个春节。中农基本上不算人民，富农不但不是人民，而且还是敌人，所以这救济粮自然都没有份儿。为了能让一家人在大年之夜吃上一顿饺子，父亲用他那套生了锈的木匠家什，把一扇破门改成了两张小饭桌，让我背到集上去卖。

来了一个自称是税务所的人，把桌子没收了。

父亲踢了我一脚，然后就唉声叹气。

母亲眼泪汪汪。

冬妹悄悄地对我说："小三，不要紧，我有办法，让我们两家都能吃上过年的饺子。"

那个大年之夜，冰雪遍地。半夜时分，响起了零落的鞭炮声。我心里有事，早早地就醒了。有饺子过年，没有饺子也要过年。父亲起来了，点燃了油灯，给祖先的牌位烧香烧纸。趁着这个机会，我拎起一个预先就准备好了的瓦罐，溜出了家门。

冬妹已经在我家的大门外等候我。她冷得直打哆嗦,话都颤了。她说:"咱们到东村去,东村比咱们村子富,还没人认识咱们。"

　　我们怕冷,治冷的最好的方子就是奔跑。我们奔跑在冰天雪地里,地上的积雪在我们脚下吱吱咯咯地响着。跑到东村头上,身上已经出了汗。我们喘息了片刻。她问我:"词儿记住了没有?"

　　我们奔着光明去。哪家光明就说明哪家正在煮饺子。其实,闭着眼我也知道哪家在煮饺子。煮饺子的气味在寒冷的深夜里,是那样的强烈和深入人心。记得我们初发利市那户人家有一个高大的门楼,养着一条叫声粗壮的大狗。叫花子与狗是死对头,但我们不是叫花子,我们是给人带来幸福和财富的财神爷。在我们家乡,叫花子有一个最荣耀的时候,就是在大年夜里。

　　我提着瓦罐,拉着冬妹的手,站在大门口外。煮饺子的香气汹涌而出。为了饺子,我高声地朗诵起来:"财神爷,站门前,看着你家过大年。过大年,真正好,你家招财又进宝。快开门,快开门,开门搬回聚宝盆。送水饺,送水饺,金子银子往家跑……"没等我把冬妹编出的词儿念完,大门就豁朗地开了。一个年龄与我相仿的小男孩,端着两碗饺子送出来。他一手端着碗,一手还举着一个红灯笼。当我伸过瓦罐去接饺子时,我们互相看清了。他惊诧地叫嚷起来:"嘿呀,原来是你呀,原来你就是财神爷呀!"他把饺子扣到我的瓦罐里,笑着跑回家去。我听到他在院子里很响地喊叫着:"爸爸,财神爷是我的同学。"

　　冬妹推了我一把,说:"好,发了市了,该另跑个门了。"

　　我说:"我不要了,我想回家。"

　　她问:"为什么?"

　　"这村子里有我的同学。"

　　"管他呢!"

　　"还有我的老师。"

"那怕什么?"

"碰上了丢人。"

"古来要饭不丢人。我没上学,我不怕丢。你担着罐子,看我要。"

冬妹虽没上学,但绝对比我聪明。她口齿伶俐,越唱词儿越花哨,引来一群大人小孩跟在我们后边听。

一个男人说:"国要败了,出妖怪了。公鸡下蛋,母鸡打鸣。连财神爷都成了女的啦。"

过了春节我上学去,碰到了大个子张老师,他悄悄地问我:"大年夜里是你装财神吗?"

"是……俺家穷……吃不上过年饺子……"

"你唱得很好,那个小姑娘唱得更好。词儿是你们自己编的吗?"
我点点头。

老师说:"自古英才出寒门,努力吧!"

老师,就这样吧,我仅仅是一个文学爱好者,要写得紧扣您的题目无疑自我讽刺,因为我至今也还没有走上文学之路,只好这样装神弄鬼地糊弄您。俺爹曾经对俺说过:"常在河边走,哪能不湿鞋?瓦罐不离井沿破。跟着巫婆学跳神。"俺这样子像小毛驴子一样虔诚地围着文学转圈子,久而久之地,没准也就能沾边上路了呢!

一九八五年三月

美丽的自杀

你是我的姑姑的女儿,我比你大几岁,咱俩是表兄表妹呢。虽然我只见过你两次面,但我这辈子也忘记不了你了,表妹。本来为了证明这报告的真实性,我应该写出你的籍贯和姓名,但我不忍心让熟识你的人见到你的名字难过,不忍心让你的蒙受了痛苦的亲人们知道有一个人又把你拉出来示众。可是……请允许我把你的乳名报告了吧,表妹,你的乳名叫"美丽"。

实事求是地说,你算不上美丽,你的最引人注目的特征是你的健康,你的健康的像焦麦颜色的脸,你的健康的因为黑眼球过大而显得悲婉沉静的眼睛和你的健康成熟饱满的身体。

今年的七月初四,大栏镇逢集,我到集上去买鸡蛋。我过了一条河,河里流淌着浅浅的无色的透明的水。我横穿了一条马路,路上摆着热气腾腾的驴粪球儿。几只麻雀在啄食着驴粪中残留的粮食粒儿。我跳过了一条路沟,就进了鸡蛋市。几十个卖鸡蛋的老太婆小媳妇,有的站着,有的蹲着。有十几个可能来得早,抢得了好地盘,坐在了供销社从南方贩运来的一大堆青皮溜溜的竹竿上。你也在其中。在你们之间穿行着几个男女,随便地问着价钱,甚至蹲下去捏起一个鸡蛋晃晃,恍恍惚惚的,都不像真正的买主。在路沟边上,蹲着几个鸡蛋贩子,他们抽着烟,在熬你们,爊你们,等着你们不耐烦了就把鸡蛋低价卖给他们。你和那些立着的蹲着的坐着的女人们,眼巴巴地盯着那几个问价的人。我来了。我穿着军装,戴着部队刚发的像雄鸡的冠子一样威风的大檐帽子,提着一个大篮子。我知道自己生着一张虽然狰狞但是还算白皙的脸,走进了褐色的人群一定会引起大家的注意。你当时一定注意到了我。在你们的眼里,我一定是一个不懂行情、生怕买不到鸡蛋的笨蛋。我心中毛虚虚地问价,还装模作样地拿起鸡蛋对着太阳照照。报载:透明的就是好蛋,混浊的就是坏蛋。我无疑是抬高了七月初四日大栏集鸡蛋市上的价格,鸡蛋贩子一定恨得我要命。我买了三百个鸡蛋。一个老太太说:看看,到底还是大军哥有钱!我脸上烧烧的,心中十分得意,得意便慷慨,便潇洒,于是在付账时连那三分五分的零头都不要了。这样的举动,更赢得了一片赞语和很多的关注的目光。我很快就买够了鸡蛋,提起沉重的篮子,要走。这时,表妹,你提着一个柳条篮子,走到了我的面前。

柳条篮子里铺着一层金色的细沙,沙上插着十个红皮鸡蛋,鸡蛋上有一层浅浅的白霜,还有两枚鸡蛋上沾着黑红的血迹和几根细弱的纤毛。后来我才知道这是"头蛋",黑血表示着生产的艰难和痛苦。

你说:"大哥,俺这里还有一把蛋,您也买了吧。"

我说:"买够了,买够了。"

你说:"您还多这十个蛋?块把钱,您买了吧。"

我从这时起注意到了你,看到了你生动的额头,沉思的眼睛,倔强的鼻子,疲乏的嘴唇,忧伤的下巴……我心中涌起一阵温暖的悲凉感,犹如惶惑的美丽潮水卷着贝壳冲刷着遗憾的荒凉滩头。我对你充满好感,渴望着与你交谈,我在爱慕健康异性的心理背景下与你扯淡。我故意地说你的蛋小,还说你的蛋是隔年的老蛋,是沾着血污的脏蛋。你似乎一点都不生气,你当时肯定也明白我的话毫无意义,我是在没话找话说。你说大哥您可是看错了眼,你从你买那些蛋里挑出一个和俺的蛋比比,看看可有一个蛋比俺的蛋新鲜?不怕不识货,就怕货比货嘛。您看看俺蛋上的白霜,看看蛋上的血,一只母鸡一辈子只有一只"头蛋","头蛋"能治病呢。你买的蛋里真有坏蛋呢。

你从我的篮子里挑出一个蛋给我看。这个蛋明亮光滑、仿佛是用砂纸打磨了后又涂上了一层油。你说:

"你摇摇看。"

我接过蛋,摇摇,里边传出"咣当"之声。我惶惑地看着你,你悄声说:

"这是孵小鸡孵下来的坏蛋。"

我很生气,回头去找那个把这样的鸡蛋卖给我、还说这是一种鸡蛋的新品种、看起来十分忠厚的、令人无法不信任的高个子老人,但是他已经走了。

你教给我很多关于鸡蛋的学问,我很感动。我宽慰自己,虽然买了坏蛋,但是增加了知识,今后买蛋就不会上当,这就是坏事变成了好事。

我用最高的价钱买了你的蛋。我把钱递到你黑红的手里。我看到你的掌纹深刻有力,手上结满了淡黄的老茧。当我的手触到你的手时,我有一种惶恐不安的感觉。我感到我们之间似乎有些特殊的关系。

我问:"你是哪个村的?"

你答:"谭家村。"

我问:"你们村谭秀丽在家干什么?"

你答:"教书呢。"

我问:"她结婚了吗?"

你说:"孩子都上小学了。"

我说:"我和她是小学同学,十几年没见面了。"

你问:"你姓管吧?"

我问:"你怎么知道?"

你说:"我猜出来了,你的模样挺像俺娘娘(伯母)。"

我说:"啊,你是……"

你低声叫我:"表哥。"

我说:"你是那个叫美玲的吧?"

你说:"那是俺二姐,我叫美丽。"

我说:"不好意思,说了很多不该说的话……"

你把我方才给你的钱往我的篮子里一扔,问:"表嫂生了个什么小孩?"

然后你提着篮子跑了。我望着你的背影,怅然若失。

过了三天,七月初七,一个美好而伤感的节日,天上的牛郎会织女,人间的百姓用白面红糖烙成各式各样的"花儿",有"猫"有"虎",有"鸡"有"鱼"。母亲咳着喘着烙了不少"花儿",侄子和侄女围着锅台转,一家人喜气洋洋,但我却高兴不起来,总觉得心中有点事情放不下。

七月初八,早饭是昨天吃剩的"花儿"在锅里一蒸,都花纹模糊,不成模样。我匆匆吃了一只"虎",打算到谷子地里帮父亲喷洒农药,据说钻心虫十分猖獗,谷子都一片片枯死了。

正收拾着药具,忽听到一个男人高亢的哭声。哭进院子的是一个憔悴的小老头,大约有五十岁吧,脚上穿着一双过时的黑色塑料凉鞋,哭声很响,但眼睛里却无泪水。我认出了他是姑姑的小叔子,人称神枪手的谭老四。据说他用土枪打死过两千多只野兔子,还有一些狐狸、野鸭什么的。谭老四一见我父亲,即刻就软软地瘫倒在地,叫一声:

"大哥啊……这日子没法子过了哇……啊嘀啊嘀啊嘀嘀……"

父亲一向急公好义，乡里闻名，一见此状，扔掉喷雾器，把谭老四双手扶起，问：

"怎么啦？老四？"

老四哭着对我们说："大哥啊，大侄子啊，美丽这个糊涂虫，喝了毒药了啊……"

……

那天我目送着你跑上河堤，你的健康的身体在灿烂的阳光里跳跃着，活像一头灵巧的小鹿。你把钱扔进我的篮子时，我看到你的耳朵都红了。啊表妹，你是一个健康纯洁的少女，你一声表哥，感我肺腑。即便表哥已垂死，你这一声呼唤，也会让我起死回生。可是你却往这曾经发出了美妙声音的地方灌进了毒药。表妹啊，你好糊涂。

你的爹正在我家院子里，当着我和我爹和许多听到他的哭声赶来看热闹的人的面，大声地骂着你：

"美丽啊，你这个小畜生，你这一把棍子，把你爹给擂倒了啊……"

表妹，你利用了人类独有的锐利武器，把你的打死过两千只野兔的爹像一只老野兔一样打倒了。他在你面前，从此再也直不起腰杆子了。他从此想到你就会颤抖不止。他正在向我的爹诉说着你自杀的前后过程，他的脑海里也许正在闪烁着你童年形影。你在三岁前有一个白白胖胖的圆圆脸，不知为什么你越长越黑，脸盘也越来越长。你爹牢记着你"抓周"的事，我的姑姑也参加了你的"抓周"仪式。你的胖出了褶子的手脖子上拴着一串叮当作响的小银器，你的胸前的雪白的小肚兜上绣着两只叼着绿树枝的黄鸽子，堂屋里一张平放上的饭桌上摆着书、笔、秤杆、算盘……大家都眼睁睁地看着你。你的三年之后才去世的曾祖母也看着你。她的老牙掉光又长出了新牙，她也想看看，你这个老谭家的第四代女孩子长大后要从事什么职业。大家都看到你伸出了手背上有肉窝窝的小手，毫不犹豫地抓住了你的当过志愿军炊事员的大伯父从战场上捡来的大钢笔。全家一片欢腾,都为你的锦绣的吉祥预兆欢呼。你曾祖母把那口崭新的牙都笑了出来。你上完了小学,没考上中学,你没有当乡长或是当书记的三姑六舅,你下地当了农民。你像所有的农村女孩子一样,战战兢兢地跨进了青春的大门。你十六岁那年去赶集,不小心丢了一元三角钱,你爹在你的左腮上打了一个响亮的耳光。你哭了,但是不恨。你心甘情愿地承受了这一巴掌,你知道这一元三角钱对一个农民家庭的意义。挨打之后,你的心中反而感到轻松了不少,如果你的爹不打你,才会让你久久地难过。1976年的夏天,你曾经对你的女伴说过你丢了钱往家走时的感觉,你说当时只要有一个男人能给你一元三角钱,你就豁出去了。你在那样的屈辱面前,在一元三角钱和一耳光之间的漫长道路上都没有想到要自杀。你爹打过你,你哭了一会儿,吃了一个冷地瓜两根咸萝卜条儿,拿起一柄三股钢叉到南洼里掘茅草去了。而现在,表妹,到底是为了什么,你竟然喝下了毒药……

"大哥,这个讨债的鬼,她存心要我的老命啊……一把屎一把尿地把她养到二十岁,容易吗?不容易啊,可是她,就为了屁大的一点事,就下了狠心……"你的爹鼻涕一把眼泪一把地对着我和我的父亲哭诉着,"昨天晌午,也是我多事,她娘还住在医院里,还是那年结扎时留下的病根,至今还没好。吃饭时她还有说有笑的,还说起她表哥买她的鸡蛋的事儿,说她表哥念书多了,成了呆子,花了高价,买了一些坏蛋。吃过饭,来了一个讨饭的老头,挎着一篮子'花儿',什么花样的都有。这些年连讨饭的也提高了水平。那个讨饭的老头说:'大兄弟,我实在是挎不动了,把这些干粮做个价卖给你吧,一毛钱一斤。'雪白的干粮一毛钱一斤,多便宜啊,我说,行吧,找个秤过过吧。她当时就横鼻子竖眼地说:'不要!'我问她,这样便宜,为什么不要呢?她说:'脏,太脏了,没准里边还有大麻风家的干粮呢。'我说:'烧得你不轻啊,才吃了几天饱饭?1960年那时,草根树皮都没得吃,大麻风家的干粮你也大口吃!'然后我就做主把那一篮子干粮买下了。就为了这样一件小事,她就喝了毒药啊……"

"老四,别难过了,"我父亲卷起一支烟递给你的父亲,说,"这不是你的错,你命里没有这样一个闺女,该当如此……"

"大哥,我悔死了,"你父亲揪扯着他乱草般的头发,说,"我鬼迷了心窍了,为什么要买那篮子干粮?我为什么要贪那点小便宜?既然闺女不愿意,我为什么还要买?"

"老四,过去的事情,就不要再提,提也无益。"我父亲说,"再说了,人活百岁也是死,该怎么死都是命中注定的,该死在井里绝对死不在湾里。死了的就死了,活着的人还要往前奔。闺女在哪里?"

"在乡医院里,"你爹说,"大哥,不好意思开口,我是来借钱的。她娘还住在医院里,医院不让赊账,她这一死,又给我折腾了一腔饥荒啊……"

表妹,我陪着我的爹和你的爹来到乡医院,看到了平放在床板上的你。你的脸色青紫,眼皮深红,两缕凝固了的黑色光线从你的未合拢的睫毛间射出来,犹如利箭射进了我的心。你还穿着那天卖鸡蛋时穿过的那套衣裳,断过襻儿的白色塑料凉鞋还穿在你的脚上。乌黑的脚趾上,你的指甲像珍珠一样放出虹彩。你躺在木床上,舒展大方,两枚已经僵硬了的乳房把你的衬衣撑起,透明凄凉沮丧,无可奈何,像两只眼睛直视着我,向我诉说着你的秘密,人生的秘密:在人生的坎坷道路上,有一个正当妙龄的黄花姑娘走累了,走厌了,她不走了。在你的面前,表妹,我蓦然意识到,生死之间原来只隔着一层薄薄的纸,原来以为明确的、不可逾越的界限,其实非常模糊低矮,一闪念间就跨越了。在死者面前,生者都变得渺小晦暗。你的青紫的脸上,闪烁着庄严的、睥睨万物的光辉。表妹,你通俗易懂地向我解说了人的伟大和卑微,人的坚强和软弱,这些对立的概念,又是怎样完美和谐地存在于一个生命个体之中,互相牵制着,互相制约着。

表妹,你起来,你站起来,我有话问你。你为什么要这样?难道你不留恋瑰丽的充满了欢乐和痛苦的、喧嚣与骚动着的人世吗？难道你不留恋你的亲人、你的朋友、你的情人、你的仇敌、你倾心的电影明星吗？你难道不想看看这空旷无边的原野上夏则郁郁葱葱秋则一片金黄的庄稼和农夫们被阳光染成土黄色的肌肤了吗？你不为永远听不到牛犊思念母亲的凄凉的鸣叫、绕梁燕子的缠绵的啁啾、盘旋蓝天的风筝的呼啸、猫头鹰在暗夜里发出的喜悦的叫声和产妇阵痛时甜蜜的呻吟而感到后悔吗？当你的爹用那支古老的长苗子猎枪把一只飞奔中的野兔打得离地三尺又跌落下来时，当野兔的嘴巴流出的鲜血将洁白的雪地染红了时，当一对情人在澄澈的月明之夜躲进散发着苦香的草堆里依偎在一起相互抚爱并且发出小野兽一样的叫声时，当少先队员在冰河上滑冰不幸掉进冰窟窿里又被人救起时，当除夕之夜突然出现了一颗巨大的彗星将银河横断千万人为此惶惶不安时，当这一切都出现过之后又更加美丽地再现时，啊表妹，你已经看不到了听不到了，你不为此感到遗憾吗？

"孩子，你糊涂啊，爹更糊涂……"

"老四，人死如灯灭，哭也不管用了……"

表妹，请你回答我，你是从什么时候开始悟到了农药不但可以杀死害虫而且还可以杀死人自己，什么时候帮助人类生存的文明的结晶开始异化成为消灭人类的野蛮手段？你什么时候知道了人可以自己结束自己的生命？你怎么忘记了我们家乡妇孺皆知的伟大格言：好死不如赖活着！你知不知道由于你的提前退席将使假如是温暖的世界失去一分温暖假如是寒冷的世界更多几分寒冷呢？你知不知道你健康的身体可以孕育一个也许能成为伟大领袖的胚胎，你纯洁的乳汁可以哺乳一个也许能成为天才人物的婴孩？就像电影里说的一样：在你这条金光闪闪的丝线上，本来可以编织出绵延不尽的绸缎，你却一刀把这根丝线斩断了。

你到底有什么委屈，你那点委屈算得了什么？你父亲讲得不是挺对吗？几年前你不是还终年不得温饱吗？吃饱了喝足了你还不知足，你还要什么呢？

是哪个无耻的男子像侮辱 S 村的郭某某一样侮辱过你吗？郭某某遭受侮辱，悲愤交加，在村头一棵树上，用一条麻绳子，勒断了自己的咽喉。她二十五岁，比你早去了十个月。

你是因为婚姻上的不如意，像那个为了给自己的瘸腿哥哥换媳妇被迫嫁给了一个歪头汉子的 C 村的陈某一样吗？陈某为了反抗这无耻的婚姻，扎进了一口闲置的机井，在井里倒置了半个月才被发现，弄上来时，眼珠子都控了出来。她生前美丽无比，死后人不敢看。她二十七岁，先你八个月告别人世。

你是因为厌烦了毫无新意的车轮般旋转的生活和牛马般的艰苦劳动而服毒的吗？D 村的吴姓孪生姐妹看到电影上的优美生活，痛感命运不公、天下不平，每人喝了一瓶"敌杀死"，相抱着，像她们在母腹里一样，到天国去找上帝论理去了。她们的年龄加起来三十四岁，死于去年元旦。

你是因为受了几句忆苦思甜的教育而死吗？你是因为吃饱喝足了而被福气烧死的吗？你是因为那可怕的自尊心受到伤害而死的吗？你是因为精神生活的贫困而死的吗？你是因为爱但是难得到爱而死的吗？……啊，表妹，你多么聪明啊，你用了两秒钟就把自己与这个世界的关系推卸得干干净净，你使十几个人为你瞠目结舌，你飞扬着彩蝶一样的衣袂加入了那些先你而去的仙女们的行列，你们使活着的人在你们的生满野草的坟茔前，在对你们的鲜活面容的回忆里，发出永无休止的叹息。

你像先哲一样睨着我，不愿意听我的胡言乱语。表妹，我在想，在这个星球上，每天都有人在结束自己的生命，不论是在我们的优越的社会主义制度下还是在腐朽的资本主义制度下。人应该研究自己。人应该关心和研究自杀问题。人应该尽量消除造成自杀的客观条件，矫正灵魂深处的偏差。活得更好一点，活得更像人一点。毫无疑问，自杀曾经使一些人英名盖世，自杀也使一些人遗臭万年。光荣的自杀，勇敢的自杀，怯懦的自杀，有意义的自杀，毫无价值的自杀……希望能有人来研究自杀，希望能有人来研究近年来农村姑娘的自杀，不但到贫困的地区去调查，也要到富裕起来的地区去调查。救活一个姑娘，比炸掉一个暗堡更加功德无量。表妹，我不知道应该如何来评价你这最后的行动。一个平凡的人死了，让所有平凡的人都难过。你在乙丑年七月初七夜半时分，喝了 250cc 剧毒有机磷农药，十分钟后药力发作。你爹听到你临倒前长叹了一声。送到医院时，你已经停止了呼吸。医生给你打了几针，但除了让化学物质更快地腐蚀你的肌体，除了给你爹增添一点债务，已无任何意义。你生于 1963 年 3 月 5 日。作为一个人，你在这个星球上，生活了二十二年多五个月。

为了防止苍蝇往你的脸上吐唾沫，我拉过了一条肮脏的白床单把你的脸和你的身体遮盖起来。就像一层发黑的雪，遮没了朦胧的丘陵和山峰。

一九八六年

故 乡 往 事

我生在山东省高密县大栏乡平安村里,一直长到二十岁才离开。故乡——农村留给我的印象,是我创作的源泉,也是动力。我与农村的关系是鱼与水的关系,是土地与禾苗的关系。当然,从另一方面看,也是鸟与鸟笼的关系,也是奴役与被奴役的关系。虽然我离开农村进入都市已经十好几年,但感情还是农村的,总认为一切还是农村的好,但假如真让我回农村去当农民,肯定又是一百个不情愿。所以有时候骂城市,并不意味着想离开;有时候赞美农村,也不是就想回去。人就是这样口是心非,当然也会有始终心口如一的特殊例子。

故乡留给我的印象,是我小说的魂魄。故乡的土地与河流、庄稼与树木、飞禽与走兽、神话与传说、妖魔与鬼怪、恩人与仇人,都是我小说中的内容。要把我与农村的关系说清楚,不是太容易。我想拣几件至今让我难以忘怀、又没有写进小说里的事儿写写,也算向读者坦白吧。

一、滚烫的河水

我这辈子记住的第一件事,是掉到茅坑里差点淹死。那大概是我两岁的事。在我的印象里,那是个暴雨很多、骄阳如火的夏天,家里那个用砖头砌就的很深很大的露天茅坑里潴留着很多雨水,水面上漂浮着一层草木灰,草木灰中蠕动着长尾巴的蛆虫。我记得茅坑角上插着一根木棍子,是为我的腿脚不方便的奶奶预备的。我喜欢双手抓着木棍子,身体往后仰着,一边拉一边胡思乱想。那根木棍年久腐朽,突然断了。我仰面朝天跌进茅坑里去,喝了一肚子臭水,幸亏我的大哥发现把我捞上来。大哥拿着一块肥皂,把我扛到河里去洗。我记得正是中午头儿,阳光特别强烈,河里的水明晃晃的,耀得人不敢睁眼,满河里都是洗澡的男人和嬉水的男孩。男孩们追逐着、叫嚷着,腾起一片片白色的水花。大哥把我放进河水里。河水滚烫,我嗷嗷地叫着,搂着大哥的脖子使劲地把腿蜷起来。大哥硬把我按在水里。我哭着挣扎着。我记得大哥说:你一身屎一头蛆,不烫烫,脏死了。我还记得周围的滚水中露着一些青色的男人头颅,那些漆黑的眼睛在蒸气中眨动着。谟贤,怎么了?我记得他们很尊敬地叫着大哥的学名问。大哥那时正在夏庄镇念高级中学,是村里唯一的中学生,受着村民们的尊重。大哥说:掉到圈里了,差点淹死!我记得那些男人笑嘻嘻地问我:屎汤子什么味道?好喝不好喝?大哥往我的头上抹了很多肥皂,肥皂泡沫杀得我睁不开眼睛。我闻到了肥皂味儿、鱼汤味儿、臭大粪味儿。

我认为三十几年前的太阳比现在毒得多,能晒热半河流水。那样滚烫的河水我再也碰不到了。近十几年,故乡所有的河流都干得底朝了天,我的乡亲们在河床上晒庄稼,搭上台子唱戏。关于在河床上搭台子唱戏的事,我在一部题名《爆炸》的中篇里有过描写。

二、成精的老树

"大跃进"、大炼钢铁、吃公共食堂时,我已是三岁。先是记得我家菜园子旁边那株数人难以合抱的大柳树被杀了,拉去当炼钢铁的燃料。杀树时我跟着姐姐满腔怒火地站在很远的地方观看。虽然农村"共产主义"管什么都不要钱,但我们对自家的大树有感情了,杀它我们心疼。杀树的人有十几个,有拿斧的,有拿锯的,有拿十字镐的,有拿大锛的,噼噼啪啪,从日头冒红折腾到太阳平西,雪白的木屑飞散在大树周围厚厚一层,但大树森森屹立,总是不倒。邻居孙二提着大斧绕着大树转着说:"该倒了吧,怎么总是站着?"很多遥观杀大树的婆婆妈妈喊喊喳喳地议论起来,说这棵大柳树有几百年的寿命,早就成了精了,不是随便好杀的。说有一年谁谁谁从树上钩下一根枯枝,回家就生了一场大病,何况要杀它!砍一斧没有血来就算树精遮了众人的眼。婆婆妈妈议论着,杀树的男人都怯怯地离了那挨千斧万锯而不倒的老树,远远地躲到矮墙边上抽烟袋。夕阳渐下渐浓,红光像血一样,把老树映得一片辉煌,看光景杀树的男人也都害了怕,没人敢靠前了。正在这时候,大队长张平团来了。他瞪着两只呆愣愣的大眼,大背着一杆长苗子鸟枪,穿着一身又脏又破的军衣,腰里扎着一条黑色的牛皮腰带,很宽;腰带扣是黄铜的,闪闪发光。据说他常用这条腰带抽他的老婆,这不是我亲眼所见;我亲眼看到过好多次他打老婆,但都不是用牛皮腰带,用枪苗子戳,用疤棍子搂,用木板子砍。每次他都把他那个又瘦又小的老婆打得血肉模糊,眼见着要死的样子,但她总是能活过来,而且还能在这三日一小打、五日一大打中一胎接一胎地生孩子,尽生些秃头小子,七长八短一群,五冬六夏光着屁股,都瞪着呆愣愣的大眼,一看就知道是大队长的种子。大队长昂着头,瞪着眼,像哪吒一样,风风火火地滚过来,冲着那些杀树的男人破口大骂:"……磨洋工吗?十几个整劳力,一天杀不倒一棵树,要你们干什么?都给我滚起来,杀。"

孙二弓着腰,踱过来,愁眉不展地说:"大队长,不是我们磨洋工,这棵树成了精了,不好杀。"他指指被砍得摇摇晃晃的大树和遍地的木片，怯声道："都成了这样了，它硬是不倒。"

"放屁！"大队长骂道，"听说过狐狸成精，没听说过柳树成精。不倒？它凭什么不倒？它敢不倒！我给你们轰它一枪，压压邪气！"说着，他把肩上的鸟枪悠下来，端在手里，喝一声："小孩子闪开点！"然后，举枪单眼瞄瞄准，说："我可是要搂火喽！"随着一钩扳机，一股小小的黄烟从枪机那儿冒起来，紧接着一溜火光蹿出枪管，震天动地一声响，一大团铁砂子打在树干上，掏出了拳头大小一个窟窿。大树抖了抖，依然不倒。大队长猫着腰走到树下，转着圈看了看，说："断是断了，就是树头重，压住了。找绳子，拴住树杈子，拉，一拉准保就倒了。"杀树的人们大眼瞪着小眼，懒洋洋地，没有一个想动。大队长瞪着眼，大声吆喝："想让我拔你们的白旗吗？孙二，你去大车棚里拿绳子。"孙二黏黏糊糊地说："大队长，天就要黑了，黑灯瞎火的，砸着人就不是玩的。"大队长道："胡说，放着它立一夜，不是又长到一块儿去了嘛！别给我蘑菇，快去。"

孙二嘟嘟哝哝地去找绳子，大队长瞅着机会，剥皮剜眼地训斥杀树的人。大家都低着头抽烟，没人吭气。大队长也觉得没趣了，吐了几口唾沫，单手叉腰，往大车棚的方向望孙二。

孙二拖着大捆绳子，像一条被打出了肠子的狗，三步一歇地磨蹭过来。

大队长命人上树挂绳，没人敢上。张三说腿痛，李四说腰痛，王一说眼神不济，都不愿上树，用枪筒子戳着腚也不上。大队长无奈，皱着眉头想了个偷巧的法子，用绳子绑了一块砖头，往树杈上抛，三抛两抛，竟然成功了。拉紧了绳，大队长喊着号子，一、二、三，拉——说时迟那时快，只听得嘎吱嘎吱几声巨响，大树缓缓倾斜过来，有人喊了一声："不好！"众人扔掉绳子才待要跑，哪里跑得及？大树挟着风裹着月，像一团黑压压的乌云，比风还快地倒了。庞大的树冠陈在地上，蓬松着像一座小山。短墙倒到白菜地里去了，孙家的三间草屋倒了一间半。十几个杀树的民工一个也没落，全给捂在树里。他们在树里边出不来，人不停地叫唤。大队长站在边上喊号，看事不好，几个小箭步就蹿出几丈远，脱离了危险。到底是当过志愿军的人，反应敏锐，腿脚矫健。

先是围观的婆婆妈妈们尖声叫起来，继而是大队长尖着嗓子沿大街来回跑动着喊叫："救人——救人——"附近土高炉那儿正在砸锅熬铁的人乱纷纷跑来，七嘴八舌地问："人在哪儿？人在哪儿？"

后来就试探着拉那树冠，哪里拉得动？一老者道："别拉！一拉两鼓涌，原来死不了的，也给揉搓死了。"都停手不拉，但没有主意，老者道："多找大齿锯来，卸树杈子。"

众人找来几张需要两人拉动的大齿锯，又点亮几盏马灯，哧啦哧啦地锯树杈子。大队长早就不咋呼了，鸟枪也不知扔哪儿啦，煞白着脸儿，提着一盏马灯，给拉锯的人照明。

被砸在树下的人的亲属听着风来了，哭的哭，叫的叫，像死了人报丧一样。树下的人有能跟亲属对话的，劝亲属不要哭；伤重的就顾不了人伦，一个劲儿呻唤；也有自始至终没出动静的、亲属呼唤也不答应的，大概不死也是发了昏了。

树冠渐渐秃下去，几个小时后，终于见了地皮，把树下的死人活人拖出来，抬到卫生所里去。满地都是血。人终于散得不多了，大队长提着马灯，呆呆地站在那儿，像根木桩子一样。

这是我们村几十年没出过的大事故，死了五个人，孙二是其中之一；其余的都受了伤，伤得最轻的王四海，也断了一条腿，折了八根肋条。

我爷爷原先是痛恨杀树者的，在斧锯声中骂不绝口。事发后，他叼着那支红铜嘴儿、青铜管儿、黄铜锅儿的全铜烟袋，一锅连一锅抽烟，脸青着，一句话也不说。

三、爷爷的故事

　　实际上我要写的是关于爷爷的一些事情,几乎没有虚构,题目中有"故事"二字,并不意味着我要编造什么。自从我写了《红高粱家族》之后,有一些读者来信问我:你爷爷是否就是土匪余占鳌的原型?不是的,我爷爷与土匪司令余占鳌没有任何关系,他是一个真正的优秀的农民。他个头中等,人很瘦,是干农活的好手,也是心灵手巧的木匠。后来他老了,腰弯得像鱼钩一样,这是年轻时出力太过的后果。

　　爷爷年轻时腿上生了贴骨疽,据说病情十分严重,眼见着一条腿难保了。无奈,只得请来全县闻名的医生"大咬人"。此人医术高明,尤其是治毒疮恶疽有绝活,但极难伺候,非坐健骡拉的轿车不出诊,食鱼肉、饮美酒,诊费要得凶狠,故称"大咬人"。雇了轿车子把"大咬人"搬来,谈起来竟是瓜蔓子亲戚,于是"大咬人"也不咬人了,给开了三服中药,十分把握地说了每吃一服药后病情的变化。我的大爷爷也是个中医,对"大咬人"原也不十分服气,所以他亲自观察我爷爷服药的病情变化,果然如"大咬人"所预言,大爷爷十分心服。大爷爷说三服药吃完后,爷爷的一条腿像熟透了的瓜一样,插进几十根中空的麦秆草引流,脓血流了许多,后来竟一点也没落残。据说那"大咬人"能把人头上的疮用一服药给挪到屁股上去,虽说是玄而又玄,但我基本相信,中医里确实有一些半仙样的人物。

　　每年的麦收季节,是我记忆中十分愉快的季节。这季节遍地金黄,为了抢时间,男劳力们披着星星下地,早饭送到地里吃。各家都把去年残存的一点点小麦磨了,擀饼蒸馒头,犒劳镰刀。我十三岁那年,第一次告别了拾麦穗的儿童队伍,提着镰刀,加入了割麦的行列。我的镰刀是爷爷亲手帮我磨的,磨得非常快,吹毛立断。我信心百倍地提着快镰,头顶着幽蓝夜空上的繁华星斗,跟随着大人们,走进散发着麦香的田野,心情兴奋,似初次上阵的新兵。

我们那地方土地辽阔,庄稼都是种成大片,无论是高粱还是小麦,都有一望无垠的劲头儿。那天早晨收割的那块地是最短的,但一个来回也有五里。每个人割两行,梯形排开,队长在最前头,我在最后头。割了半个时辰,前边的人就没影了。后来日头在东边冒了红,染得地平线上的几条长云如同烂漫的绸带。早起的鸟儿在灰蓝的天空中婉转地呼哨着,潮湿的空气像新酿出的酒浆。我直起麻木沉重的腰,看到遍地躺着一排排整齐的麦个子,割麦的男人们已经在遥远的河堤上等待开饭了,而我还在地半腰。

后来队长与几个人分段割完了我那行麦子。我提着镰刀,非常不好意思地到了地头。刚要拿碗去盛队里免费供应的绿豆稀饭,一个家庭出身很好、在队里说话很硬的小个子男人把我的碗夺过去,扔在地上,气势汹汹地说:你还有脸喝汤?你看看你割那两行麦子,茬子高,掉穗多,浪费粮食糟蹋草,该扣你们家的粮草!他的话分量太重,我委屈地哭了!

队长说:你还是拾麦穗去吧,再长几岁,有你割麦子的时候。当天中午,爷爷知道了这件事,他很生气。吃过午饭,他提着一把镰,到了割麦的地方。爷爷是不愿加入合作社的,但拗不过思想进步的父亲。入社后,他便发誓不为生产队干活,割草卖,没草割的时候就做木匠活。所以爷爷在生产队麦田里出现引众人注目。队长很客气地招呼。爷爷也不说话,拣了一块麦子长得格外茂密的粪盘地,弯腰挥镰,唰唰唰一阵响,便把一个两头粗、腰儿细的麦个子扔在众人面前。那活儿自然是一流的,没人能比。训斥过我的小个子脸红了。爷爷说:你们割了几亩麦子?弄得灰头垢脸的,早年我去上坡田割麦子,穿着白漂布的小褂,手提着画眉笼子,割一天下来,衣服还是白的。

爷爷说得可能有点玄,但他的技艺的确把人们镇住了,替我出了一口气。

爷爷会织渔网、会编鸟笼子、会捕鱼、捉螃蟹、还玩鸟枪打鸟。他是个有情趣的农民。后来的人民公社大锅饭，把人像牲口一样拢在一起，人们过着一种半军事化的生活，去赶个集都要向队长请假，农民的所有时间都不能自己支配，有情趣的农民也没有了。这几年土地分到了户，农民们比我在农村时要舒服多了；虽然干活也苦也累，但人身恢复了自由，人的脑袋也有了更多的用处。如果我的爷爷还活着，他一定会愉快的。

事实上，人民公社那一套，人人都知道不灵，但谁也不敢说。上头把政策一变，饭也吃饱了，衣也穿暖了，房子也住好了。守着那么肥沃的土地，竟饿肚子许多年，想想也不知道该恨谁。当年我爷爷就诅咒人民公社是兔子的尾巴长不了，这在当时可算弥天大罪，现在应了验。

关于农村，可以说的话实在是太多。譬如农村的政治制度、宗族问题、农时节气、庄稼草木、土地河流、家禽家畜、蚊蝇蛆虫、风俗习惯、洪水旱魃、苛捐杂税、奇人异事……都能拉开架式写大块文章，只可惜版面有限，只好草草结束这篇"四不像"的文章，读者姑妄读之吧。

一九九〇年六月

酒 后 絮 语

童年时，村头来了一位拉着骆驼的相面先生，许多人围观，我也挤进去看热闹。相面先生对众人说我："这个小孩眉中藏痣，注定长大了能喝酒。"当时村人们都以糠菜果腹，酒是极端奢侈之物，我既然相上注定能喝酒，也许长大后必有酒喝，有酒喝生活必然不会错——于是众人便用异样的目光打量我，看我这未来的酒徒，记得我当时颇为得意。

七十年代初，生活略有好转，有一次父亲在家招待一位尊贵客人，剩了半瓶酒，放在后窗台上。我盯着那半瓶酒，突然想起了相面先生的预言，便取下酒瓶，拔开塞子，狠喝了一口。口腔麻辣，眼睛流泪，是酒给我的第一次感觉。这也便是我饮酒生涯的开始。

从此后只要家里没有人我便偷喝瓶中酒，自然是日日见少，担心被发现、皮肉受苦，灵机一动，去水缸里舀来水，倒入酒瓶中，恢复到原来的水平。发现了这方法后，就更加放肆地偷喝，反正水缸里有的是水。渐渐地感到瓶中酒味越来越寡淡，不敢再喝，心中日日忐忑。过了些日子，又有客人来，父亲用那半瓶酒待客，竟然没有尝出酒味淡薄，也许是尝出来没说。总算是把这半瓶酒解决了，去了我一块心病。

母亲是知道我的鬼把戏的,但她并没有在父亲面前揭露我。我从小嘴馋,肚子似乎永远空空荡荡。饿苦了,所以馋。家里有什么好吃的东西,无论藏在什么地方,都会被我找到。母亲对我的馋无可奈何,她曾用手指点着我的额头,痛苦万端地说:你怎么这样馋呢?为什么屡教不改呢?因为吃,你赚了多少厌弃?让我为你担了多少羞耻?你什么时候才能把这个馋毛病改掉呢?你现在不但偷吃,还偷喝,喝了你爹的酒,就往里加凉水,你以为我不知道吗?——在母亲的斥责声中,我感到无地自容。

那时候的酒是用红薯干做原料烧出来的。这种酒质量低劣,味道苦辣,稍微喝多一点就烧心、头痛、吐酸水;而用高粱烧出来的酒,无论喝多少也不会头痛。我的大爷爷是喝酒的专家,许多关于酒类的知识,我都是从他那里得知的。

这位大爷爷是个中医,父亲说他三十多岁时才立志学医,后来竟学成了。他虽然没学到扁鹊、张仲景那种程度,但在方圆百里地盘上,很有些名气,也算是一方名医。他一生服务乡里,有口皆碑。父亲经常用大爷爷老大立志、学有所成的榜样来鞭策激励我,并让我跟大爷爷去学习中医。父亲说,什么人的饭碗都可能打破,唯独医生的饭碗打不破,因为皇帝也要生病。父亲说,只要你能学成,那保准你一辈子吃香的喝辣的。

那时我因为组织"蒺藜造反小队"被赶出校门,干农活又不中用,便有许多时间泡在大爷爷家。名曰学医,实则是泡在那里看热闹,听四乡八屯前来求医的人说一些逸闻趣事。大爷爷是地主成分,只因为有医术,土改时才免于一死。新中国成立后政府对他特别照顾,没强制他下田劳动,允许他在家里坐堂行医。他那时已经年近八十,但耳聪目明,头脑清楚。他是个很健谈的人,尤其是三盅酒落肚之后。我从他的嘴里听过很多故事。这是事实,并不因为马尔克斯有个善讲故事的外祖母我就造出一个善讲故事的大爷爷来类龙比凤。后来听上了年纪的村人私下里说，大爷爷年轻时是个花天酒地的人，干过不少闻名乡里的风流事。听到祖辈的秘史，感到很亲切，并没有影响我对他的尊敬，反而感到敬佩。大爷爷有一种怀旧情绪，薯干酒令他很不满意，高粱酒很难买到大概也买不起，所以他也只能喝着薯干酒怀念高粱酒。

　　大爷爷说那时候我们这个只有三十多户人家的小村子里有两家规模很大的酒坊。东北乡遍地高粱，酒坊里烧的自然是高粱酒。那两家酒坊都有自家的堂号，一曰"总记"，一曰"聚元"。两家在土改时都被划为地主，他们的后辈都低头弯腰地承受了几十年祖辈遗给的苦难。"总记"的一个小儿子是解放初期的大学生，反右时被划为"右派"，"文革"期间被开除公职，赶回家乡劳改。他体力不济，干不了重活，只能与我们这些半大孩子混在一起。我常常看到他瞪着被薯干酒烧红的眼睛说一些疯话：酒啊，酒啊，亲娘比不上一瓶酒啊！"文革"结束后，他恢复了公职，离开家乡前，在大街上摆上一个缸，把周围三家供销社的酒全部买了，灌了满满一缸，然后爬到树上放鞭炮，号召全村人来喝酒，庆祝他平反，同时为自己招亲——立刻就有一个贫农的女儿上门来自荐——八十年代末，"总记"的几个后代扬言要恢复祖先的荣耀重建酒坊，说不但要造高粱酒，还要造葡萄酒。他们弄了一些据说是从意大利进口的葡萄种苗让乡亲们栽种，可惜这几个幻想家的热情在葡萄还没结果之前就冷却了。

　　那时候我们这个偏僻的小村庄里酒香洋溢，村子里上了年纪的男人，大都在酒坊里干过活儿。在酒坊里干活，酒是随便喝的，只要不耽误干活，掌柜的不会出言。我的一个表大伯说，那时酒坊伙计们的饭食很好，一天三顿白面，早晨四个小菜，每人一个咸鸭蛋，中午晚上有鱼有肉，酒管够。所以那时候的伙计，干活没有不卖力气的。这个表大伯腿瘸，就是在"总记"酒坊里干活累的。大爷爷那时候开着药铺,是村子里的头面人物,他自然不会到烧酒作坊里去卖大力,但他对酿酒的过程了如指掌。我写作《红高粱家族》时,从他们过去的生活中,获取了很多灵感。

大爷爷八十多岁时,每天还要喝两顿酒,午饭喝、晚饭喝,每次喝半斤。他年轻时能喝多少?谁也说不准。他对我讲过他自己的两次喝酒经历。一次是他出外为人诊病归来,在路上碰到一位朋友,朋友背着一坛酒,十二斤装,老秤。两人寒暄几句,坐下就喝。没有佐肴,正好路边有几棵野锥蒜,就掐着锥蒜叶儿当肴。搬着坛子,你咕嘟几口递给我,我咕嘟几口递给你,一会儿工夫,就把一坛酒咕嘟光了,那几棵野锥蒜还没吃完呢。然后抿嘴站起来,意犹未尽,拱手道别,各走各的,没事人一样。人均六斤白酒,老秤,竟然都没醉意,用现在的眼光看,简直就是海量了。而另一次,在邻村的一次酒宴上,他一眼看到对面而坐的竟是一位不共戴天的仇人,一杯酒饮罢,辞席而去,摇摇晃晃,感到烈火在脑子里燃烧,过了联结两村的小石桥,一头栽在村头的一个草垛边上,醉了整整一夜,醒来后看到一个车轮大的红日冉冉升起,照耀着遍地霜雪。

后来我渐渐大了,必须下地干活换取自己的饭食,大爷爷家不能去泡了,学习中医的事也就罢休。父亲对我的不堪造就非常不满,但也无可奈何。因为食物不足,家庭里永远笼罩着阴沉的空气,所以我和哥哥姐姐们,除了吃饭、睡觉不得不回家外,其余的空闲时间几乎都泡在六叔家。六叔家当然也吃不饱穿不暖,但穷欢乐的气氛浓厚,村里那些颇有趣味的人,都是六叔家的常客,在那些漫漫的冬夜里,他们每晚必到。房子小,人挤,我的位置在墙角,与一株养在破水缸里瑟缩在墙角熬冬的夹竹桃紧挨着。屋子里永远不生火,脚冻得像猫咬着一样痛。一灯如豆,温暖地照耀着众人模模糊糊的脸。屋子里烟雾腾腾,这些乡村的口头小说家们你一段我一段地编织着奇闻怪事,有时也议论经济,有时也批评政治,最多的话题则是妖魔鬼怪和村中人的男女情事。有一夜晚,下着鹅毛大雪,众人照旧来了,不知是谁说:要是有壶酒就好了。没有酒,但每个人都在想象着雪夜饮酒的幸福情景。六叔灵机一动,拿出半瓶给猪打针消毒用的酒精(他是赤脚兽医)兑上一碗凉水,从咸菜缸里捞出一个白菜疙瘩当肴,便你一口我一口地喝起来。这件事在《酒国》里得到了表现,但喝瞎眼睛的事是没有的,大概我们摄入的甲醇量还没有达到伤害身体的程度。

到了八十年代,生活好转,喝酒已是常事。造酒是暴利行业,大大小小的酒厂如雨后春笋般冒出来,各种各样的酒造出来,散装的红薯干酒见不到了,所有的酒都是瓶装盒盛,而且包装越来越豪华。报章上不时揭露用工业酒精勾兑假酒喝坏了人的事件,读之令人心怵。假酒制造者遍布各地,手段卑劣,令人发指。大批的假酒制造者和销售者发了横财,被揭露者不过千万之一。即使被揭露了,也不过罚点款了事,这点罚金与他们牟取的暴利相比,根本不算什么。所以,更多的假酒制造者继续用他们的毒酒害人,许多地方的官员对形形色色的制假集团是姑息的甚至是庇护的,其背后的情景可以想象。其实何止是假酒呢?常有人戏言:除了假的是真假,其余的都是假的。好在我们被蒙骗惯了,人命又不珍贵,所以买了假货也就摇摇头,连愤怒的兴趣都日益淡漠了。近日来,正在掀起一个揭露假货的运动,但愿运动过去,不要恢复如初,甚至变本加厉。我在北京,为防止上当,轻易不买个体户的东西。因为这些人的东西真货不多。而且这些人大都怀揣利刃,弄不好就要捅人。但从报纸上看到,连堂皇的国营商店里也充斥着假货,不用说,进货的人发了财。看起来,泛滥成灾的造假和售假并不是一个纯粹的经济现象,现象背后有深刻的背景,在腐败没得到有效遏制之前,假货永难灭绝。官员的腐败,是所有社会丑恶现象的根本原因。官员腐败问题得不到控制,制假卖假问题解决不了,社会风气堕落问题解决不了,环境污染问题解决不了。连那些濒临灭绝的珍稀动物，他们的天敌，也是腐败官员。

　　刺激了我的神经、触发了我的灵感、使我动笔写《酒国》的是一篇刊登在某家报刊的文章：《我曾是个陪酒员》。写这文章的是一位家庭出身不好，在念书时就被划为"右派"的人。他念的是中文，毕业后分到东北某矿山的子弟学校当教员，一直郁郁不得志，连个老婆也讨不到。有一次，开了工资之后，他买了八斤酒，想，索性醉死算了。他写了遗书，背着酒，进了山，找了片小树林，坐下，喝光了八斤酒，等死，但除了肚子发胀，别无不适之感。他这才明白自己是个永远喝不醉的人，于是放声大哭。学校的人发现了他的遗书，赶紧找到他，发现满地酒瓶，一人号啕。问他哭什么？他说原本想喝酒寻死，没想到毫无反应，这个月的工资也造光了，因此悲从中来。众人哭笑不得。渐渐地他千杯不醉的声名传播了出去。有一天，矿山党委派员来考察他的酒量，他当着来人的面连灌三瓶烈性白酒，面不改色心不跳。于是他被调到矿山党委宣传部，具体工作是陪矿山的干部出席酒宴。从此后他如鱼得水，无数的来宾倒在他的面前。他是中文科班出身，编几句敬酒词儿那是小菜一碟，人又机灵，常常妙语连珠惊四座，深得领导宠爱。他走到街上，许多人都投过来敬仰的目光。临近的几家大企业想用重金把他挖过去，矿山绝不放他。自然，老婆也讨到了，而且是本地区有名的美女。酒中自有黄金屋，酒中自有千钟粟，酒中自有颜如玉。

　　文章是这位饮酒的天才调回南方故乡后写的，字里行间充满痛定思痛的味道。如果他还在东北矿山工作，大概他也不会写这文章。

　　《酒国》动笔于 1989 年 9 月，原想写部五万字左右的中篇，但一写起来就没了遮拦。原想远避政治，只写酒，写这奇妙的液体与人类生活的关系。写起来才知晓这是不可能的。当今社会，喝酒已变成斗争，酒场变成了交易场，许多事情决定于觥筹交错之时。由酒场深入进去，便可发现这社会的全部奥秘。于是《酒国》便有了讽刺政治的意味,批判的小小刺芒也露了出来。

即便根据官方统计的数字,我们每年消耗的酒量也是惊人的。虽然禁止公费吃喝的明令再三颁布,但收效甚微,而且每整顿一次,便有一次疯狂的反弹。各种各样的斗酒方式应运而生。我与许多小官吏是朋友,也跟着他们喝了很多不花钱的酒,这也是腐败行为,我知道。我深深体会到,赴这种比赛酒量的宴席绝不是一件乐事,只要你还讲信义、好冲动,必定要被放倒,只有那些冷面冷心冷静的人,才能不被灌醉。而喝醉后的难受滋味,比感冒了难熬许多。我醉酒一次,脑筋要麻木起码一星期。但一上酒席,三杯下肚,便忘了先前的痛苦,总是像英雄一样豪饮,像狗熊一样醉倒。那些小官吏们,其实也想回家与家人一起吃饭,有兴时自随自便啜两盅,但他们身不由己。一方面他们因用公费吃喝、酒海肉山地挥霍浪费而被百姓诅咒,一方面他们又深受酒宴之苦。这大概是中国的一个独特矛盾。我想中国能够杜绝公费吃喝哪怕一年,省下的钱就能修一座三峡大坝;能够杜绝公费吃喝三年,足可以让那些尚未脱贫的农民脱贫。这又是白日梦。能把月亮炸掉怕也不能把公费的酒宴取消,而这种现象一日不得到控制,百姓的口诽腹谤便一日不能止。

《酒国》中写了几位小官吏,我对他们表示了充分的理解与宽容。因为我深知,假若把我放在他们的位置上,我会跟他们一样。我经常想,能不能像朱元璋那样,把贪官污吏剥皮揎草,挂在公堂上,以警后任? 我把这想法跟好友说,他们笑我幼稚。朱元璋剥皮揎草,也没制止王朝的腐败,我是太幼稚了。

当然,《酒国》首先是一部小说,最耗费我心力的并不是揭露和批判,而是为这小说寻找结构。目前这小说的结构,虽不能说是最好的,我自认为也是较好的了。语言也让我挖空心思。最好写的是酒后絮语,最难写的也是酒后絮语。如果读者能从这部书里读出一些不同于我过去作品之处,就使我欣然如醉了。

写到此处,这文章也该收尾了。但流连不忍离去,何故也?因为遗憾太多,过去五千年的历史,从某种意义上说几同一部酒的历史,酒成就了多少好事,也坏了多少好事。古人沉醉着,度过了多少峥嵘岁月,写出了多少辉煌诗篇,而我醉着酒,只写出了这冷眼文章。我想今后一定会有关于酒的巨著产生,我这《酒国》,不过是一声长啸而已,当有高啸如风者在后。

　　附注:"苏门啸",钱仲联注引《魏氏春秋》曰:"阮籍……尝游苏门山,有隐者,莫知姓名,有竹实数斛,杵臼而已。籍闻而从之,论太古无为之道,论五帝三王之义,苏门先生倏然曾不眄之。籍乃吟然长啸,韵响寥亮。苏门先生迥尔而笑。籍既降,先生喟然高啸,有如风音。"

　　长啸自谓不凡,更有高啸在后。

一九九二年五月十四日

讲　话

　　接到入伍通知书后，村里一个复员兵便登门来教导我："到了部队，第一件事就是给新兵连首长写一份决心书，这对你的分配至关重要。如果你写得好，新兵训练结束后，就有可能让你去当文书或是给首长去当警卫员，而这两个职务是天生的干部苗子。"他还传授给我很多宝贵经验，高级的有如何取得首长的好感，低级的有怎么样抢吃热汤面。

　　我遵循着他的教导，到新兵连的第二天，就写了一份决心书交给班长，让他帮我交给连首长。班长是个老兵，狐疑地看看我，问："你家里有人当过兵吧？"我说没有。他摇摇头，好像不相信我的话。

　　我那份决心书开头就写要在党支部的英明领导下反击右倾翻案风，其实啥是右倾翻案风我一点也不知道。后来写入团申请书也是这样写。填入党志愿书就填上紧跟英明领袖华主席，坚持"两个凡是"。这些东西现在还在我的档案袋里吧？但天地早就大变了模样。

　　也许真是那份决心书起了作用，团里举行大会欢迎新战友，要选一个新兵代表讲话，这事儿就光荣地落在了我的头上。我兴奋得一宿没睡着，大睁着两眼梦想自己的光明前途——大概是由文书而指导员,穿上了四个兜的军装,回家探亲挽着袖子,手腕子上套着手表,上海牌的,全钢防震,十九个钻。

讲话稿写好后,新兵连的指导员帮我改了一遍,让我下去念熟溜了,别上了台打结巴磕子。这件事让一起入伍的老乡很忌妒,说什么的都有。我心里憋着劲儿,想来个一鸣惊人,来一个亲者快仇者痛。

欢迎大会那晚上,几百个新兵和团直的几百个老兵把团部礼堂坐满了,边角上还镶着一些家属和小孩子。因为会后还有文艺演出。

那是我第一次进入人间的礼堂,看着舞台上那猩红的天鹅绒大幕,还有那些华灯,心里激动得很严重。老兵和新兵拉着歌子,此起彼伏,声震屋顶。那情绪不是几句话能说清的。我想当兵真好,当兵实在是太好了呀!看到那些精神焕发的小军官,我的心中充满了希望。

大幕终于拉开了。一个老军官上台讲了几句开幕词儿,就请曹副团长讲话。曹副团长上来坐下,对着包着红布的麦克风念讲稿。那稿子的内容跟我写的差不多。曹副团长讲完了,我们使劲鼓掌。下面指导员讲话。指导员也是坐在麦克风前念讲稿,稿子的内容跟我写的差不多。指导员讲完了,我们使劲鼓掌。指导员下去后,那个主持会议的老军官说:"下边请新兵代表讲话。"

在一片掌声里,我不知怎么样地上了台。我头晕,心跳,快要死了似的。谁见过这样的大场面了?但这是光荣,是前途,是四个兜的军装,是上海牌手表,全钢防震,十九个钻。

我一屁股坐在那把坐过曹副团长、坐过新兵连指导员的椅子上。那是一把红色人造革面的钢架折叠椅,我糊糊涂涂地就坐上了。我望了一眼台下那一片眼睛,就低头念稿子。我感到嘴唇不好使唤,喉咙紧张,发出的声音都是颤抖的。念了几句,便放了胆,嘴唇活泼了,嗓子松弛了,我听到自己的声音像春雷一样在礼堂里滚动。刚刚找到感觉,还没过瘾,稿子就念完了。我站起来,立正,给台下人敬礼。

然后转身,立正,给台后那些坐成一排的首长敬礼。然后又转身,找到台阶,在众目睽睽下,回到座位上坐下。

我刚落座,就被班长狠狠地踩了一脚。我听到班长压低声音,恶狠狠地说:"你这个混蛋,彻底完了!"

我当时就懵了。文艺演出开始,团文艺宣传队那些女兵五花八门的脸我一概看不清了。

带着沉重的思想负担回到宿舍,我问:"班长,怎么回事?"

班长骂道:"混蛋,那凳子,你也配坐?那是首长坐的!你一个新兵蛋子,不站着讲话,竟敢像首长一样坐着讲,太不像话了!你稀稀了(新兵连流行语),等着明年回家吃地瓜去吧。"

我一夜未睡,满脑子胡思乱想,真是连自杀的心都有。

我请教班长,还有没有办法补救。

班长说:"印象太坏了,没什么戏了。"

我的眼泪唰地就流下来了。我一个老中农的儿子,费了千辛万苦才当上兵,原本想在部队好好干,提成军官,为父母争气,与地瓜离婚,谁知道这样简单就"稀稀"了。有苦不能言,心中车轮转,转了半天,转出了个主意。我给新兵连党支部写了一份沉痛的检查,检查我坐了不该坐的椅子的错误。检查写好后,我买了一包烟送给班长,求他把我的检查上交给连首长。班长不看烟,看着我,说:"要说起来,新兵嘛……行,我帮你递上去,咱就死马当成活马医吧!"

一九九三年

洗 热 水 澡

当兵之前,我在农村生活了二十年,从没洗过一次热水澡。那时候我们洗澡是到河里去。我家的房后有一条胶河,每到盛夏季节,河中水势滔滔,坐在炕上便能看到河中的流水。回忆中那时候的夏天比现在热得多,吃罢午饭,总是满身大汗。什么也顾不上,扔下饭碗便飞快地跑上河堤,一头扎到河里去,扎猛子打扑通,这行为本是游泳,但我们从来把这说成是洗澡。在河里泡上一晌午头,等到大人们午睡起来,我们便爬上岸,或是去上学,或是去放牛羊。每年的夏天,河里总要淹死几个孩子,但并不能阻止我们下河洗澡。大人也懒得来管。我们都是好水性,没人教练,完全是无师自通,游泳的姿势也是五花八门。那时候,每到夏天,十岁以下的男孩子,身上都是一丝不挂,连鞋子也不穿。我们身上沾满了泥巴,晒得像一条条黑巴鱼。有一些胆大的女孩子也有每天中午跟着男孩子下河的,但她们总是要穿着衣服,拖泥带水,很不利索。

我们洗澡的时间大概从"五一"节开始,洗到十月国庆节为止。个别的特别恋水的孩子,到了下霜的深秋季节,还动不动就往河里跳。我们那时自然不知冬泳什么的,只是感到不下水身上刺痒。河里结了冰,我们就没法子洗澡了。然后就干巴一个冬季,任凭身上的灰垢积累得比铜钱还要厚。那时候我们并不知道城里人在冬季还能洗热水澡。

　　我第一次洗热水澡是应征入伍后到县城里去换穿军装的时候。那时我已二十岁。那个冬季里我们县共征收了九百名士兵,在县城集合,发放了军装后,像赶鸭子似的被赶到两个澡堂子里去。送行的家人们在澡堂子外边等着拿我们换下来的衣服。那时县城里总共有两个澡堂子。一个是公共澡堂,一个是橡胶厂澡堂。公共澡堂也叫人民浴池,是供县城人民洗澡用的,据说里边有一个很大的水池子,而且还是石板铺地。橡胶厂澡堂是供橡胶厂工人洗澡用的,规模很小,设施也差。我不幸被分到橡胶厂的澡堂里去。那个澡堂其实就是在平地上挖了一个坑,周遭抹上一层水泥。水泥坑中倒上几十桶热水。墙角上临时生了几个火炉子。澡堂里的墙上、地上到处都抹着一层又黑又黏的脏东西,估计是从橡胶工人身上洗下来的。屋子里散发着一股刺鼻的臭气,比农村里所有的气味都难闻。很多人捂着鼻子跑出来说不洗了不洗了！但带队的武装部干部说,你们已经是兵了,军令如山倒,让你们洗就得洗,不洗就是违抗军令。于是大家只好手忙脚乱地脱衣。三百个青年,光溜溜的,发一声喊,冲进澡堂里去,像下饺子一样跳到池中。水池立刻就满了人,好似肉的丛林。池中的水猛地溢了出来,在地上涌流,流到外间去,浸湿了我们脱下来的衣服。这次所谓洗澡,不过是用热水沾了沾身体罢了。力气小的挤不进去,连身体也没沾湿。但是从此之后,我知道了人在严寒的冬天,可以在室内用热水洗澡这件事。

　　当兵后,部队住在偏远的农村,周围连条可以洗澡的河都没有。我们整天摸爬滚打,还要养猪种菜,脏得像泥猴子似的,身上散发着臭气。但部队就是部队,待遇胜过农民。每逢重大节日,部队领导就提前派人到县城里去联系澡堂子。联系好了,就用大卡车拉着我们去。这一天部队把整个澡堂包下来了,老百姓不准入内。我们可以尽兴地洗。我们所在的那个县是革命的老根据地,对子弟兵有很深的感情。澡堂工作人员对我们特别客气,免费供应茶水,还免费供应肥皂,把我们感动得很厉害。那个很胖大的澡堂领导对我们说:好好洗,同志们,来一次不容易。有什么意见随时提出来,我们随时改正。我们的带队领导说:同志们,好好洗,认真洗,洗不好对不起人民群众对子弟兵的一片心意。我们在澡堂子里一般要耗六个小时,上午九点进去,下午三点出来。我们在老兵的带领下,先到水温不太高的大池子里泡,泡透了,爬上来,两个人一对,互相搓身上的灰。直搓得满身通红,好像褪去了一层皮,也的确是褪去了一层皮。搓完了灰,再下水去泡着。泡一会儿,再上来搓灰。这一次是细搓,连脚丫缝隙里都要搓到。搓完了,老兵同志站在池子沿上,说:不怕烫的、会享福的跟我到小池子里泡着去。我们就跟着老兵到小池子里去。小池子里的水起码有六十度,水清见底,冒着袅袅的蒸汽。一个新兵伸手试了试,哇地叫了一声。老兵轻蔑地看了他一眼,说:大惊小怪干什么?然后,好像给我们表演似的,他屏住气息,双手按着池子的边沿,闭着眼,将身体慢慢地顺到池子里。他人下了池子,几分钟后还是无声无息,好像牺牲了似的,我们胡思乱想着但是不敢吭气。过了许久,水池中那个老兵才长长地吐出一口气,足有三米长。我们在一个忠厚老兵的教导下,排着队蹲在池边,用手往身上撩热水,让皮肤逐渐适应。然后,慢慢地把脚后跟往水里放。一点一点地放,牙缝里咝咝地往里吸着气。渐渐地把整个脚放下去了。老兵说,不管烫得有多痛,只要放下去的部分,就不能提上来。我们遵循着他的教导,咬紧牙关,一点点地往下放腿,终于放到了大腿根部。这时你感到,好像有一万根针在扎着你的腿,你的眼前冒着金火花,两个耳朵眼里嗡嗡地响。你一定要咬住牙关,千万不能动摇,一动摇什么都完了。你感到热汗就像小虫子一样从你的毛孔里爬出来。然后,在老兵的鼓励下,你一闭眼,一咬牙,抱着死也不怕的决心,猛地将整个身体浸到热水中。这时候你会百感交集,多数人会像火箭一样蹿出水面。老兵说,意志坚定不坚定,全看这一刹那。你一往外蹿,等于前功尽弃,这辈子也没福洗真正的热水澡了。这时你无论如何也要狠下心,咬住牙,你就想:我宁愿烫死在池子里也不出来了。这时你可能感到有万支钢针在给你针灸,你的心脏跳动得比麻雀心脏还要快,你的血液像开水一样在你的血管子里循环,你汗如雨下,你血里的脏东西全部顺着汗水流出来了。过了这个阶段,你感到你的身体不知道哪里去了,你基本上不是你了。你能感觉到的只有你的脑袋,你能支配的器官只有你的眼皮,如果眼皮算个器官的话。连眼皮也懒得睁开。你这时尽可以闭上眼睛,把头枕在池子沿上睡一觉吧。即便是这样死了,你也挺幸福是不是?在这样的热水中像神仙一样泡上个把小时,然后调动昏昏沉沉的意识,自己对自己说:行了,伙计,该上去了,再不上去就泡化了。你努力找到自己的身体,用双手把住池子的边沿,慢慢地往上抽身体,你想快也快不了。你终于爬上来了。你低头看到,你的身体红得像一只煮熟的大龙虾,散发着一股新鲜的气味。澡堂中本来温度很高,但是你却感到凉风习习,好像进了神仙洞府。你看到一根条凳,赶快躺下来。如果找不到条凳,你就随便找个地方躺下吧。你感到浑身上下,有一股说痛不是痛,说麻不是麻的古怪滋味,这滋味说不上是幸福还是痛苦,反正会让你终生难忘。躺在凉森森的条凳上,你感到天旋地转,浑身轻飘飘的,有点腾云驾雾的意思。躺上半小时,你爬起来,再到热水池中去浸泡十分钟,然后就到莲蓬头那儿,把身体冲一冲,其实冲不冲都无所谓,在那个时代里,我们没有那么多卫生观念。洗这样一次澡,几乎有点像脱胎换骨,我们神清气爽,自觉美丽无比。

过了十几年,我到北京上学、工作,虽然是身在首都,但要洗一次澡还是不容易。譬如在军艺上学期间,每周澡堂开一次。因为要讲究卫生,取消了水池子,全部改成了淋浴。总共十几个莲蓬头,全院数百个男子,只能是有人洗,有人在一边等。暖气烧得又不热,把人冻得像猴似的。好不容易洗完了澡,再冒着寒风、踩着满地的煤灰走回宿舍,连一点美好的感觉也找不到了。从那时我就想:将来如果有了钱或是有了权,我要做的第一件事就是在自己家里修一个澡堂子,澡堂子里有一大一小两个水池子,一天二十四小时都有热水,大池子里的水比较热,小池子里的水特别热。据说我党的许多领导人喜欢坐在马桶上办公,我如果成了什么领导人,一定要泡在澡堂子里办公,办公桌就浮在水面上。开会也在澡堂里开,大家一边互相搓着背,一边讨论,那样肯定能够比较坦诚相见,许多衣冠楚楚时解决不了的问题也就容易解决了。有好几次我接受记者采访,他们问我最大的理想是什么,我说就是将来在家修个澡堂子,天天能洗热水澡。

又过了将近十年,我的家中安装了燃气热水器,基本上解决了天天能洗热水澡的问题,但这离我的理想还相差甚远。在热水器下洗完澡,总是感到浮皮潦草,一点都不深刻,没有那种脱胎换骨的感觉。我理想的、我向往的、我怀念的还是县城里那种有热水池和超热水池的大澡堂子。如果要修一个私有的这样规模的大澡堂并能日日维持热水不断,我的钱还远远不够,我的权更是远远不够。我这样的人这辈子是当不上什么官了,所以指望着利用职权来为自己修一个大澡堂子的可能性是不存在的,只有寄希望于我能写出一部畅销书,卖了几千万本,收入了亿万元的版税,那时,我的大澡堂子就可以兴建了。到时候欢迎各位到我家来洗澡,咱们一边洗澡一边谈论文学问题,那该是多么幸福的生活啊!

一九九三年

会唱歌的墙

高密东北乡东南边隅上那个小村,是我出生的地方。村子里几十户人家,几十栋土墙草顶的房屋稀疏地摆布在胶河的怀抱里。村庄虽小,村子里却有一条宽阔的黄土大道,道路的两边杂乱无章地生长着槐、柳、柏、楸,还有几棵每到金秋就满树黄叶、无人能叫出名字的怪树。路边的树有的是参天古木,有的却细如麻秆,显然是刚刚长出的幼苗。

沿着这条奇树镶边的黄土大道东行三里,便出了村庄。向东南方向似乎是无限地延伸着的原野扑面而来。景观的突变使人往往精神一振。黄土的大道已经留在身后,脚下的道路不知何时已经变成了黑色的土路,狭窄,弯曲,爬向东南,望不到尽头。人至此总是禁不住回头。回头时你看到了村子中央那完全中国化了的天主教堂上那高高的十字架上蹲着的乌鸦变成了一个模糊的黑点,融在夕阳的余晖或是清晨的乳白色炊烟里。也许你回头时正巧是钟声苍凉,从钟楼上溢出,感动着你的心。

黄土大道上树影婆婆,如果是秋天,也许能看到落叶的奇观:没有一丝风,无数金黄的叶片纷纷落地,叶片相撞,索索有声,在街上穿行的鸡犬,仓皇逃窜,仿佛怕被打破头颅。

如果是夏天站在这里,无法不沿着黑土的弯路向东南行走。黑土在夏天总是黏滞的,你脱了鞋子赤脚向前,感觉会很美妙,踩着颤颤悠悠的路面,脚的纹路会清晰地印在那路面上。但你不必担心会陷下去。如果挖一块这样的黑泥,用力一攥,你就会明白了这泥土是多么的珍贵。我每次攥着这泥土,就想起了那些在商店里以很高的价格出售的那种供儿童们捏制小鸡小狗用的橡皮泥。它仿佛是用豆油调和着揉了九十九道的面团。祖先们早就用这里的黑泥,用木榔头敲打它几十遍,使它像黑色的脂油,然后制成陶器、砖瓦,都在出窑时呈现出釉彩,尽管不是釉。这样的陶器和砖瓦是宝贝,敲起来都能发出清脆悦耳的声音。

继续往前走,假如是春天,草甸子里绿草如毡,星星点点、五颜六色的小小花朵,如同这毡上的美丽图案。空中鸟声婉转,天蓝得令人头晕目眩。文背红胸的那种貌似鹌鹑但不是鹌鹑的鸟儿在路上蹒跚行走,后边跟随着几只刚刚出壳的幼鸟。还不时地可以看到草黄色的野兔儿一耸一耸地从你的面前跳过去,追它几步,是有趣的游戏,但要想追上它却是妄想。门老头子养的那条莽撞的瞎狗能追上野兔子,那要在冬天的原野上,最好是大雪遮盖了原野,让野兔子无法疾跑。

前面有一个池塘。所谓池塘,实际上就是原野上的洼地。至于如何成了洼地,洼地里的泥土去了什么地方,没人知道,大概也没有人想知道。草甸子里有无数的池塘,有大的,有小的。夏天时,池塘里积蓄着发黄的水。这些池塘无论大小,都以极圆的形状存在着,令人猜想不透,猜想不透的结果就是浮想联翩。前年夏天,我带一位朋友来看这些池塘。刚下了一场大雨,草叶子上的雨水把我们的裤子都打湿了。池水有些浑浊,水底下一串串的气泡冒到水面上破裂,水中洋溢着一股腥甜的气味。有的池塘里生长着厚厚的浮萍,看不到水面。有的池塘里生长着睡莲，油亮的叶片紧贴着水面，中间高挑起一支两支的花苞或是花朵，带着十分人工的痕迹，但我知道它们绝对是自生自灭的，是野的不是家的。朦胧的月夜里，站在这样的池塘边，望着那些闪烁着奇光异彩的玉雕般的花朵，象征和暗示就油然而生了。四周寂静，月光如水，虫声唧唧，格外深刻。使人想起日本的俳句："蝉声渗到岩石中。"声音是一种力还是一种物质呢？它既然能"渗透"到磁盘上，也必定能"渗透"到岩石里。原野里的声音渗透到我的脑海里，时时地想起来，响起来。

我站在池塘边倾听着唧唧虫鸣，美人的头发闪烁着迷人的光泽，美人的身上散发着蜂蜜的气味。突然，一阵湿漉漉的蛙鸣从不远处的一个池塘传来，月亮的光彩纷纷扬扬，青蛙的气味凉森森地粘在我们的皮肤上。仿佛高密东北乡的全体青蛙都集中在这个约有半亩大的池塘里了，看不到一点点水面，只能看到层层叠叠地在月亮中蠕动鸣叫的青蛙和青蛙们腮边那些白色的气囊。月亮和青蛙们混在一起，声音原本就是一体——自然是人的自然，人是自然的一部分。人在天安门集会，青蛙在池塘里开会。

还是回到路上来吧。那条黄沙的大道早就被我们留在了身后，这条黑色的胶泥小路旁生了若干的枝杈，一条条小径像无数条大蛇盲目爬动时留下的痕迹，复杂地卧在原野上。你没有必要去选择，因为每一条小径都与其他的小径相连，因为每一条小路都通向奇异的风景。池塘是风景。青蛙的池塘。蛇的池塘。螃蟹的池塘。翠鸟的池塘。浮萍的池塘。睡莲的池塘。芦苇的池塘。水荭的池塘。冒泡的池塘和不冒泡的池塘。没有传说的池塘和有传说的池塘。

传说明朝的嘉靖年间，有一个给地主家放牛的孩子，正在池塘边的茅草中蹲着干一件事儿，听到有两个男人的声音在池塘边上响起。谈话的大意是：这个池塘是一穴风水宝地，半夜三更时会有一个奇大的白莲花苞从池塘中升起。如果趁着这莲花开放时,把祖先的骨灰罐儿投进去,注定了后代儿孙会高中状元。这个放牛娃很灵,知道这是两个会看风水的南方蛮子。他心中琢磨:我给人家放牛,一个大字不识,一辈子不会有什么出息了,但如果我有中了状元的儿子,子贵父荣,也是一件大大的美事。尽管我现在还没有老婆,但老婆总是会有的。放牛娃回去把父母连同爷爷奶奶的尸骨起出来,烧化了,装在一个破罐子里,选一个月明之夜,蹲在池边茅草里,等待着。夜半三更时,果然有一个比牛头还要大的洁白的荷花苞儿从池塘正中冒了出来,紧接着就缓缓地开放;那些巨大的花瓣儿在月光的照耀下像什么,只能由您自己去想象。等到花儿全部放开时,总有磨盘那般大小,香气浓郁,把池塘边上的野草都熏蔫了。放牛娃头晕眼花地站起来,双手捧住那个祖先的骨灰罐子,瞄得真切,投向那花心,自然是正中了。香气大放了一阵,接着就收敛了,那些花瓣儿也逐渐地收拢,缩成了初出水时的模样,缓缓地沉下水去。放牛娃在池边干完了这一切,仿佛在梦境中。月亮明晃晃地高挂在天中,池塘中水平如镜,万籁俱寂,远处传来野鹅的叫声,仿佛梦呓。此后放牛娃继续放他的牛,一切如初,他把这事儿也就淡忘了。一天,那两个南方蛮子又出现在池塘边,其中一位,顿足长叹:"晚了,被人家抢了先了。"放牛娃看到这两个人痛心疾首的样子,心中暗暗得意,装出无事人的样子,上前问讯:"二位先生,来这里干什么?怀里抱着什么东西?"那两个人低头看看怀中的骨灰罐子,抬头看看放牛娃,眼中射出十分锐利的光线。后来,这两个蛮子从南方带来了两个美女,非要送给放牛娃做老婆,所有的人都感到这事情不可思议,只有放牛娃心中明白。但送上门来的美女,不要白不要,于是就接受了,房子也是那两个蛮子帮助盖好。过了几年,两个女人都怀了孕。一天,趁放牛娃不在家,两个南方人把两个女人带走了。放牛娃回来后,发现女人不在了,招呼了乡亲,骑马去追,追上了,不让走,南方人也不相让,相持不下;最终由乡绅出面达成协议，两个女人，南方人带走一个，给放牛娃留下一个。过了半年，两个女人各生了一个儿子。长大后，都聪慧异常，读书如吃方便面，先生们如走马灯般地换。十几年中，都由童生而秀才，由秀才而举人，然后进京考进士。南方的那位，在北上的船头上，竖起了一面狂妄的大旗，旗上绣着："头名状元董梅赞，就怕高密哥哥小蓝田。"进场后，都是下笔千言，满卷锦绣。考试官难分高下，只好用走马观榜、水底摸碑等方式来判定高低。董梅赞在水底摸碑时耍了一个心眼，将天下太平的"太"字一点用泥巴糊住，使他的同父异母哥哥摸成了天下大平；于是，董梅赞成了状元，而蓝田屈居榜眼……这个传说还有别样的版本，但故事的框架基本如此。

　　如果干脆舍弃了道路，不管脚下是草丛还是牛粪，不要怕踩坏那一窝窝鲜亮的鸟蛋和活生生的鸟雏，不要怕被刺猬扎了你娇嫩的脚踝，不要怕花朵染彩了你洁净的衣裳，不要怕酢浆草的气味熏出你的眼泪，我们就笔直地对着东南方向那座秀丽的、孤零零的小山走吧。几个小时后，站在墨水河高高的、长满了香草、开遍了百花的河堤上，我们已经把那个幸运的放牛娃和他的美丽的传说抛在了脑后，而另外一个或是几个在河堤上放羊的娃娃正在睁大了眼睛，好奇地看着你。他们中如果有一个独腿的、满面孤独神情的少年，你千万可别去招惹他啊，他是高密东北乡最著名的土匪许大巴掌一脉单传的重孙子。许大巴掌曾经与在胶东纵横了十六年的八路军司令许世友比试过枪法和武术。"咱俩都姓许，一笔难写两个许字。"这句很有江湖气的话不知道出自哪个许口。至今还在流传着他们在大草甸子里比武的故事，流传的过程也就是传奇的过程。那孤独的独腿少年站在河堤上，挥动着手中的鞭子，抽打着堤岸上的野草，一鞭横扫，高草纷披，开辟出一块天地。那少年的嘴唇薄得如刀刃一样，鼻子高挺，腮上几乎没有肉，双眼里几乎没有白色。几千年前蹲在渭河边上钓鱼的姜子牙，现在就蹲在墨水河边上，头顶着黑斗笠，身披着黑蓑衣，身后放一只黑色的鱼篓子,宛如一块黑石头。他的面前是平静的河水,野鸭子在水边浅草中觅食,高脚的鹭鸶站在野鸭们背后,尖嘴藏在背羽中。明晃晃一道闪电,喀啦啦一声霹雳,头上的黑云团团旋转,顷刻遮没了半边天,青灰色的大雨点子急匆匆地砸下来,使河面千疮百孔。一条犁铧大小的鲫鱼落在了姜子牙的鱼篓里。河里有些什么鱼?黑鱼、鲇鱼、鲤鱼、草鱼、鳝鱼。泥鳅不算鱼,只能喂鸭子,人不吃它。色彩艳丽的"紫瓜皮"也不算鱼,它活蹦乱跳,好像一块花玻璃。鳖是能成精作怪的灵物,尤其是五爪子鳖,无人敢惹。河里最多的是螃蟹,还有一种青色的草虾子。这条河与胶河一样是我们高密东北乡的母亲河。胶河在村子后边,墨水河在村子前面,两条河往东流淌四十里后,在咸水口子那里汇合在一起,然后注入渤海的万顷碧波之中。有河必有桥,桥是民国初年修的,至今已经摇摇欲坠。桥上曾经浸透了血迹。一个红衣少女坐在桥上,两条光滑的小腿垂到水面上。她的眼睛里唱着五百年前的歌谣。她的嘴巴紧紧地闭着。她是孙家这个阴鸷的家族中诸多美貌哑巴中的一个。她是一个彻底的沉默,永远紧绷着长长的秀丽的嘴巴。那一年九个哑巴姐妹叠成了一座高高的宝塔,塔顶上是她们的夜明珠般的弟弟——一个伶牙俐齿的男孩子。他踩在姐姐们用身体垒起来的高度上,放声歌唱:"桃花儿红,莲花儿白,莲花儿白白如奶奶……"这歌声也照样地渗透在他的姐姐们的眼睛里。每当我注视着孙家姐妹们冷艳的凤眼,便亲切地听到了那白牙红唇的少年的歌唱。这歌唱渗透到他的姐姐们丰满的乳房里,变成青白的乳汁,哺育着面色苍白的青年。

　　发生在这座老弱的小石桥上的故事多如牛毛。世间的书大多是写在纸上的,也有刻在竹简上的。但有一部关于高密东北乡的大书是渗透在石头里的,是写在桥上的。

　　过了桥,又上堤,同样的芳草野花杂色烂漫的堤,站上去往南望,土地猛然间改变了颜色:河北是黑色的原野,河南是苍黄的土地。

秋天,万亩高粱在河南成熟,像血像火又像豪情。采集高粱米的鸽子们的叫声竟然如女人的悲伤的抽泣。但现在已经是滴水成冰的寒冬,大地沉睡在白雪下,初升的太阳照耀,眼前便展开了万丈金琉璃。许多似曾相识的人在雪地上忙碌着,他们仿佛是从地下冒出来的。这就是高密东北乡的"雪集"了。"雪集"者,雪地上的集市也。雪地上的贸易和雪地上的庆典,是一个将千言万语压在心头、一出声就要遭祸殃的仪式。成千上万的东北乡人一入冬就盼望着第一场雪,雪遮盖了大地,人走出房屋,集中在墨水河南那片大约有三百亩的莫名其妙的高地上。据说这块高地几百年前曾经是老孙家的资产,现在成了村子里的公田。据说高密东北乡的领导人要把这块高地变成所谓的开发区,这愚蠢的念头遭到了村民的坚决抵制。圈地的木橛子被毁坏了几十次,乡长的院子里每天夜里都要落进去一汽车破砖碎瓦。

我多么留恋跟随着爷爷第一次去赶"雪集"的情景啊。在那里,你只能用眼睛看,用手势比画,用全部的心思去体会,但你绝对不能开口说话。开口说话会带来什么后果?我们心照不宣。"雪集"上卖什么的都有,最多的是用蒲草编织成的草鞋和各种吃食。主宰着"雪集"的是食物的香气:油煎包的香气,炸油条的香气,烧猪肉的香气,烤野兔的香气……女人们都用肥大的袖口捂住嘴巴,看起来是为了防止寒风侵入,其实是要防止话语溢出。我们这里遵循着这古老的约定:不说话。这是人对自己的制约,也是人对自己的挑战。苏联的著名小说《钢铁是怎样炼成的》中的主人公保尔·柯察金说不抽烟就不抽烟了,高密东北乡人民说不说话就不说话了。会抽烟不抽烟是痛苦,但会说话不说话却是乐趣。难得的是来这里的人都憋着不说话。当年我亲眼目睹着因为不说话使"雪集"上的各项交易以神奇的速度进行着。因为不说话,一切都变得简捷明了,可见人世上的话,百分之九十九都是废话,都可以省略不说。闭住你的嘴巴,省出力量和时间来思想吧。不说话会让你捕捉到更多的信息。关于颜色,关于气味,关于形状。不说话使人处在一种相互理解的和谐气氛中,不说话使人避免了过分的亲昵也避免了争斗。不说话使人与人之间的关系拉上了一层透明的帷幕,由于有了这层帷幕,彼此反倒更深刻地记住了对方的容貌。不说话你能更多地听到美好的声音。不说话女人的嫣然一笑更加赏心悦目、心领神会。你愿意说话也可以,但只要你一开口,就会有无数的眼睛盯着你,使你感到无地自容。大家都能说话而不说,你为什么偏要说? 人民的沉默据说是一个可怕的征兆,当人们七嘴八舌地议论着、詈骂着时,这个社会还有救;当人民都冷眼不语装了哑巴时,这个社会就到了尽头。据说有一个外乡人来到"雪集",纳闷地说:"你们这里的人都是哑巴吗?"他受到了什么样的惩罚?请你猜猜看。

不要在此流连。关于"雪集",我会在一部长篇小说里再次对你说起,非常地详细。下面,请你注意那条狗。那条瞎眼的狗,在雪地上追逐野兔。我在本文开篇时为这条狗下了一个定语:莽撞。其所以莽撞,是因为瞎眼;正因为盲目,所以就莽撞。其实它追逐着的,仅仅是野兔的气味和声音。但它最终总是能一口咬住野兔子,使我想起了德国作家帕特里克·聚斯金德的小说《香水》,那里边有一个怪人,通过对气味的了解,比所有的人都更加深刻地了解了这个世界。日本的盲音乐家宫城道雄写道:"失去了光之后,在我的面前却展现出无限复杂的音的世界,充分地弥补了我因为不能接触颜色造成的孤寂。"这位天才还听到了声音的颜色,他说音和色密不可分,有白色的声音、黑色的声音、红色的声音、黄色的声音,等等;也许还有一个天才,能听出声音的气味来。

就不去西南方向的沼泽地了吧? 也不去东北方向的大河入海处了吧? 那儿的沙滩上有着硕果累累的葡萄园。也不去逐个地游览高密东北乡版图上那些大小村镇了吧? 那儿的历史上曾经有过的烧酒大锅、染布的作坊、孵小鸡的暖房、训老鹰的老人、纺线的老妇、熟皮子的工匠、谈鬼的书场，等等等等，都沉积在历史的岩层中，跑不了的。请看，那条莽撞的狗把野兔子咬住了。叼着，献给它的主人，高寿的门老头儿。他已经九十九岁。他的房屋坐落在高密东北乡最东南的边缘上，孤零零的。出了他的门，往前走两步，便是一道奇怪的墙壁，墙里是我们的家乡，墙外是别人的土地。

　　门老头儿身材高大，年轻时也许是个了不起的汉子。他的故事至今还在高密东北乡流传。我最亲近他捉鬼的故事。说他赶集回来，遇到一个鬼，是个女鬼，要他背着走。他就背着她走。到了村头时鬼要下来，他不理睬，一直将那个鬼背到了家中。他将那个女鬼背到家中，放下一看，原来是个……这个孤独的老人，曾经给一个大名鼎鼎的人物当过马夫。据说他还是共产党员。从我记事起，他就住在远离我们村子的地方。小时候我经常吃到他托人捎来的兔子肉或是野鸟的肉。他用一种红梗的野草煮野物，肉味于是鲜美无比，宛如动听的音乐，至今还缭绕在我的唇边耳畔。但别人找不到这种草。前几年，听村子里的老人说，门老头儿到处收集酒瓶子，问他收了干什么，他也不说。终于发现他在用废旧的酒瓶子垒一道把高密东北乡和外界分割开来的墙。但这道墙刚刚砌了二十米，老头儿就坐在墙根上，无疾而终了。

　　这道墙是由几十万只酒瓶子砌成，瓶口一律向着北。只要是刮起北风，几十万只酒瓶子就会发出声音各异的呼啸，这些声音汇合在一起，便成了亘古未有的音乐。在北风呼啸的夜晚，我们躺在被窝里，听着来自东南方向变幻莫测、五彩缤纷、五味杂陈的声音，眼睛里往往饱含着泪水，心中常怀着对祖先的崇拜、对大自然的敬畏、对未来的憧憬、对神的感谢。

　　你什么都可以忘记，但不要忘记这道墙发出的声音。因为它是大自然的声音，是鬼与神的合唱。

会唱歌的墙昨天倒了,千万只破碎的玻璃瓶子,在雨水中闪烁清冷的光芒继续歌唱,但较之以前的高唱,现在已经是雨中的低吟了。值得庆幸的是,那高唱,那低吟,都渗透到了我们高密东北乡人的灵魂里,并且会世代流传。

一九九三年

漫长的文学梦

最早发现我有一点文学才能的,是一个姓张的高个子老师。那是我在村中小学读三年级的时候。因为自理生活的能力很差,又加上学时年龄较小,母亲给我缝的还是开裆裤。为此,常遭到同学的嘲笑。有一个名叫郭兰花的女生,特别愿意看男生往我裤裆里塞东西。她自己不好意思动手,就鼓励那些男生折腾我。男生折腾我时她笑得点头哈腰,脸红得像鸡冠子似的。后来,这个那时大概刚从乡村师范毕业、年轻力壮、衣冠洁净、身上散发着好闻的肥皂气味的高个子张老师来了,他严厉地制止了往我裤子里塞东西的流氓行为。他教我们语文,是我们的班主任。他的脸上有很多粉刺,眼睛很大,脖子很长,很凶。他一瞪眼,我就想小便。有一次他在课堂上训我,我不知不觉中竟尿在教室里。他很生气,骂道:"你这熊孩子,怎么能随地小便呢?"我哭着说:"老师,我不是故意的……"有一次,他让我到讲台上去念一篇大概是写井冈山上毛竹的课文,念到生气蓬勃的竹笋冲破重重压力钻出地面时,课堂上响起笑声。先是女生吃吃的低笑,然后是男生放肆的大笑。那个当时就十七岁的、隔年就嫁给我一个堂哥成了我嫂子的赵玉英笑得据说连裤子都尿了。张老师起先还不知道是怎么回事,训斥大家:"你们笑什么?!"待他低头看了看我,便咧咧嘴,说:"别念了,下去吧!"我说:"老师,我还没念完呢。"因为我念课文是全班第一流利,难得有次露脸的机会,实在是舍不得下去。张老师一把就将我推下去了。我堂嫂赵玉英后来还经常取笑我,她模仿着我的腔调说:春风滋润了空气,太阳晒暖了大地,尖尖的竹笋便钻出了地面……

张老师到我家去做家访,建议母亲给我缝上裤裆。我母亲不太情愿地接受了他的建议。缝上裤裆后,因为经常把腰带结成死疙瘩,出了不少笑话。后来,大哥把一条牙环坏了的洋腰带送我,结果出丑更多。一是"六一"儿童节在全校大会上背诵课文时掉了裤子,引得众人大哗;二是我到办公室去给张老师送作业,那个与张老师坐对面的姓尚的女老师非要我跟她打乒乓球,我说不打,她非要打,张老师也要我打,我只好打,一打,裤子就掉了。那时我穿的是笨裤子,一掉就到了脚脖子。尚老师笑得前仰后合,说张老师你这个爱徒原来是个小流氓……

在我短暂的学校生活中,腰带和裤裆始终是个恼人的问题。大概是上四年级的时候,我写了一篇关于"五一"劳动节学校开运动会的作文,张老师大为赞赏。后来我又写了许多作文,都被老师拿到课堂上念,有的还抄到学校的黑板报上,有一篇还被附近的中学拿去当作范文学习。有了这样的成绩,我的腰带和裤裆问题也就变成了一个可爱的问题。

后来我当了兵,提了干,探家时偶翻箱子,翻出了四年级时的作文簿,那上边有张老师用红笔写下的大段批语,很是感人。因为"文化大革命",我与张老师闹翻了脸。我被开除回家,碰到张老师就低头躲过,心里冷若冰霜。重读那些批语,心中很是感慨,不由得恨"文化大革命"断送了我的锦绣前程。那本作文簿被我的侄子擦了屁股,如果保留下来，没准还能被将来的什么馆收购了去呢。

辍学当了放牛娃后，经常会忆起写作文的辉煌。村里有一个被遣返回家劳改的"右派"，他是山东师范学院中文系的毕业生，当过中学语文教师。我们是一个生产队，经常在一起劳动。他给我灌输了许多关于作家和小说的知识。什么神童作家初中的作文就被选进了高中教材啦，什么作家下乡自带高级墨水啦，什么作家读高中时就攒了稿费3万元啦，什么有一个大麻子作家坐在火车上见到他的情人在铁道边上行走，就奋不顾身地跳下去，结果把腿摔断了……他帮我编织着作家梦。我问他："叔，只要能写出一本书，是不是就不用放牛了？"他说："岂止是不用放牛！"然后他就给我讲了丁玲的一本书主义，讲了那些名作家一天三顿吃饺子的事。大概从那时起，我就梦想着当一个作家了。别的不说，那一天三顿吃饺子，实在是太诱人了。

1973年，我跟着村里人去昌邑县挖胶莱河。冰天雪地，三个县的几十万民工集合在一起，人山人海，红旗猎猎，指挥部的高音喇叭一遍遍地播放着湖南民歌《浏阳河》，那情那景真让我感到心潮澎湃。夜里，躺在地窖子里，就想写小说。挖完河回家，脸上脱去一层皮，自觉有点脱胎换骨的意思。跟母亲要了5毛钱，去供销社买了一瓶墨水，一个笔记本，趴在炕上，就开始写。书名就叫《胶莱河畔》。第一行字是黑体，引用毛泽东的话：水利是农业的命脉。第一章的回目也紧跟着有了：元宵节支部开大会，老地主阴谋断马腿。故事是这样的：元宵节那天早晨，民兵连长赵红卫吃了两个地瓜，喝了两碗红黏粥，匆匆忙忙去大队部开会，研究挖胶莱河的问题。他站在毛主席像前，默默地念叨着：毛主席呀毛主席，您是我们贫下中农心中最红最红的红太阳……念完了一想，其实红太阳并不热烈，正午时刻的白太阳那才叫厉害呢。正胡思乱想着，开会的人到了。老支书宣布开会，首先学毛主席语录，然后传达公社革委关于挖河的决定。妇女队长铁姑娘高红英请战，老支书不答应，高红英要去找公社革委马主任。高红英与赵红卫是恋爱对象，两家老人想让他们结婚，他们说：为了挖好胶莱河，再把婚期推三年。这一边在开会，那一边阴暗的角落里，一个老地主磨刀霍霍，想把生产队里那匹枣红马的后腿砍断，破坏挖胶莱河，破坏备战备荒为人民……这部小说写了不到一章就扔下了，原因也记不清了。如果说我的小说处女作，这篇应该是。

后来当了兵，吃饱了穿暖了，作家梦就愈做愈猖狂。1978年，我在黄县站岗时，写了一篇《妈妈的故事》，写一个地主的女儿（妈妈）爱上了八路军的武工队长，离家出走，最后带着队伍杀回来，打死了自己当汉奸的爹，但"文革"中"妈妈"却因为家庭出身地主被斗争而死。这篇小说寄给《解放军文艺》，当我天天盼着稿费来了买手表时，稿子却被退了回来。后来又写了一个话剧《离婚》，写与"四人帮"斗争的事。又寄给《解放军文艺》。当我盼望着稿费来了买块手表时，稿子又被退了回来。但这次文艺社的编辑用钢笔给我写了退稿信，那潇洒的字体至今还在我的脑海里摇头摆尾。信的大意是：刊物版面有限，像这样的大型话剧，最好能寄给出版社或是剧院。信的落款处还盖上了一个鲜红的公章。我把这封信给教导员看了，他拍着我的肩膀说："行啊，小伙子，折腾得解放军文艺社都不敢发表了！"我至今也不知道他是讽刺我还是夸奖我。

后来我调到保定，为了解决提干问题，当了政治教员。因基础太差，只好天天死背教科书。文学的事就暂时放下了。一年后，我把那几本教材背熟溜了，上课不用拿讲稿了，文学梦便死灰复燃。我写了许多，专找那些地区级的小刊物投寄。终于，1981年秋天，我的小说《春夜雨霏霏》在保定市的《莲池》发表了。

一九九四年六月

灿烂的星空

不久前,一串彗星的碎片(每片都有数公里之巨),撞击了木星。在那颗神秘的星球上,发生了"惊天动地"的大事件。如果那里有什么生物,那它们的命运将会十分悲惨。在彗木相撞的那些日子里,全世界亿万双眼睛盯着天上这颗与地球息息相关的星球。据说西方国家的电视台一天二十四小时滚动着播出有关彗木相撞的消息,是绝对的新闻热点。但在我国,媒体保持着足够的冷静,以近乎麻木的口吻向国人转述着国外的科学工具获得的资料。好像彗木相撞是在某个大洋深处的小岛上发生的一次小小的自然灾害一样。

在那些日子里,我一直在想,假如有一天,同样的命运落在了地球上,人类该怎么办?过去,杞人忧天是讽刺某些人的,现在,是否应该学习那些忧天倾的杞人,有那么点忧天的意思呢?彗星的碎片既然可以"亲吻"木星,谁又敢担保它不会"亲吻"地球呢?这样的"亲吻"是真正的天崩地裂,不是闹着玩的。

有一位名叫王红旗的人,写了一本文采飞扬的奇书《神秘的星宿文化和游戏》,在彗木相撞的那些日子里,这本书陪伴着我,给了我很多的教益。王红旗认为:在不太久远的古代,小行星的碎片或者彗星的碎片,确曾光顾过地球,并造成了几乎毁灭人类的巨大灾难。王认为我国古代那几个著名的神话传说,如女娲补天、后羿射日、嫦娥奔月、夸父追日等,都与那时代的一次巨大的天文事件有关。

那是一颗足够大的天外星体与地球相撞的事件,当该星体进入地球的大气层后,剧烈的摩擦使它发出了灼目的光芒,发出了难以形容的巨响,并且极有可能分裂成了多块碎片(十日并出),然后是风云突变、石破天惊、地动山摇、山呼海啸、天地变色——这些巨大的字眼就是事实的写照,后来变成了大形容词。这次事件,极大地震惊了处在混沌状态中的远古人类,使他们抬起了仰望星空的眼睛。这次天文事件开启了他们的心智,历史的意识由此产生,哲学也由此及彼地产生了。

《淮南子·天文训》曰:"昔者共工与颛顼争为帝,怒而触不周之山,天柱折,地维绝,天倾西北,故日月星辰移焉;地不满东南,故水潦尘埃归焉。"不周山正是这次撞击事件造成的巨大陨石坑。据王的解释,"不周",是不完全的圆形。可能是那个天体带有一个棱角吧?这次事件的可怕后果就是"天倾西北,故日月星辰移焉",英国著名学者李约瑟敏锐地指出,这是中国古代关于地球自转轴倾角的最早知识,当然也是人类历史上最早的关于地球自转轴倾角的知识。王认为如非亲身经历,绝难编造出来。由于地球自转轴倾角的变化,以及撞击过后的巨量尘埃("黄帝与蚩尤战于涿鹿之野,蚩尤作大雾弥三日"),不排除破碎的高温天体落入大海后引起的海啸("在扶桑之东,有一石,方圆四万里,厚四万里,海水注者,莫不燋尽")、陨石落地引起的森林大火等,远古人类的生存环境发生了突然的巨变,相当一部分人在事件过程中和事件过后的洪水、火灾、恶劣的环境中死去，活下来的人，都是与大自然顽强斗争后的胜利者。所以，远古神话传说，既是那场巨大灾难的记录，也是我们的远古祖先为了生存与大自然顽强斗争并最终取得了胜利的记录。

我想，所谓的盘古、女娲、后羿、嫦娥、夸父、精卫，应该是我们的远古祖先的英雄群体的名字或者是他们心造的英雄。盘古开天地是祖先们的集体行为，女娲炼石补天、后羿举弓射日、夸父持杖逐日、精卫衔石填海亦当如是解。嫦娥奔月则被王红旗理解为对月亮（抑或是那发光的天体碎片）的献祭。这使我联想起英国作家劳伦斯的著名小说《骑马出走的女人》。印第安人用女人祭奠月亮的行为应该是远古巫术的延续吧？当然，这些美妙的传说肯定是产生于那次大事件后的若干年，发生在新的自然环境形成若干年、人类重新安居乐业后。那场大灾难是通过一代代的传说，甚至是形成了一种潜意识，遗传给将历史事件神话化了的后代的，一直到文字产生，才被记录到《山海经》里。想想《山海经》这本奇妙无穷的天书的创作者和流传者，也是一桩令人心驰神往的事情。

世界上所有民族的古老神话传说都惊人地相似，都有开天辟地、十日并出、洪水滔天之类的内容，这恐怕很难说是偶然的。地球毕竟很小，那次天文事件所产生的后果，并不仅仅影响到女娲们、后羿们、嫦娥们，那时候人类是否就形成了体征鲜明区别的种族也未可知，人类是不是由一种猿进化来的也很难说。我想"远古神话传说"是一个复杂的概念，神话和传说本不是一回事。尽管传说久远了就具有了神话的色彩，这也不完全是祖先们对科学知识了解不够所造成的现象。传说本身就是个添油加醋的过程，如果再有文人一加工，那更要乱套，非搞得光芒四射不可。就连司马迁也是如此。根据考古发现，汉朝人的身材普遍比今人矮小,可那项羽在司马迁笔下,已经是巨无霸了。神话应该是比较近代的产物,是理想的产物、现实的折射,如牛郎织女之类。而传说,即便是被传神了的,也总是有一个真实的事件为内核。所以,看起来神乎其神的女娲补天、嫦娥奔月、羿射九日等远古传说,反倒具有了历史的价值,而牛郎织女、仙女下凡之类,则一般地只有文学的和伦理学的价值。

彗木相撞的情景(已经观测到的)与《山海经》《淮南子》等古籍中所记载的,有惊人的相似之处,如:无法用语言形容的光亮、突破了木星深厚的大气层矗立数千公里的巨大烟柱等。木星尽管比地球大一千三百多倍,但这次撞击,也令它哆嗦了良久。据王红旗说,近年来在地球上发现了几个巨大的陨石坑(烟波浩渺的太湖也有陨石坑之嫌)。由上述推想,地球确是遭受过类似彗木相撞的浩劫的。这说明,地球并不是安全的,所以,杞人忧天是有道理的,新的杞人忧天的时代,应该开始了。

那场远古浩劫,也许可以算作人类的一个转折点,而彗木相撞,该不该算作一个新的转折点呢?这是真正的"上天示警"。我想人类应该认识到:地球本来很小,国与国的疆界、社会制度的差异、阶级之间的争斗,与彗木相撞比较起来,简直是荒唐可笑了。假如有一天哪一颗一直在流浪的小行星之类的天体亲近了地球,即便它撞在了纽约,上海也不会舒服。人类实在是应该大度一点。多一点豁达大度,少一点鸡肠小肚;多一点襟怀坦白,少一点阴谋诡计;多一点堂堂正正,少一点蝇营狗苟。我想,当年美国宇航员站在月球上时,他代表的并不仅仅是"美帝"。假如有一天,中国人改变了一颗对着北京撞来的小行星的轨道,让它与地球擦肩而过,我们所拯救的也不仅仅是北京的市民和中国的首都。由此推想,我们这些平民百姓也应该想开一些,最名贵的钻石也是石头,在沙漠里,它的价值还不如一块西瓜皮。

至于争权夺利、投机倒把、打小报告修理朋友、为了头上的乌纱帽媚上欺下、卖友求荣等等，就更加没有意思了。

当然一切还会照旧。彗木相撞的观测和研究使我感到人类的伟大也使我感叹人类的不可救药。即便明天就会有天外来客撞击地球，日本的大米也不会白送给朝鲜，美国的边境也不会对全世界开放。一般的百姓会好一点，但顶多也就像《编辑部的故事》里的那些人，多吃一碗饭——还是先顾自己的肚子，死到了临头还是难改自私的天性。至于西方的那些国家的元首们会干些什么就很难想象了。据我的一个很有些见识的朋友分析，说一旦地球面临着灭顶之灾，那些元首，就会坐上火箭飞上月球去找嫦娥研究拯救地球的问题了。我知道他这是戏言。几十个总统，待在一个荒凉的月球上干什么？尽管早就为他们储备了足够的水和氧气以及美味食品，但没有足够的子民供他们领导，他们很快就会感到没有意思。所以我想，当地球面临危机时，这些大人物不会往月球上飞，他们要做的大概是这样两件事：一是严密地封锁消息，不让老百姓知道；二是发射飞弹之类的东西拦截撞向地球的天体。

写到此处，突然想起了离我的老家不远的潍坊市寒亭区双杨镇华疃村的村民栾来宗和他的孙子栾巨庆。栾氏祖孙是有名的"星痴"，穷毕生精力研究太阳系八大行星运动轨迹和地球气象、地壳运动的关系，并写出了《行星与长期天气预报》《星体运动与长期天气、地震预报》两部专著，取得了令世人瞩目的成果。两个朴素的农民，并没受过学校教育，吃着地瓜干子喝着凉水，能有如此高远的目光和辽阔的胸襟，并且在神秘莫测的天文学领域仅仅靠着悟性和肉眼的观测就获得了丰厚的知识，的确令锦衣玉食者汗颜。在爷爷栾来宗的时代，潍坊出过很多举人和进士，其中获得了高官厚禄者也不少，但从对人类的贡献和人的价值的角度看,他们加起来也比不上一个乡巴佬栾来宗。他们的眼睛盯着金银财宝和官帽上闪烁的顶子,栾来宗的眼睛却在仰望着灿烂的星空。

以上是我1994年8月28日于高密写的初稿,时间距今也不过一年多点,但彗木相撞这件惊天动地的大事,早已经被我忘到了脑后。一年来我该吃就吃该睡就睡,绝对没有因为写过这样一篇貌似深刻的文章而影响了自己的食欲和睡眠。该怎么着还是怎么着,并没有因此而超脱点。由此可见,文章大都是一时冲动的产物,作家如我者,也虚伪得很够意思了。人尚如此,地球呢?就像十世纪的科学物理学奠基人伽利略受到宗教裁判所审判时所庄严地宣布的那样:"它仍然在转动!"可惜的是,当宗教裁判所在广场上架起火堆,面对着熊熊烈火,伽利略动摇了。他怕被烧死,屈服了,说地球不转了。尽管他心中明白,它依然在转动。这种软弱和动摇是人之常情,并没有什么耻辱。布鲁诺宁折不弯,结果被活活烧死在罗马的圣彼得广场上,这样的好汉子是人中的翘楚。前几年罗马教廷宣布给布鲁诺平反。神学终于向科学投降了,只是这投降来得太迟。还是科学,还是真理,是人世间最为宝贵的,是人类的共同的财富,是任何的恶势力也扼杀不了的。

1969年7月20日22时56分(美国东部时间),美国宇航员阿姆斯壮①步入了历史。他从登月舱的最低一级伸出了穿着靴子的左足,在月球上踏上了人类的第一个脚印。接着他说了一句永垂不朽的话:"这是个人的一小步,是人类的一大步。"

地球上的亿万人,从电视上看到了阿姆斯壮迈出这难忘的一步,从广播里听到了他这句难忘的话,观众和听众之多,在人类的历史上

---

① 现通译为"阿姆斯特朗"。——编者注

也是空前的,但是,这些人群里,不包括中国人。那个时候,绝大多数的中国人和我一样,不知道地球上还有电视机这种东西,知道有收音机,但也很少见到。童年时曾听老人说,人间的大人物都对应着天上一颗星,《三国演义》里常有这样的描述,凤雏先生在千里之外的落凤坡前战死,卧龙先生在荆州就看到代表着他的那颗星陨落了:"只见正西上一星,其大如斗,从天坠下,流光四散。"诸葛亮不但能够看到别人的星,还能看到自己的星。他在五丈原被司马懿的固守战术搞得心烦意乱,无计可施,夜间出帐,仰观天象,说:"三台星中,客星倍明,主星幽隐,相辅列曜,其光昏暗,天象如此,吾命可知。"姜维劝他禳星,他只好死马当成活马医,布坛做法,可惜被魏延冲破,终究天命难违。他的对手司马懿也是观星高手——这位大元帅白天不出来夜晚出来望星空——"忽一夜仰观天文,大喜,谓夏侯霸曰:'吾见将星失位,孔明必然有病,不久便死。'"诸葛亮越算越神,临死前让杨仪将自己的遗体放在龛里坐定,嘴里塞进去七粒米——陕西的小米——脚下置明灯一盏,这样竟然能使他的将星不从天上落下来。嘱咐妥当了,"是夜孔明令人扶出,仰观北斗,遥指一星曰:'此吾之将星也。'众视之,见其色昏暗,摇摇欲坠。孔明以剑指之,口中念咒,咒毕,急回帐中,不省人事"。装神弄鬼,达到了登峰造极的程度。却说司马懿夜观天象,见一大星,赤色,光芒有角,自东北方流向西南方,坠入蜀营中,三投再起,隐隐有声。懿惊喜曰:"孔明死矣!"在中国古代的文学中,类似的关于星斗和人的关系的传说比比皆是,说是完全的迷信未必公允,这是人类仰起头来观望星空这一具有革命意义的行为的副产品。凝目仰望灿烂星空,科学的历史才真正开始。

美国宇航员在月球上行走的时候,正是唯心主义和封建迷信在中国横行的时候。我们村子里那个大喇叭里,绝对不会播送美国人登上了月球的消息,我们是几十年后才知道了这消息的。后来我知道,在那个时代,北京城里就有了电视台和电视机,尽管数量很少。

我胆大妄为地想象着：那些围坐在电视机前的人们，观看着美国人登月的情景……他们的脸上会出现什么样子的表情呢？他们的心中又在想些什么呢？

两位美国宇航员在月球荒凉的表面上，为一块牌子揭幕，那牌子上写着：

> 公元一九六九年七月
> 地球人类初次在此登陆月球
> 我们代表全人类和平而来

后来还有人批评上面的月球留言是美国人的虚伪，但我想为此碑揭幕的阿姆斯壮和艾德宁是顾不上虚伪的，因为那纷纷攘攘、载不动千愁万恨的、悲欢离合的地球，正在他们头上宁静的天空中高悬着，宛如一个身披蓝裙、风情万种的美人。

1965年，毛泽东主席重上井冈山时，写下了"可上九天揽月，可下五洋捉鳖"的豪言壮语。上九天揽月，这世间最美的事情，被美国人抢了先，还剩下的事情就是下五洋捉鳖了。想想这个伟人心中的滋味吧。他在1950年代就写下了"问讯吴刚何所有，吴刚捧出桂花酒""寂寞嫦娥舒广袖，万里长空且为忠魂舞"的美丽诗句，他对月亮可谓情有独钟。美国宇航员即将升空前，幽默的通讯员在电话里告诉他们："有一个古老的传说，说是有一个美丽的中国姑娘已经在月亮里住了四千年，你们不妨去找她玩玩。此外，月亮里还有一只中国大兔子，应该不难看到，因为它的前腿抬起，站在一株桂树下面。""好吧，"阿姆斯壮回答，"我们一定要找到那位兔子姑娘。"

想想毛主席心中的滋味吧。

很快，用小白球牵线搭桥，中美建交。饶有趣味的是，尼克松送给毛主席的礼物竟然是从月亮上取来的泥土和岩石。

行文至此，又有一个伟人出现在我们的眼前：他全身瘫痪，只有几根手指还能动弹。他用这几根手指，操纵着电瓶车在剑桥大学的校园里缓缓行走，看到他的人，无不肃然起敬。他就是被全世界尊为继爱因斯坦之后二十世纪最伟大的理论物理学家斯蒂芬·霍金教授。霍金研究的是宇宙中最神秘的现象——黑洞。黑洞也是星体，是最亮的星。最亮的星是看不见的，因为这种星的引力之大连光线都逃脱不出来。我看过霍金的名著《时间简史》，这是一本很少有人能够看懂的、但是却十分畅销的书。我也看不懂，看懂了谁还去搞文学呢。霍金的学生当·佩奇写道："有一年，霍金一家带我去威尔斯郡威耶河附近的乡间别墅，这个房子在山顶上，有一段铺好的道路通到房子里。他开始上坡并超过我不少，然后他就拐入到房子，但是这刚好在斜坡上。我注意到他的轮椅慢慢地向后倾倒下来。我刚想上前去扶他，但是没有来得及，他就向后翻滚到灌木丛里去了。看到这位研究引力的大师，被地球的微弱引力所征服，是令人震惊的一幕。"目睹此景，谁能不震惊呢？霍金的往后倾倒，说明了无论多么伟大的头脑也摆脱不了客观规律的制约。所有的人都应该向科学和真理投降（连罗马教廷都投降了，连霍金教授都往后倾倒了），因为科学和真理是忠实于客观规律的。

　　现在想起来，因为彗木相撞就鼓吹大家忧天是不对的，人既是大自然的奴隶也是大自然的主人。"宇宙间最不可理解的事情，就是宇宙是可以理解的。"（爱因斯坦语录）大自然想了解自己，它把这个光荣的任务交给了人。科学和技术，也是通向共产主义的金桥。从某种意义上说，美国人竖立在月球上的纪念碑是一块共产主义的基石，它使地球缩小了。它开阔了人类的视野，它使人类又一次抬起头仰望星空，它唤起了人作为人的光荣感觉。

　　1989年10月18日，美国亚特兰蒂斯号宇宙飞船发射了价值十五亿美元的伽利略号探测器，按预定轨迹，它将于1995年底飞抵木星,让我们再一次仰望星空,看看太阳卫星中这颗"大哥大"的美丽面貌,看看它的众说纷纭的大红斑,看看被彗星的碎片砸出来的周山或者是不周山,看看那些至今还不被我们所了解的神奇景象。人类在探测宇宙中的每一个成果,都应该是全人类的骄傲。我们能够成为一个人,真是无比的荣耀。我们渺小得可怜,但我们也伟大得可以。千千万万年之后,当人类的子孙分布到许多星球上之后,他们会不会迷惘地问:"据说我们来自地球,但地球在哪里呢?"

于是,我们就成了与女娲、盘古、后羿、夸父比肩的英雄。

一九九五年八月

童 年 读 书

　　我童年时的确迷恋读书。那时候既没有电影更没有电视，连收音机都没有。只有在每年的春节前后，村子里的人演一些《血海深仇》《三世仇》之类的忆苦戏。在那样的文化环境下，看"闲书"便成为我的最大乐趣。我体能不佳，胆子又小，不愿跟村里的孩子去玩上树下井的游戏，偷空就看"闲书"。父亲反对我看"闲书"，大概是怕我中了书里的流毒，变成个坏人；更怕我因看"闲书"耽误了割草放羊；我看"闲书"就只能像地下党搞秘密活动一样。后来，我的班主任家访时对我的父母说其实可以让我适当地看一些"闲书"，形势才略有好转。但我看"闲书"的样子总是不如我背诵课文，或是背着草筐、牵着牛羊的样子让我父母看着顺眼。人真是怪，越是不让他看的东西、越是不让他干的事情，他看起来、干起来越有瘾，所谓偷来的果子吃着香就是这道理吧。我偷看的第一本"闲书"，是绘有许多精美插图的神魔小说《封神演义》，那是班里一个同学的传家宝，轻易不借给别人。我为他家拉了一上午磨才换来看这本书一下午的权利，而且必须在他家磨道里看并由他监督着，仿佛我把书拿出门就会去盗版一样。这本用汗水换来短暂阅读权的书留给我的印象十分深刻，那骑在老虎背上的申公豹、鼻孔里能射出白光的郑伦、能在地下行走的土行孙、眼里长手手里又长眼的杨任，等等等等，一辈子也忘不掉啊。所以前几年在电视上看了连续剧《封神榜》，替古人不平，如此名著，竟被糟蹋得不成模样。其实这种作品，是不能弄成影视的，非要弄，我想只能弄成动画片，像《大闹天宫》《唐老鸭和米老鼠》那样。

后来又用各种方式，把周围几个村子里流传的几部经典，如《三国演义》《水浒传》《儒林外史》之类，全弄到手看了。那时我的记忆力真好，用飞一样的速度阅读一遍，书中的人名就能记全，主要情节便能复述，描写爱情的警句甚至能成段地背诵。现在完全不行了。后来又把"文革"前那十几部著名小说读遍了。记得从一个老师手里借到《青春之歌》时已是下午，明明知道如果不去割草羊就要饿肚子，但还是挡不住书的诱惑，一头钻到草垛后，一下午就把大厚本的《青春之歌》读完了。身上被蚂蚁、蚊虫咬出了一片片的疙瘩。从草垛后晕头涨脑地钻出来，已是红日西沉。我听到羊在圈里狂叫，饿的。我心里忐忑不安，等待着一顿痛骂或是痛打。但母亲看看我那副样子，宽容地叹息一声，没骂我也没打我，只是让我赶快出去弄点草喂羊。我飞快地蹿出家院，心情好得要命，那时我真感到了幸福。

我的二哥也是个书迷，他比我大五岁，借书的路子比我要广得多，常能借到我借不到的书。但这家伙不允许我看他借来的书。他看书时，我就像被磁铁吸引的铁屑一样，悄悄地溜到他的身后，先是远远地看，脖子伸得长长，像一只喝水的鹅，看着看着就不由自主地靠了前。他知道我溜到了他的身后，就故意地将书页翻得飞快，我一目十行地阅读才能勉强跟上趟。他很快就会烦，合上书，一掌把我推到一边去。但只要他打开书页，很快我就会凑上去。他怕我趁他不在时偷看，总是把书藏到一些稀奇古怪的地方，就像革命样板戏《红灯记》里的地下党员李玉和藏密电码一样。但我比日本宪兵队长鸠山高明得多，我总是能把我二哥费尽心机藏起来的书找到；找到后自然又是不顾一切,恨不得把书一口吞到肚子里去。有一次他借到一本《破晓记》,藏到猪圈的棚子里。我去找书时,头碰了马蜂窝,嗡的一声响,几十只马蜂蜇到脸上,奇痛难忍。但顾不上痛,抓紧时间阅读,读着读着眼睛就睁不开了。头肿得像柳斗,眼睛肿成了一条缝。我二哥一回来,看到我的模样,好像吓了一跳,但他还是先把书从我手里夺出来,拿到不知什么地方藏了,才回来管教我。他一巴掌差点把我扇到猪圈里,然后说:活该!我恼恨与痛疼交加,呜呜地哭起来。他想了一会儿,可能是怕母亲回来骂,便说:只要你说是自己上厕所时不小心碰了马蜂窝,我就让你把《破晓记》读完。我非常愉快地同意了。但到了第二天,我脑袋消了肿,去跟他要书时,他马上就不认账了。我发誓今后借了书也决不给他看,但只要我借回了他没读过的书,他就使用暴力抢去先看。有一次我从同学那里好不容易借到一本《三家巷》,回家后一头钻到堆满麦秸草的牛棚里,正看得入迷,他悄悄地摸进来,一把将书抢走,说:这书有毒,我先看看,帮你批判批判!他把我的《三家巷》揣进怀里跑走了。我好恼怒!但追又追不上他,追上了也打不过他,只能在牛棚里跳着脚骂他。几天后,他将《三家巷》扔给我,说:赶快还了去,这书流氓极了!我当然不会听他的。

我怀着甜蜜的忧伤读《三家巷》,为书里那些小儿女的纯真爱情而痴迷陶醉。旧广州的水汽市声扑面而来,在耳际鼻畔缭绕。一个个人物活灵活现,仿佛就在眼前。当我读到区桃在沙面游行被流弹打死时,趴在麦秸草上低声抽泣起来。我心中那个难过,那种悲痛,难以用语言形容。那时我大概九岁吧?六岁上学,念到三年级的时候。看完《三家巷》,好长一段时间里,我心里怅然若失,无心听课,眼前老是晃动着美丽少女区桃的影子,手不由己地在语文课本的空白处,写满了区桃。班里的干部发现了,当众羞辱我,骂我是大流氓,并且向班主任老师告发,老师批评我思想不健康,说我中了资产阶级思想的流毒。几十年后,我第一次到广州,串遍大街小巷想找区桃,可到头来连个胡杏都没碰到。我问广州的朋友,区桃哪里去了?朋友说:区桃们白天睡觉,夜里才出来活动。

读罢《三家巷》不久,我从一个很赏识我的老师那里借到了一本《钢铁是怎样炼成的》。晚上,母亲在灶前忙饭,一盏小油灯挂在门框上,被腾腾的烟雾缭绕着。我个头矮,只能站在门槛上就着如豆的灯光看书。我沉浸在书里,头发被灯火烧焦也不知道。保尔和冬妮娅,肮脏的烧锅炉小工与穿着水兵服的林务官的女儿的迷人的初恋,实在是让我梦绕魂牵,跟得了相思病差不多。多少年过去了,那些当年活现在我脑海里的情景还历历在目。保尔在水边钓鱼,冬妮娅坐在水边树杈上读书……哎,哎,咬钩了,咬钩了……鱼并没咬钩。冬妮娅为什么要逗这个衣衫褴褛、头发蓬乱、浑身煤灰的穷小子呢?冬妮娅出于一种什么样的心态?保尔发了怒,冬妮娅向保尔道歉。然后保尔继续钓鱼,冬妮娅继续读书。她读的什么书?是托尔斯泰还是屠格涅夫?她垂着光滑的小腿在树杈上读书,那条乌黑粗大的发辫,那双湛蓝清澈的眼睛……保尔这时还有心钓鱼吗?如果是我,肯定没心钓鱼了。从冬妮娅向保尔真诚道歉那一刻起,童年的小门关闭,青春的大门猛然敞开了,一个美丽的、令人遗憾的爱情故事开始了。我想,如果冬妮娅不向保尔道歉呢?如果冬妮娅摆出贵族小姐的架子痛骂穷小子呢?那《钢铁是怎样炼成的》就没有了。一个高贵的人并不意识到自己的高贵才是真正的高贵;一个高贵的人能因自己的过失向比自己低贱的人道歉是多么可贵。我与保尔一样,也是在冬妮娅道歉那一刻爱上了她。说爱还早了点,但起码是心中充满了对她的好感,阶级的壁垒在悄然地瓦解。接下来就是保尔和冬妮娅赛跑,因为恋爱忘了烧锅炉;劳动纪律总是与恋爱有矛盾,古今中外都一样。美丽的贵族小姐在前面跑,锅炉小工在后边追……最激动人心的时刻到了:冬妮娅青春焕发的身体有意无意地靠在保尔的胸膛上……看到这里,幸福的热泪从高密东北乡的傻小子眼里流了下来。接下来,保尔剪头发,买衬衣,到冬妮娅家做客……我是三十多年前读的这本书,之后再没翻过,但一切都在眼前,连一个细节都没忘记。我当兵后看过根据这部小说改编的电影,但失望得很,电影中的冬妮娅根本不是我想象中的冬妮娅。保尔和冬妮娅最终还是分道扬镳,成了两股道上跑的车,各奔了前程。当年读到这里时,我心里那种滋味难以说清。我想如果我是保尔……但可惜我不是保尔……我不是保尔也忘不了临别前那无比温馨甜蜜的一夜……冬妮娅家那条凶猛的大狗,狗毛温暖,冬妮娅皮肤凉爽……冬妮娅的母亲多么慈爱啊,散发着牛奶和面包的香气……后来在筑路工地上相见,但昔日的恋人之间竖起了黑暗的墙,阶级和阶级斗争,多么可怕。但也不能说保尔不对,冬妮娅即使嫁给了保尔,也注定不会幸福,因为这两个人之间的差别实在是太大了。保尔后来又跟那个共青团干部丽达恋爱,这是革命时期的爱情,尽管也有感人之处,但比起与冬妮娅的初恋,缺少了那种缠绵悱恻的情调。最后,倒霉透顶的保尔与那个苍白的达雅结了婚。这桩婚事连一点点浪漫情调也没有。看到此处,保尔的形象在我童年的心目中就暗淡无光了。

读完《钢铁是怎样炼成的》,"文化大革命"就爆发,我童年读书的故事也就完结了。

一九九六年

厨房里的看客

多年来我脑子里没有厨房的概念。当兵前在农村,做饭是母亲的事,与小孩子无关;即便是农村的大男人,几乎也没有下厨房做饭的,如果大男人下厨房做饭,会让人瞧不起。严格说起来农村也没有厨房,一进门就是堂屋,屋里垒着两个大灶,安着两口巨大的铁锅,完全可以把小孩子放进去洗澡。为什么要用这样的大锅?那是因为锅里不但要煮人吃的饭,还要煮猪吃的食;而且农村人的饭量比较城里人要大得多,食物又粗糙,锅小了是不行的。除了这两口大锅,堂屋里还要安一张桌子,安不起桌子就用砖头垒一个台子,台子的洞里放着碟子碗筷之类,台面上就是安放祖先牌位的地方,侮辱了这地方,就跟侮辱了祖先是一样的。我的邻居家女人和人打架,实在打不过,就跑到人家的堂屋里,爬上那个供奉祖先牌位的地方,脱下裤子。她这一手非常厉害,村子里几乎没有不怕的。堂屋的一角,是堆放柴草的地方,我们管那里叫草旮旯,天气寒冷时,猪就钻到那里睡觉。在我当兵以前,母亲要往锅里贴饼子时,经常让我帮她烧火,烟熏火燎,灰土飞扬,农村的厨房可不是个好玩的地方。我不愿帮母亲烧火,但很愿看母亲收拾鱼。吃鱼的机会很少，一年也就是那么三两次。每逢母亲收拾鱼，我就蹲在旁边看，一边看，一边问，还忍不住伸手，母亲就训斥我："腥乎乎的，动什么？"

当兵之后，连队里有大伙房，里边安的锅更大，不但小孩子可以进去洗澡，大人进去洗也没有问题。我很想当炊事员，因为炊事员进步比较快，立功受奖的机会多，可惜领导不让我当。星期天，我经常到伙房里去帮厨，体验大锅里炒菜的滋味。那把炒菜的锅铲差不多就是一把挖地的铁锹，打起仗来完全可以当作武器。用那样的大锅铲翻动着满锅的大白菜，那感觉真是妙极了。大锅里炒出来的菜，味道格外地好，无论多么高明的厨师也难做出军队里的大锅菜的味道。我吃了将近二十年这样的大锅菜，感觉着已经吃得很烦，但脱离军队几年之后，又有些怀念。

我四十岁的时候，终于有了自家的厨房。厨房是妻子的地盘，我轻易不进去，进去反而添乱。但只要是她收拾鱼的时候，无论多么忙，我也要进去看看。当然是她收拾海鱼时，收拾淡水鱼我是不看的，淡水鱼太腥，而且多半活着。海里的鱼能让我想起少年时期，想起许多的往事。青鱼来了时，应该是残冬初春时节。母亲说，看青鱼鲜不鲜，主要看它们的眼睛，如果它们的眼睛红得沁血，说明很新鲜，如果眼睛不红了，就说明不新鲜了。前面我说过，我们一年里吃不到几次鱼，我每次看母亲收拾鱼就听母亲给我讲关于鱼的知识。她说的也是她的童年记忆。那时好像鱼很多。四月里，新鲜带鱼上市，母亲说，你姥姥家门前那条大街上一片银白，全是鱼，那些带鱼又宽又厚，放到锅里一煎，滋滋地冒油。现在，这些带鱼，瘦得像高粱叶子，母亲愤愤不平地说，它们也配叫带鱼？还有什么大黄花鱼、小黄花鱼、偏口鱼、披毛鱼，那时的鱼真多啊，价钱也便宜，现在，鱼都到哪里去了呢？母亲说。

现在我到厨房里看妻子收拾鱼，其实是借这个类似的场景回忆童年,回忆母亲的回忆。这就如同打通了一条时间的隧道,我一下子就回到了母亲的童年时代甚至更早,那时候,高密东北乡的鱼市上,一片银光闪烁,那是新鲜的海鱼在闪光。

一九九七年

草 木 虫 鱼

好多文章把三年困难时期写得一团漆黑、毫无乐趣,我认为是不对的。在那个特殊的时期里,也还是有欢乐,尽管几乎所有的欢乐都与得到食物有关。那时候,我六七八岁,与村中的孩子们一起,四处游荡着觅食,活似一群小精灵。我们像传说中的神农一样,几乎尝遍了田野里的百草百虫,为丰富人类的食谱做出了贡献。那时候的孩子,都挺着一个大肚子,小腿细如柴棒,脑袋大得出奇。我当然也不例外。

我们的村子外是一片相当辽阔的草甸子,地势低洼,水汪子很多,荒草没膝。那里既是我们的食库,又是我们的乐园。春天时,我们在那里挖草根剜野菜,边挖边吃,边吃边唱,部分像牛羊,部分像歌手。我们是那个年代的牛羊歌手。我们最喜欢唱的一支歌是我们自己创作的。曲调千变万化,但歌词总是那几句:"一九六〇年,真是不平凡;吃着茅草饼,喝着地瓜蔓……"歌中的茅草饼,就是把茅草的白色的甜根,洗净,切成寸长的段,放到鏊子上烘干,然后放到石磨里磨成粉,再用水和成面状,做成饼,放到鏊子上烘熟。茅草饼是高级食品,并不是天天人人都能吃上。我歌唱过一千遍茅草饼,但到头来只吃过一次茅草饼,还是三十年之后,在大宴上饱餐了鸡鸭鱼肉之后,作为一种富有地方风味的小点心吃到的。地瓜蔓就是红薯的藤蔓,那时也是稀罕物,不是人人天天都能喝上。我们歌唱这两种食物,正说明我们想吃又捞不到吃,就像一个青年男子爱慕一个姑娘但是得不到,只好千遍万遍地歌唱那姑娘的名字。我们只能大口吃着随手揪来的野菜,嘴角上流着绿色的汁液。我们头大身子小,活像那种还没生出翅膀的山蚂蚱。荒年蚂蚱多,这大概也是天不绝人的表现。我什么都忘了,也忘不了那种火红色的、周身发亮的油蚂蚱。这种蚂蚱含油量忒高,放到锅里一炒滋啦滋啦响,颜色火红,香气扑鼻,撒上几粒盐,味道实在是好极了。我记得那几年的蚂蚱季节里,大人和小孩都提着葫芦头,到草地里捉蚂蚱。开始时,蚂蚱傻乎乎的,很好捉,但很快就被捉精了。开始时大家都能满葫芦头而归,到后来连半葫芦也捉不了了。只有我保持着天天满葫芦的辉煌纪录。我有一个诀窍:开始捉蚂蚱前,先用草汁把手染绿。就是这么简单。油蚂蚱被捉精了,人一伸手它就蹦。它们有两条极其发达的后腿,还有双层的翅膀,一蹦一飞,人难近它的身了。我暗中思想,它们大概能嗅到人手上的气味,用草汁一涂,就把人味给遮住了。我的诀窍连爷爷也不告诉,因为我奶奶搞的是按劳分配,谁捉到的蚂蚱多,谁分到的吃食也就多。

吃罢蚂蚱,很快就把夏天迎来了。夏天食物丰富,是我们的好时光。那三年雨水特大,一进六月,天就像漏了似的,大一阵小一阵,没完没了地淅沥。庄稼全涝死了。洼地里处处积水,成了一片汪洋。有水就有鱼。各种各样的鱼好像从天上掉下来似的,品种很多,有一些鱼连百岁的老人都没看到过。我捕到过一条奇怪又妖冶的鱼,它周身翠绿,翅羽鲜红,能贴着水面滑翔。它的脊上生着一些好像羽毛的东西,肚皮上生着鱼鳞。所以它究竟是一条鱼还是一只鸟,至今我也说不清。前面之所以说它是条鱼,不过是为了方便。这个奇异的生物也许是个新物种,也许是一个杂种,反正是够怪的。如果能养活到现在,很可能成为宝贝,但在那个时代,只能杀了吃。可是它好看不好吃,又腥又臭,连猫都不闻。其实最好吃的鱼是最不好看的土泥鳅。这些年我在北京市场上看到的那些泥鳅,瘦得像铅笔杆似的,那也叫泥鳅?我想起六十年代我家乡的泥鳅,一根根,金黄色,像棒槌似的。传说有好多种吃泥鳅的奇巧方法,我听说过两种。一是把活泥鳅放到净水中养数日,让其吐尽腹中泥,然后打几个鸡蛋放到水中,饿极了的泥鳅自然是鲨吃鲸吞;等它们吃完了鸡蛋,就把它们提起来扔到油锅里,炸酥后,蘸着椒盐什么的,据说其味鲜美。二是把一块豆腐和十几条活泥鳅放到一个盆里,然后把这个盆放到锅里蒸,泥鳅怕热,钻到冷豆腐里去,钻到豆腐里也难免一死;这道菜据说也有独特风味,可惜我也没吃过。泥鳅在鱼类中最谦虚、最谨慎,钻在烂泥里,轻易不敢抛头露面,人们却喜欢欺负老实鱼,不肯一刀宰了它,偏偏要让它受若干酷刑。

秋天是收获的季节。茫茫大地鱼虾尽,又有螃蟹横行来。俗话说"豆叶黄,秋风凉,蟹脚痒"。在秋风飒飒的夜晚,成群结队的螃蟹沿河下行,爷爷说它们是到东海去产卵,我认为它们更像是要去参加什么盛大的会议。螃蟹形态笨拙,但在水中运动起来,如风如影,神鬼莫测,要想擒它,绝非易事。想捉螃蟹,最好夜里。身披蓑衣,头戴斗笠,耐心等待,最忌咋呼。我曾跟随本家六叔去捉过一次螃蟹,可谓新奇神秘,趣味无穷。白天,六叔就看好了地形,悄悄的不出声。傍晚,人散光了,就用高粱秆在河沟里扎上一道栅栏,留上一个口子,口子上支一张口袋网。前半夜人脚不静,螃蟹们不动。耐心等候到后半夜,夜气浓重,细雨蒙蒙,河面上升腾着一团团如烟的雾气,把身体缩在大蓑衣里,说冷不是冷,说热不是热,听着噼噼啪啪的神秘声响,嗅着水的气味草的气味泥土的气味,借着昏黄的马灯光芒,看到它们来了。它们来了,时候到了,它们终于来了。它们沿着高粱秆扎成的障子哧哧溜溜往上爬,极个别的英雄能爬上去,绝大多数爬不上去，爬不上去的就只好从水流疾速的口子里走，那它们就成了我和六叔的俘虏。那一夜，我和六叔捉了一麻袋螃蟹。那时已是1963年，人民的生活正在好转。我们把大部分螃蟹五分钱一只卖掉，换回十几斤麸皮。奶奶非常高兴，为了奖励我们，她老人家把剩下的螃蟹用刀劈成两半，沾上麸皮，在热锅里滴上十几滴油，煎给我们吃。满壳的蟹黄和索索落落的麸皮，那味道和感觉无法用语言形容。

秋天，除了螃蟹之外，好吃的虫儿也很多。蚂蚱、豆虫、蝈蝈、蟋蟀……深秋的蟋蟀颜色黑得发红，膀大腰圆，肚子里全是子儿，炒熟了吃，有一种独特的香气，无法类比。还有一种虫儿，现在我才知道它们的学名叫金龟子，是蛴螬的成虫，像杏核般大，颜色黑亮，趋光，往灯上扑，俗名"瞎眼闯"。这虫儿好聚群，落在树枝或是草棵上，一串一串的，像成熟的葡萄。晚上，我们摸着黑去撸"瞎眼闯"，一晚上能撸一面口袋。此虫炒熟后，滋味又与蚂蚱和蟋蟀大大地不同。还有豆虫，中秋节后下蛰。此虫下蛰后，肚子里全是白色的脂油，一粒屎也没有，全是高蛋白。

进入冬季就有点惨了。冬天草木凋零，冰冻三尺，地里有虫挖不出来，水里有鱼捞不上来。但人的智慧是无穷的，尤其是在吃的方面。我们很快便发现，上过水的洼地面上，有一层干结的青苔，像揭饼样一张张揭下来，放到水里泡一泡，再放到锅里烘干，酥如锅巴，味若鱼片。吃光了青苔，便剥树皮。剥来树皮，刀砍斧剁，再放到石头上砸，然后放到缸里泡，泡烂了就用棍子搅，一直搅成糨糊状，捞出来，一勺一勺，摊在鏊子上，像摊煎饼一样。从吃的角度来看，榆树皮是上品，柳树皮次之，槐树皮更次之。

我们吃树皮的过程跟毕昇造纸的过程很相似，但我们不是毕昇，我们造出来的也不是纸。

一九九七年

我的大学梦

六十年代初,我刚上小学的时候,我的大哥便以优异成绩考中了华东师范大学,成为高密东北乡的第一个大学生。大哥的考中,给家庭带来了荣耀,也激活了我的大学梦想。但很快便爆发了"文化大革命",我因编写《蒺藜造反小报》得罪了当权的老师,被开除出校。时当1967年,我十二岁,读小学五年级。

《蒺藜造反小报》只出了一期就被老师封杀了,我记得上边有一首"诗",那大概是我最早的创作:造反造反造他妈的反,毛主席号召我们造反!砸烂砸烂全他妈的砸烂,砸烂资产阶级教育路线!其实当权的老师也是造反的,也是要砸烂的,但他的观点与我的观点不同,所以我就把他得罪了。

失学后,我深深地体会到了高玉宝式的痛苦。那时又复课了,我的小学同学大多转到我家前边的农业中学就读。虽然上学如同胡闹,但毕竟还上课。每当我赶着牛羊、背着草筐从学校窗外的小路上走过时,听到教室里昔日同学的喧闹声,心中的滋味确实不好受。不但大学梦彻底破灭,连中学也上不成。家庭出身富裕中农,当兵很困难,招工没希望,看来只能在农村待一辈子了。在绝望中,我把大哥读中学时的语文课本找出来,翻来覆去地读,先是读里边的小说、散文,后来连陈伯达、毛泽东的文章都读得烂熟。

过了几年,出了一个有名的人物张铁生,尽管他不是什么好人,但他的方式的确启发过我,使我在黑暗中看见了一线光明。原来靠一封信就可以堂而皇之地上大学呀!于是,我就学着张铁生的样子,给当时的教育部长周荣鑫写了一封信,表达了我想上大学的疯狂愿望。信发出半个月后的一个傍晚,我正在灶前帮母亲烧火,父亲步履跟跄地回家来了。他的手上,捏着一个棕色的牛皮纸信封。我的脑袋"嗡"的一声响。我本能地猜到了:父亲手里捏着的,就是我发出的那封信的回音。我既激动又害怕,不知道是福是祸。父亲捏着那封信——他的手在微微颤抖——并不急于给我,他的双眼盯着我,眼神是那样的迷惘、苍凉——令我至今难忘——他终于说话了:"你想什么呢?"然后他把信递给了我。那是一张很小的印有红头的便笺,上边有十几行用圆珠笔写的字迹。信的内容大概是:您的信我们收到了,您想上大学的愿望是好的,希望在农村好好劳动,等待贫下中农的推荐。虽然是官腔套话,但当时真让我感动得不得了,这毕竟是教育部的回信啊!夜里,我听到父母在低语。父亲说:"这小东西,出息好了没准能成个小气候;出息不好,就是个惹祸的老祖宗。"母亲叹息道:"委屈孩子了,那么个好脑子,天天闲着。"

教育部回信,使我的大学梦愈加疯狂。但我清楚地知道,在村里待着即使我干活比牛还卖力,也不会有贫下中农来推荐我上大学。当时,所谓的贫下中农推荐,完全是骗人的空话。每年那几个名额,还不够公社干部的孩子们分配的,根本轮不到农村青年的份,更别说像我这种出生在富裕中农家庭、连小学都没毕业的农村青年了。于是我想到了当兵。当了兵,只要好好干,就有可能被推荐上大学。即使上不了大学,能提成干部,也是一条金光大道。

经过连续四年的努力,在二十一岁的时候,我终于当了兵,那是

1976年2月。到了部队,我积极得小命都快豁出去了。淘厕所,挖猪圈,"反击右倾翻案风"。有一次去农场割小麦,我一个人割的比全班割的还要多两垄。就这样,我赢得了全站上下普遍的好感。那时,填写入伍登记表时,几乎每个人都少填岁数、高填学历,我当然不能免俗——为此我内心紧张了许多年——我虽然小学都没毕业,却斗胆填上了高中一年级。1977年底,领导告诉我,让我复习功课,准备来年夏天去北京参加考试,报考的学校是我们本系统的工程技术学院。我既激动又害怕,激动的是机会终于来了,害怕的是对数理化一窍不通——连分数的加减都不会。一连几天,我吃不下饭,睡不着觉,想去向领导坦白真情,又怕落一个伪造学历、蒙骗组织的罪名。后来,发狠一咬牙,拼吧!写信让家里人把大哥那些书寄来,在本单位一位马技师的辅导下,开始了艰难的自学。那半年里,我在一间储藏劳动工具的小仓库里,熬过一个又一个漫漫长夜,硬是从分数学到了复数。化学学了一册,物理学了两册。考期逼近,我心里越来越恐慌。别人见我如此勤奋,都说我必中无疑。但我心里清楚,半年的时间里,我只是把一些公式背熟、定理大概弄通而已,解题的能力极差,肯定考不上的。正在痛苦煎熬中,突然,上边来了电话,说考试的名额没有了,我不能去北京赶考了。听到这消息,我如释重负,但心中却感到悲喜交集。

经过这一番折腾,我的大学梦基本破灭了。不久,我调到一个新单位,在那里担任了政治教员兼图书管理员。为了讲课,我死记硬背了不少政治理论,利用职务之便,读了很多文艺方面的书。八十年代初,在百无聊赖中,我开始学习文学创作,1981年发表了处女作。1984年,当我已经不再幻想上大学时,大学的门,却突然对我敞开了。那是个炎热的夏天,我听到了解放军艺术学院文学系招生的消息。其时,报名工作早已结束,我在命运的指导下,拿着自己的作品,闯进了军艺的大门。我的恩师徐怀中先生看了我的作品后对系里的干事刘毅然说:"这个学生,文化考试即使不及格我们也要了。"又是命运引导着我,让我的文化考试得了高分。1984 年 9 月 1 日,我扛着背包,走进了大学的校门。

一九九七年十月

我的中学时代

"文化大革命"初起时,我正读到小学五年级。家庭出身很好的老师们闻风而动,一夜之间就成立了红卫兵组织,第二天用红布缝了袖标,袖标上用硬纸板漏上了毛体的黄漆字,第三天制造了红布的大旗,旗上也用黄漆描上了毛体的大字。紧接着老师们让家庭出身不是地富反坏右的学生们每人回家要了八毛钱,收了钱后就发给了我们每人一个红袖标。几天工夫满学校都是大大小小的红卫兵了。当我们这些穷孩子把红袖标套到破衣袖上时,那种得意和光荣的感觉真是难以言表。我戴着红袖标走到大街上,见到行人,就故意地将胳膊抬起来,如果行人对我的胳膊注目,我感到荣耀得了不得,有很多类似于趾高气扬、得意忘形的愚蠢表现。如果街上没有行人只有一条狗,我就把红袖标炫耀给狗看,狗见了红色,兴奋得不得了,追着我的屁股咬。记得我第一次戴着红袖标回家,我爷爷问我:"孙子,你们是闹'长毛'吧?"我感到爷爷的话有点反动,就赶紧去学校向老师汇报,想当个大义灭亲的典型,老师皱着眉头想了一会儿,说:"你爷爷说得基本正确,'长毛'造反,我们也是造反,回去告诉你爷爷,'长毛'是封建地主阶级对革命群众的污蔑性称呼,应该叫'太平天国'。"

红卫兵这玩意在村子里稀罕了也就是十来天,因为十来天后,村子里的贫下中农们也都成了红卫兵。我姐姐她们的红袖标是用红绸子缝的,三个毛体大字是用黄丝线手工绣上去的,比我们学生的袖标高级许多倍,价钱却只有五毛钱,这样我们才知道那些红卫兵老师贪污了我们的钱。家长们戴着袖标到学校找老师们理论,老师们蛮不讲理,硬说发给学生的袖标是从北京的红卫兵总部批发来的,是经过了中央文革检验的,价格自然要贵,接着老师们就嘲笑家长们戴的袖标是假冒伪劣产品,是杂牌军,把家长们唬得目瞪口呆。我们知道老师们是睁着眼说谎话,我们也就知道了闹红卫兵的事并不神圣,那几个成了红卫兵头头的老师每天晚上都在办公室里用火炉子炒花生吃,吃得满校园都是扑鼻的香气,他们买花生的钱就是从我们买袖标的钱里克扣出来的。他们贪污点小钱吃点喝点也就算了,学生给老师进点贡也是理所当然的事,但他们不但在办公室里吃花生,他们还在办公室里耍流氓,这是我和同学张立新亲眼见到的。那时候我们学校的校长已经被打倒,他老婆也被打倒,两口子被关在一间小厢房里。老师让我们轮流值班,趴在小厢房窗外监听。寒冬腊月,滴水成冰,我们趴在窗外,冻得半死半活,满心里盼望着校长和他老婆能说点反动话,我们好去汇报立功,但是校长两口子一声不吭,弄得我们失望极了。我们感到无趣,就嗅着花生的香气,摸到了老师办公室窗外,从窗户纸的破洞里看到,担任着学校红卫兵头头的老师,正往代课老师郑红英的裤腰里塞花生,郑红英咯咯地笑个不停。这比校长两口子一声不吭还让我们失望,岂止是失望,简直就是绝望,我们的革命热情受到了很大的伤害。第二天我们就把办公室里发生的事情对村子里的人说了,张立新还用粉笔在大队部的白粉墙上画了一幅图画,画面比我们见到的情景还要流氓,吸引了许多人围观。这下子我和张立新算是把老师得罪到骨髓里去了。一年后,村子里成立了一所农业联合中学,我们的同学除了地富反坏右的子弟之外,都成了联中的学生。张立新虽然也得罪了当上了管理学校的贫农代表的郑红英，但他家是烈属，郑红英不敢不让他上联中。我家成分是中农，原本就是团结对象，郑红英一歪小嘴就把我上中学的权利剥夺了。我姐姐自以为与郑红英关系不错，去找她说情，希望她能开恩让我进联中念书，郑红英却说："上边有指示，从今之后，地富反坏右的孩子一律不准读书，中农的孩子最多只许读到小学，要不无产阶级的江山就会改变颜色。"就这样，我辍学成了一个人民公社的小社员。

新成立的联合中学只有两排瓦房，每排四间。前面四间是办公室和老师的宿舍，后边四间是两个教室。教室紧靠着大街，离我家只有五十米，我每天牵着牛、背着草筐从田野里回来或者从家里去田野，都要从教室的窗外经过。教室的玻璃很快就让学生们砸得一块也不剩，喧闹之声毫无遮拦地传到大街上，传到田野里。每当我从教室窗外经过时，心里就浮起一种难言的滋味，我感到自卑，感到比那些在教室里瞎胡闹的孩子矮了半截。我好多次在梦里进入了那四间教室，成了一个农业中学的学生。我渴望上学的心情我父亲也许知道，也许不知道，我只能把自己的渴望深藏在心底，生怕一流露出来就会遭到父亲的痛骂，因为我得罪了郑红英，不但断送了我自己的前程，也给父亲带来了很多麻烦。姐姐知道我心里想什么，她宽慰我说："这个联合中学，上不上都一样，老师也不教，教了学生也不学，天天在那里打闹，还不如自己在家里自学呢！"话是这样说，但我心中的痛苦一点也没减轻。

我上小学时，成绩一直很好，作文尤其好。三年级时我写了一篇《抗旱速写》，曾经被公社中学的老师拿去给中学生朗诵。如果不是"文化大革命"，我考上中学应该不成问题，"文化大革命"粉碎了我的中学梦。当时的农村，吃不饱穿不暖，在那样的艰苦条件下，要想自学成才，几乎是痴人说梦。但我还是在夜晚的油灯下和下雨天不能出工的时候，读了一些闲书。1973年，托我叔叔的面子，我进了县棉花加工厂当了合同工。进厂登记时,我虚荣地谎报了学历,说自己是初中一年级。但很快就有一个曾经在我们村的联中上过学的邻村小伙子揭穿了我,弄得我见了人抬不起头来。后来听说厂里的合同工大部分都往高里填学历,有的人明明是文盲,硬填上高中毕业,我把自己的学历填成初一,其实是很谦虚的。因为我叔叔在这家工厂当主管会计,所以就安排我当了司磅员,与笔和算盘打交道,在不知底细的人心目中,我也算个小知识分子了。当时工厂里经常组织批林批孔的会,厂里管这事的人以为我有文化,就让我重点发言,我就把报纸上现成的稿子抄到纸上,上去慷慨激昂地念一通,竟然唬住了不少人。厂子里曾经莫名其妙地掀起过一个学文化运动,让我讲语文,我没有办法,就去书店买了一本关于写作的小册子,上去胡说一通,一课下来,竟然有人说我讲得好,还有人以为我在中学教过书。

1976年,我终于当了兵,填表时,我大着胆子,把学历填成了初中二年级。到了部队后,发现很多"高中毕业"的战友连封家信都不能写,于是,在填写入团志愿书时,我就把自己的学历提升到了高中一年级。以后的所有表格,都是这样填了。虽然再也没人揭穿我,但我的心里始终七上八下,每逢首长或是战友问到我的学历时,我的心就怦怦乱跳,然后含含糊糊地说:"高一……"直到我从解放军艺术学院文学系毕业,得了大专学历,才解决了这个尴尬问题。

一九九八年

我的大学

上大学的梦想,从六十年代初期我的大哥考入华东师范大学时就开始萌发。当时,在我们乡下,别说是大学生本人,就是大学生的家人,也受到格外的尊敬,当然也不乏嫉恨。我在自家的院子里,常常听到胡同里有人议论:"别看这家房子破,可是出过大学生的!"偶尔还听到有人压低了嗓门议论:"这家是老中农,竟然出了一个大学生!"有一年寒假,大哥回家探亲,趁他睡着时,我把他的校徽偷偷地摘下来,戴在自己胸前,跑到街上,向小伙伴们炫耀。小伙伴们讽刺我:"是你哥上大学,又不是你上,烧包什么?"那时我就暗下决心,长大了一定要考上大学,做一个大学生。但随着阶级斗争的呼声越来越高,唯出身论搞得越来越凶,我的大学梦也越来越渺茫。到了"文化大革命"爆发,大学停止了招生,我的大学梦就彻底地破灭了。不但大学梦破灭,连上中学的权利也因为家庭出身中农而被剥夺了。按照当时的政策,中农的孩子是可以念中学的,但实际上并不是这样。制定这套教育政策的人用心十分良苦,他们知道,剥夺阶级敌人的后代受教育的权利,是巩固红色江山的一个最有力的措施,一群文盲,即便造反,也难成大事。

"文革"后期,大学开始招收工农兵学员,按照政策来说,农村青年,家庭出身只要不是地富反坏右,具备了中学的同等学力,劳动积极,就可以接受贫下中农的推荐,免试进入大学。但实际上根本不是这样。那时大学招收的学生少,每年的招生名额,到不了村这一级就被瓜分光了,所谓的贫下中农推荐其实是一句美丽的谎言。后来出了个张铁生,靠着一封信上了大学。现在提起他来,人们大都嗤之以鼻,但在当时,我却十分崇拜他。张铁生的成功唤醒了我的大学梦,使我在绝望中看到了一线希望。虽然我没有读过中学,但在家看过我大哥留下的全部中学课本,尽管数理化不行,但语文的实际水平比那些读过中学的贫下中农子弟要高许多。于是我就给当时任教育部长的周荣鑫写信,向他表示我想上大学的强烈愿望。信发出去不久的一个傍晚,我劳动回来,坐在灶前帮母亲烧火做饭,看到父亲像喝醉了似的摇摇晃晃地走进家门。他的手里,攥着一封信。我本能地感到这封信与我有关。父亲站在灶前,浑身打着哆嗦。他注视着我,脸在灶火的映照下放着红光。他对我说:"你想什么呢?"然后他就把手里的信给了我。那是一个棕色的牛皮纸公用信封,已经被撕开。我从里边抽出一张印有红字抬头的公用信笺,借着灶火,看到信笺上用圆珠笔写了几行歪歪扭扭的字,大意是信已收到,想上大学的愿望是好的,希望在农村安心劳动,好好表现,等待贫下中农的推荐。我虽然知道这是官腔套话,但还是受到了很大的感动。这毕竟是国家教育部的复信,我一个农村孩子,能折腾得国家教育部回信,已经创造了奇迹。我听到父亲和母亲低声说了一夜的话,知道他们的心情很复杂。接下来的半年里,我给省、地、县、公社的招生领导小组写了许多信,向他们诉说我的大学梦想,但再也没有回音。村子里的人知道了我在做大学梦,都用异样的眼神看我,好像看一个神经有毛病的人。生产队里的贫农代表当着许多人的面对我说:"你这样的能上了大学,连圈里的猪也能上!"他的话虽然难听,但在当时的情况下,确是到了家的实话。其实,即便队里的猪上了大学,我也上不了。

当时的农村青年,要想脱离农村,除了上大学之外,还有一条路就是去当兵。当兵时如果好好表现,就可能被推荐上大学,也有可能被直接提拔成军官。这是一条金光大道。但对一个中农的儿子来说,当兵在某种意义上比被推荐上大学还要难。从十七岁那年开始,我每年都报名应征,但到了中途就被刷了下来。不是身体不合格,是家庭出身不合格。家庭出身在理论上也合格,但既然有那么多的贫下中农子弟都想当兵,怎么可能让一个老中农的儿子去呢?正所谓天无绝人之路,机会终于来了。1976年征兵时节,村子里的干部和几乎所有的社员都到昌邑县挖胶莱河,适龄青年在工地上参加体检。我那时在棉花加工厂当临时工,没去挖河,在公社驻地与社直机关的青年一起参加了体检。正好公社武装部长的儿子也在棉花加工厂当临时工,我知道他父亲手中的权力对我多么重要,平时就注意团结他。征兵开始,我就给他父亲写了一封信,让他送了去。再加上许多好人帮忙,就这样混进了革命队伍。

到了队伍里第二年,高考恢复,我们的领导以为我是高中毕业生,就给了我一次复习功课准备来年参加高考的机会。报考的学校是解放军的工程技术学院,专业是计算机终端维修。领导把这个决定告诉我时,我真是百感交集,连续三天吃不下饭。我知道自己肚子里没有墨水,除了能写作文外,数理化几乎是一窍不通,二分之一加三分之二我以为等于五分之三。而距离高考只有半年的时间,怎么办?考还是不考?最后还是决定考,让家里把大哥的那些书全部寄来,开始了艰难的自学。学到来年六月,总算入了点门,感到考试不至于得零分时,领导告诉我,考试的名额没有了。这又是一个让我感到悲喜交集的消息,悲的是半年的苦熬白费了,喜的是不必考不中出丑。后来,我知道,那年参加考试的人,多半是一些军干子弟,他们的水平比我高不了多少，但还是照顾入了学，如果我参加了那次考试，没准也能被录取；如果被录取，我就很可能成为一个无线电技师，而不会成为一个写小说的。

就在我的大学梦彻底破灭时，大学却突然对我敞开了大门。本来我已经参加了党政干部基础课的学习，半年内很轻松地通过了四门，再有一年就可以得到大专文凭，这时，解放军艺术学院文学系恢复招生的消息传到了我的耳朵。我带着已经发表的几篇作品跑到军艺时，报名工作已经结束。我的恩师、时任文学系主任的徐怀中先生看了我的作品，兴奋地对当时在系里担任业务干事的刘毅然说："这个学生，即便文化考试不及格，我们也要了。"参加文化考试时，政治和语文我很有把握，没有把握的是地理。但机缘凑巧，考试时，在我面前的墙上，挂着一张世界地图，还有一张中国地图，有一道题是让回答围绕着我国边境的国家，我准确无误地答了这道题；还有一道关于等高线的题我凭着直觉也答对了。这样，我就以作品最高分、文化考试第二名的优秀成绩进入了解放军艺术学院文学系，成了一名年近三十的大专生。

那一届进入军艺文学系学习的学生，有几位已经大名鼎鼎，最有名的如济南军区的李存葆、李荃，沈阳军区的宋学武，南京军区的钱刚，都得过国家级的文学奖，其余的同学也都发表过很多作品。当时我们是白天听课，晚上写作。四个人住一间宿舍，为了互不干扰，许多宿舍里都拉起了帷幔，进去后能使人迷路。我们宿舍里的人懒，还保持着一览无余的朴素面貌。那时天比现在冷，暖气不热，房间里可以结冰。写到半夜，饿了，就用"热得快"烧水煮方便面吃。听说方便面要涨价，便一次买回八十包。深夜两点了，文学系里还是灯火通明。有人就敲着铁碗在楼道里喊："收工了，收工了！"有人把我们宿舍叫作"造币车间"，我是头号"造币机"。我们系是干部专修班，没有几个老师，大部分的课要外请老师来讲。

北大的老师、社科院的老师，凡是跟文学沾边的，几乎被我们请了一个遍，还请来了许多社会名流。这样的方式，虽然不系统，但信息量很大，狂轰滥炸，八面来风，对迅速地改变我们头脑里固有的文学观念发挥了很好的作用。请来的老师大多数都有真才实学，也有个别耍幺蛾子的。譬如我们的一个女同学就把一个据说对存在主义深有研究的人请来。这人留着披肩长发，据说是男性。这伙计一进教室就蹦到讲台上坐着，开始讲存在主义。他讲了半天也没讲明白什么是存在主义，讲到后半截身体就在讲台上扭来扭去。我知道这伙计累了，坐在讲台上，毕竟不如坐在椅子上舒服，但要从桌子上跳下来又很丢面子。我们还请来过一个据说对气功有研究的人，这人说他只要发起气功来，能在钢琴上即兴弹奏出天国的音乐。他果然就弹了一曲，但我们的一个对音乐有研究的同学说，他弹的是一首最初级的钢琴练习曲。我们还请来著名的音乐指挥李德伦给我们讲交响乐。李大师从三皇五帝讲起，一直讲到该吃午饭了才进入正题，用录音机放曲子给我们听。我向李大师提了一个要求，希望他能对着录音机比画比画。大师冷笑道：我只会指挥乐队，不会指挥录音机。下课后，同学们有的骂我，有的嘲笑我，当时我还不服气，嫌人家李德伦架子大。现在想起来，真是愚蠢，我怎么可以让人家那么大的一个指挥家指挥录音机呢？

　　从军艺毕业后，过了两年，我又混进北京师范大学和鲁迅文学院合办的作家研究生班。当时是想去学点英语，学点理论，争取做一个学者型的作家，但到了那里之后，才发现学英语和学理论都不容易，正好赶上了学生运动，就心安理得地不去上课了。现在想起来，当然又很后悔，尤其是出了国门，听到那些美丽的小洋妞叽叽咕咕地讲话而我一句也听不明白的时候。

　　现在，我有正儿八经的硕士学位证书，填表时也无耻地填上研究生学历，但我自己心里清楚，其实并没有真正地上过大学。真正地上大学，就应该像我的大哥那样，从小学到中学，一步步地考上去。我虽然拥有国家承认的研究生学历，毕竟还是野狐禅。

一九九八年

第二辑

狗 文 三 篇

一、狗的悼文

  人与狗的关系由来日久。当人在洞穴里点着火堆御寒取暖、恐吓野兽时,狗也许还是围着火堆嗥叫着、伺机吃人的野牲口吧?等人进化到了半坡遗址所标志着的文明程度,狗就被驯化成了伏在火堆前、对围着火堆的野牲口狂吠的家牲口——由人的敌类变成了人的帮手了。仔细想起来,这不知道是狗的进化还是狗的退化,是狗的喜剧还是狗的悲剧。反正这种大概在山林里也没像虎豹熊狮那般威风过的野兽从此就堕落了呢,还是文明了呢?总归是也与人类一起,远离了山林,渐渐步入了庙堂。

  古往今来,关于狗的故事,层出不穷,难以胜数。救主的狗、帮闲的狗、复仇的狗、看家护院的狗、帮助猎人驱赶野兽的狗、与它们的表兄弟——狼——搏斗的狗,还有野性复发重归了山林的狗,还有经过了多少次、多少代的选优提纯,弄得基本不像狗的哈巴狗、狮子狗、腊皮狗、蝴蝶狗、蜜蜂狗、贵妃狗、西施狗……这些成了小姐太太们宠物的狗身价高贵、名目繁多,贵到数十万元一只,多到可以编一本比砖头还要厚的狗学大辞典。这些狗东西有时的确很可爱,在我吃饱了的时候。我并不反对养狗,有时甚至还能夸几句那狗——为了讨狗主人的喜欢——这小宝贝,多么可爱呀!但要让我自己养这样一条宠物狗,那是绝对不可能的。据说那些名狗们的膳食是由名厨料理的,某些世界名流的狗有专门的用人侍候,还有奶妈——挑奶妈的标准比大地主刘文彩选奶妈还严格,刘文彩也不过是选那些年轻无病、奶水旺盛的即可,这些狗的奶妈们除了具备上述条件外,还必须面目清秀,气质高雅——这是一个名叫苟三枪的朋友告诉我的,不知真假,但这些狗东西难侍候之极确是真的。我们领导的太太养了一只蝴蝶狗,每周都要让勤务员给它洗三次热水澡,用进口洗发香波,洗完了要用电吹风吹干,然后还要撒上几十滴法国香水。这条狗的待遇真让我羡慕,它过着多么幸福的生活啊!大如首都北京,能用进口香波每周洗上三次热水澡的人也不会超过一半,洗完了还能撒上几十滴巴黎香水的就更少,可见中国都市狗的生活水准大大超过了中国人民的生活水准。什么时候老百姓能过上都市狗的日子,那么中国就进入"大康"社会了,不是"中康",更不是"小康"。这些话听起来好像有些阴阳怪气,似乎我在讥讽什么,其实绝无讥讽之意,实话好说实话难听罢了。

就像人分三六九等一样,狗也分成了诸多层次。前边说的高级宠物狗,自然是第一等,第二等的大概要数公安边防们驯养的警犬了。这些狗外貌威武雄壮,看起来让人胆寒,实际上也是非常厉害。我曾采访过一个警犬驯导员,知道了警犬的血统十分讲究,一头纯种名犬的价格能把人吓一个跟头。价格昂贵,训练更不易。从前有人说国民党的空军飞行员是用黄金堆起来的,我们的警犬则是用人民币堆起来的。类似警犬立了军功、牺牲后隆重召开追悼大会的事在苏联的文学作品中经常见到,中国大概也有这种事吧?

当年我看《林海雪原》,看到李勇奇的表弟姜青山那只名叫"赛虎"的猛犬竟能轻松地制服了两个荷枪实弹的土匪,我以为这是小说家的夸张,是为了衬托那位具有丰富山林经验、高超滑雪技能、枪法如神、行迹如侠客的姜青山的。现实生活中,一只狗,如何能制服两个人?何况还是两个荷枪实弹的土匪。后来又看了美国作家杰克·伦敦的《野性的呼唤》,那只名叫巴克的狗更是厉害,能在片刻之间咬死一群持枪的人,这就更难让我相信了。我认为地球上不存在这样的狗,巴克只能是神话中的狗,与杨戬的哮天犬一样。

但现在我已经相信了作家们的描写,狗,的确是比人厉害。为什么我的关于狗的认识发生了变化?因为,前天,我被我家那条饿得瘦骨伶仃的狗狠狠地咬了几口。隔着棉裤、毛裤、衬裤、两件毛衣,它的利齿,竟然使我的身上三处出血、一处青紫。假如是夏天,我想我已经丧命于狗牙之下,即使不死,肠子也要流出来了。狗实在是太可怕了。狗真要发了疯,人很难抵挡。这是我平生第一次遭狗咬,如同上了一堂深刻的阶级教育课似的触及灵魂,于是就写这篇狗牙交错的文章。

听说我让狗咬了,父亲从乡下赶来看我。我说:"一条小瘦狗,想不到这么厉害!"我父亲说:"这条狗算不上厉害,日本鬼子那些狗才叫厉害呢!都是些纯种的大狼狗,牙是白的,眼是绿的,黑耳朵竖着,红舌头伸着,吃人肉吃得全身流油,个头巨大,像小牛犊似的,叫起来'哐哐哐'的……为什么中国出了那么多的汉奸和顺民?一半是让日本鬼子打的,一半是让大狼狗吓的!"我的天哪,原来如此!

农村人也养狗。"文革"期间口粮不足,农民家徒四壁,没什么可偷——关键还是口粮太少,所以,养狗的极少——"文革"期间"忆苦思甜",还把养狗少当作新社会比旧社会好的一个标志——这几年,口粮多了,家财也多了,于是养狗的也多了。这几年农村盗贼如毛,没有条狗还真不行。现在农村的狗我想很可能是历史上最多的时候,养这些狗绝不是为欣赏,而是为了防盗贼。但由于都是些劣种的土杂狗,胆小而且弱智,小偷来了,它们也就是瞎汪汪几声而已,所以尽管养着狗,也防不了盗贼。何况现在的小偷们都是高智商,精通狗学,研究出了十几种对付狗的办法;据说最有效的一种是烧好一个萝卜,扔给狗,狗以为来了羊肉包子,张口一咬,便把牙烫掉,失去了呐喊与搏斗的能力,于是小偷就可以堂皇入室了。即使不扔热萝卜,扔一块肥肉进去,堵住了狗嘴,它们也就睁一只眼闭一只眼,成了小偷们的同谋。不过小偷们一般不舍得扔肥肉,要扔就扔热萝卜。农村狗一般都吃不太饱,熬得很苦,容易被收买也是情理中的事。都市的狗,食不厌精,脍不厌细,见了香酥鸡都不抬头,想收买它们就比较困难。

五年前,我妻子与女儿进县城居住。为了安全,也是为了添点动静热闹,我从朋友家要了一条刚出生不久的小狗,它的妈妈是条杂种狼犬,仅存一点狼的形象而已,绝不是与狼交配而生。我把这小东西抱回来时,它可爱极了,一身茸茸毛,走路还跌跌撞撞的。它脑门子很高,看起来很有智慧。我女儿喜欢得不得了,竟然省出奶粉来喂它。我回了北京后,女儿来信说小狗渐渐长大,越来越不可爱了。它性情凶猛且口味高贵,把我妻子饲养的小油鸡吃掉不少;为了小鸡们的安全,只好在它的脖子上拴上了铁链,从此它就失去了自由。这条狗也是条苦命的狗,如果它不是被我抱走而是让一个干部或是农民企业家抱走,它保证可以长得像小牛一样大,但它不幸到了我家,刚开始还吃了几顿饱饭,后来就再也没吃饱过。它瘦得肋条根根突出,个头没长够就蹲住了。我们也没顾上给它盖个窝,一年四季,风霜雨雪,就让它露着天在墙根上蹲着。有几次整日暴雨,它在雨中疯狂地转着圈,追着自己的尾巴咬,眼珠子通红。我疑心这家伙疯了。后来转不动了,叫不动了,就缩成一团,浑身水淋淋的,像个老叫花子一样哼哼着,见到了我们,就发出哭一样的叫声,眼泪汪汪的,真是可怜极了。但肯定是不能把它放进屋子的:它满身泥水,腥气熏人,还有一身的跳蚤。我和妻子冒着雨给它搭了一个小棚子,但它竟然不懂得躲进去避雨。那个夜晚,在它的呻吟声里,我睡得很不安宁。它的生命力实在是顽强,太阳一出,抖擞掉身上的水,立刻又活蹦乱跳了。它的责任心强得有点可怕,在雨中,那般苦熬,但只要街上有点动静,它马上就忘记了自己的痛苦,拖着铁链子跳起来,狂叫不止,向主人示警。

它在我家吃了很多苦,我心中很是歉疚。翻盖房子时,特意为它盖了一间小屋,从此,它遭受风吹雨打的生活结束了。它更加尽职地为我们看护着家院,街上过车,它跳叫;街上过小学生,它也跳叫;邻居夫妻打架,它也跳叫;如果有人敲响了我家的门环,它一蹦能有三尺高;如果有人打开我家的门走进院子,它就忘了脖子上拴着铁链,发疯似的冲向前去,在半空中被铁链拖得连翻几个跟头跌下来;爬起来它继续往前冲,屡跌屡起,直到客人进了屋子它才停下来,吭吭地咳嗽,吐白沫,让铁链子勒的。

所有来过我家的人,都惊叹这条瘦狗的凶恶,都说从来没见过这般歇斯底里的狗,都说这条狗幸亏瘦弱,如果用肥肉喂胖了,那就不可想象有多么厉害了。我父亲却说:"肥鹰不拿兔子,胖狗不看家。"所有来我家的人都贴着墙根,胆战心惊地溜走,我每次都大声咋呼着迎送客人,生怕它挣脱了锁链。它先后挣断过三条铁链子;为了找一根不被它挣断的铁链,我和妻子在集上转了好多圈,终于在卖废铁的地方发现了一条,是起重动滑轮上使用的,就像《红灯记》里的李玉和赴刑场时戴的脚镣那样粗,有三米多长,十几斤重。我如获至宝,出价要买。那卖废铁的主儿听说我买了做狗链子时问:"天老爷爷,你们家养了条什么狗?"我当然没有必要告诉他我们家养了条什么狗。回家后我与妻子一起把这条粗大的铁链子给它换上,它低着头,好像很不习惯。但很快它就习惯了,它拖着沉重的铁链,一如既往地对着客人冲击着,铁链子在水泥地面上哗啦啦地响着,有点英勇悲壮的意思,令人浮想联翩。它耸着脖子上的毛,龇着雪白的牙,对来客满怀深仇,表现出一种特别能战斗、特别渴望战斗的精神。我和妻子每隔几天就去检查一次拴它的链子和捆它的脖圈,生怕它获得了自由身,误伤了人民群众。记得三年前它还没完全长大时,就挣开链子,把一个来给我送稿子的县委宣传部的小伙子咬伤了。那个小伙子与我说着话往外走,猛然间从星光下它蹿了过来,基本上赛过一道闪电,眨眼间就在那个小伙子脚脖子上咬了一口。那小伙子嗖的一下子就蹿上了我家的高达三米的平房,等我妻子拴好了狗,搬来梯子,他才惊魂未定地爬下来。他说:"天哪,我是怎么上的房?"以后这个小伙子来给我送稿子,都是站在我家院墙外边,把稿子扔进来,大喊:"我不进去了,莫老师!"现在它长大了,虽然瘦但战斗精神极强,如果挣脱了锁链,后果不堪设想。尤其是我女儿经常带她的同学来家做作业看小人书,那些小女孩,一个个都是家里的宝贝疙瘩,万一被恶犬咬了,那乱子可就闹大,赔上医疗费和无数的道歉事小,伤了人家的孩子怎么也弥补不了。所以我远在北京,心里总是不踏实,每次写信或是打电话,都不敢忘记叮嘱:千万拴紧我们的狗!

　　据女儿说,有好几次链子开了,她和爷爷躲在屋子里不敢出来,一直等到她妈妈回来。说也怪,这条狗几乎对谁都龇牙,唯有对我妻子,却是异常地顺驯,一见她就摇尾俯身,恭敬得不得了,宛如太监见了皇后。她骂它,打它,踢它,它不龇牙,不瞪眼,老实得简直媚了。她开大门的声音它都能辨别出来,绝对不会错。我父亲说它不是听声,而是嗅味;我在一本书上也看到:狗的鼻子比人的鼻子灵光几十万倍。我虽然每年在家只有几个月,但它还是认识我的。有时我大着胆子给它喂食,它还对我摇摇尾巴表示感谢。有时甚至扑上来搂搂我的腿。但我的心里还是怯,绝不敢太靠近它,因为我知道这条狗跟我有距离。但我绝对没想到它竟会咬我,而且是那样的毫不留情。

　　那天,我送一个前来查电表的电工出门,它突然挣脱了脖圈,把那条沉重的锁链弯弯曲曲地抛弃在地上。我女儿惊呼:"爸爸,狗!"狗已经蹿了过来,它的身体几乎紧贴着地面。见惯了它戴着锁链的形象,乍一见了没戴锁链的它,竟感到有一些陌生,好像不是我家的狗,而是一只别的野兽。运动员戴着沙袋训练,一旦解了沙袋,便如离弦之箭;我家的狗一直戴着铁链生活,一旦解脱了铁链,那速度比离弦箭还要快。我挺身而出,把电工挡在身后,并举起一只手,对着它挥舞着,嘴里大喊:"狗!"狗一口就咬住了我的左腿。我庆幸自己穿着棉裤,棉裤里还套着毛裤,它咬了我,也不一定咬得透。我认为它咬我一口就该罢休,没想到它竟然连续作战,松开我的左腿,又咬了我的右腿,然后耸身一跳,在我的肚皮上又咬了一口。这时候我才知道这家伙的可怕,这时候我才明白宣传部那个小伙子为什么能跳上三米高的房顶。伤口剧烈地疼痛起来,我一挥手,正好挥进它的嘴里,它顺便又给了我一口。幸好离门不远,我挣脱了它,与电工和我女儿跑进屋子,紧紧地插上门,吓得三魂丢了两魂半。解开衣服一看,三处出血,一处青紫。腹部伤得最重,原因是毛衣不如棉裤厚。如果我只穿着单衣……如果咬着电工……我想,真是不幸之中之大幸!

　　这时,大门还没有关,万一它跑到大街上去见人就咬怎么办?这条狗,自从进了我家的大门,还从来没有出去过。它可以听到邻居家狗的叫声,但从来没有见过面。它能认识自己的同类吗?

　　妻子终于下班回来了,狗撒着欢儿迎接她,并且十分顺从地让她把铁链子重新拴到脖子上。

　　下午,我去县防疫站购买了狂犬疫苗,到门诊部打了一针,医生说要连续打五针,戒酒、茶一个月。

　　只因为一时冲动,咬了主人,它的末日就要来临了。

　　我让妻子去打听一下,有没有人愿意要这条狗。妻子回来说,人家都说:连自己的主人都咬,谁敢要?但她厂里几个馋鬼愿意打死它吃肉。

我的心立刻就软了。我想起了这条狗无比地忠诚,对我妻子。我想起这条狗在社会治安不好的情况下,给我妻子和女儿带来的安全感。我女儿在学校里听到了一些吓人的消息,夜里睡不着觉,我妻子就安慰她:"不怕,我们有狗。"它咬我,可能是一时糊涂吧?我决定还是留着它,给它脖子上再加一个脖圈,挣脱一个,还有一个。但那两个打狗的人已经来了。我妻子想了想,坚定地说:"不要了!"

那是两个身穿黑皮夹克的中年人,每人提着一条麻绳子。一进院,狗就疯了似的对他们冲刺、叫嚣。我生怕他们当场动手,他们说不。他们让我妻子把那两条绳子拴到狗脖子上,由他们拉到厂里去再打。

我女儿难过,坐在桌前,打开了收音机。我把声音调大,怕狗垂死的声音刺激她。她坐在桌前,在低沉的箫声里,捂着脸哭了。

奇怪的是它竟一声不吭地被我妻子拉出了大门,那两个男人跟在后边。这是它第一次出门,出去了,就永远回不来了。

我心里也感到很难过,劝着女儿,说人家把狗牵去,放在食堂里养着,天天吃大鱼大肉,它是去享福了。她还是哭,我心里烦起来,就说:是爸爸要紧还是狗要紧?!

她躺到床上,用被子蒙着头,不吃饭,我咋呼她,她不服。

我妻子悄悄地跟我说,狗出门时,双膝跪着,望着她,那眼神真让人不好受。

第二天,她回来说,那两个人拖它走,它死活不走,于是就在街上把它打死了。我问它反抗了没有,我妻子说没有,一点也没有。

我许愿为女儿再去要一条善良的、漂亮的狗,但我的确很犹豫。人养狗,总要看到它的末日,即便它咬了你,打死它时你也要为它难过,这就是感情吧!

现在,它早已变成了肥田的东西,构成它的物质重新回归了大自然,而且,由这些物质重新组合成一条狗的机会再也不会有了,但它的短暂的一生，与我的家庭的一段历史纠葛在一起。它咬我那几口，会变成我的女儿对她的孩子讲述的一件趣事吧？也许。

二、狗的冤枉

其实何止是狗有冤枉呢，大凡是被人驯化了的动物，都有诉不尽的冤枉，其中尤以狗的冤枉为最罢了。譬如牛，为人拉犁耕田，为人吃草泌奶，提供皮肉骨骼，连粪便都要为人肥田或是取暖，冤得很；但人对牛的无私奉献和任劳任怨是赞赏的，并将牛的品格作为一种美德，用来褒扬那些勤勤恳恳、吃苦耐劳、不声不响的人。

我初当兵那时，在部队里最容易入党、最有希望提干、最被领导喜欢的人，就是那些文化水平不高，但特能种菜抡大锤、特能起猪圈扫厕所的"老黄牛"，"革命的老黄牛"。有不革命的老黄牛吗？谁知道！而如果你是高中毕业生，嘴巴能说，笔头能写，即使你干起活来比那些"老黄牛"还要拼命，也不会得到多少好评。年终总结时，一顶"骄傲自满、缺乏实干精神"的帽子还是要戴到你的头上。对此我有亲身的经历、深刻的体会、满腹的牢骚。多少年来，我们的队伍里究竟提拔了多少"老黄牛"当军官，谁也没有统计过，但数量肯定很大。一旦那些"老黄牛"被提拔成小军官，多半"牛"性顿失，腐化堕落得比资产阶级还要快一些。他们的行为很有些为当"牛"的历史捞本儿似的。经过几十年的淘汰，这些"牛"们多半解甲归了田，但也有一些爬到了一定高度，靠着囫囵吞枣学来的那几百个汉字，靠着几十句部队"政治思想工作者"们挂在嘴上的空洞术语，统治着他管辖的部门。这些由"牛"变成的老虎，张口就是"觉悟""党性""组织原则""作风纪律""关怀培养"，其实他自己也弄不明白这些话的真正含义，鹦鹉学舌，瞎叫而已。其实他满脑袋瓜子都是《官场现形记》中那个带着老婆给巡抚大人煮馄饨的小官儿的思维，他对下属颐指气使，对同级脸上带笑脚下使绊子,对上司呢?那就是一只活生生的哈巴狗了——瞧,冤案出来了!

人们喜欢用牛誉人,却用狗来骂人。难道狗对人类的贡献比牛小吗?不,一点也不小。据一个动物学专家说,狗是人类最早驯化的野兽,这也就是说,狗为人卖命的历史比牛马等牲畜都要早。在过去的千千万万年里,有多少狗帮助主人追捕到了多少野兽?多少狗把被主人击伤但还没死利索的多少飞禽走兽咬死,叼到主人面前,换取一个鸟头或是一根兽骨?多少狗为主人放牧了多少牛羊?多少次把多少离群的牛羊撵回到主人的畜群里?多少狗为了保护主人的多少鹅棚鸭舍与多少前来偷食的恶狼、刁狐进行了多少次生死搏斗?多少忠心耿耿的狗倒在狼的利齿下,为了主人的利益牺牲了自己宝贵的生命?多少狗多少次为了主人身负重伤、皮开肉绽、骨折筋断、血迹斑斑,痛得眼睛冒绿火儿嘴里直哼哼,主人无药医它它只能伸出舌头一下下地舔舐自己的伤口,主人还说断不了的狗腿、狗舌上有参、狗唾液能消炎,为不给狗疗伤开脱自己?有多少次有多少狗为多少人通风报信于危难之中,挽救了多少人的生命?有多少狗伴随着人开拓了多少新大陆?有多少狗拉着多少雪橇奔驰在冰天雪地的南极北极,夜里睡在雪窝里,每天只吃一条鱼?有多少狗多少次凭着灵敏的鼻子为多少主人侦破了多少杀人血案?有多少狗多少次凭着利齿、利爪和全身灵活强健的肌肉制止了犯罪,惩治了邪恶,伸张了正义?有多少狗一生忠心耿耿为主人看家护院保卫了主人的财产安全,安定了弱小者的心,壮了孤儿寡母的胆?有多少狗用自己可爱的、可笑的、稀奇古怪的相貌和体形安慰了多少青春少女、孤独老人、大亨巨贾、高官显要寂寞或是空虚的心灵?有多少狗用自己丰满的皮毛温暖了多少流浪汉子的身体,伴他们度过多少个漫漫长夜?有多少狗将自己的尸体贡献出来,充填了多少不法之徒或是善良平民的肚腹?有多少狗肉的分子变成了多少人的多少细胞?有多少狗的皮毛变成了华美的皮帽子戴在了多少人的头上为他们抵御了多少次风雪？有多少张狗皮被做成了狗皮褥子垫在了多少人的床上？有多少根狗骨头被人熬成了胶，又有多少根狗骨头被不法商人当成了虎骨卖给了人浸泡了多少瓶酒浆？……呵，狗啊！你对人的奉献一点也不比牛少，更不比马少，但几乎一句赞美之词也落不到你的头上。人们在骂人时，张口就是：狗！走狗！哈巴狗！狗东西！狗崽子！狗娘养的！狗日的！……猫对人的贡献远不如狗，猫讨好主人的本领绝不比狗差甚至还过之，但谁又肯骂人为猫养的？——这种不公平的现象是什么时候、如何形成的？谁能谁又愿意告诉我呢？

狗想：人，你们这些可怕的狗东西，你们实在是太难侍候了。我们凶了你们要打死我们；我们善了你们嫌我们没用还是要打死我们。你们天天叹息做人之难，但你们是否知道做狗更不易？上帝创造万物之初，狗和人都浑身长毛拖着一根尾巴，凭什么该你们统治我们而不该我们统治你们？我们不反抗是因为我们斗不过你们，你们发明了弓箭、猎枪和名目繁多的武器，我们只能俯首称臣。我们中的彻底的觉悟者，就是你们认为的"疯狗"，其实它们很正常，它们为了恢复我们狗类的远古的光荣不惜咬人然后杀身成仁，是我们狗中的烈士。它们之所以见人便咬，是它们已经认识到人类是我们敌人。你们每打死一条"疯狗"，在我们的狗心里就有一座巍峨的丰碑竖立起来。人啊，你们不要得意得太早了！当然，我们不否认，狗中确有道德败坏的败类，譬如其中一个就违犯造物的原则，公然地与它的女主人交媾，此例见于山东淄川人蒲松龄所著《聊斋志异》，但归根结底还是它的女主人引诱了它……外边又有什么声响？是不是小偷在撬主人的门户？是不是刺猬在咬主人的甜瓜？汪汪汪汪，虽然我在胡思乱想，但决不能忘记做狗的本分，汪汪汪汪，汪汪汪汪汪汪汪……

如果不深入狗的心灵，我做梦也想不到狗会有这样深的痛苦和这样痛苦的思想。它们什么都明白,但它们轻易不吐露心声。它们什么都知道,但它们揣着明白装糊涂。那一连串的汪汪汪里,包含着太多的矛盾,并不是简单的为主报警。

话往回收一收:还是鲁迅深刻,还是鲁迅更辩证些。他虽然也骂人为"丧家的资本家的乏走狗",并且高举着"痛打落水狗"的旗帜,但他老先生又说他受伤之后,一声不吭,躲进荆榛丛中,舔舐自己的伤口。动物中大概只有狗才会舔舐疗伤,由此可见,先生对狗并不一概论之,他对狗的两面性或是对两种狗是区别对待的,前者是他憎恨的,后者是他效仿的。所以,我想,呼人为狗,在早先,也许无褒义也无贬义,到了后来,这种称谓才发生了变化,成了骂人的专用名词。

但导师教导我们,所谓的纯粹只是相对而言。金无足赤,人无完人,狗也无完狗。称人为狗,一般情况下是恶意,但父母称自己的孩子为"小狗"、为"狗儿"时,不但无恶意,而是爱到溺的表现了。据说也有妻子呼丈夫为"狗狗"——张贤亮的《绿化树》中,马缨花就称章永麟为"狗狗"——这是肉麻狎昵的称呼,是情深意笃的表现;这种情况一般应该发生在母性强大的女人身上,而事实证明,铁打的汉子,最需要的,也许正是这种扮演着母亲与情人的女人。我为一个名导写楚汉战争的剧本时,曾在气拔高山力盖世的项羽身上发现了这种情结,他之所以和虞姬难分难舍,极有可能他是一个大顽童而虞姬是一个母亲情人型的女人。

所以,绝对会一切如故,狗还是狗人还是人,狗还是要被人奴役着,狗还是要变成某些坏人的符号。文章改变不了千年的习惯,何况还是这等狗屁文章。

我把你抱来,我把你养大,你咬我三口,我找人把你打死,我家的功大于过的狗啊,我用这两篇文章,覆着你的困惑不解的双眼,你安息吧!

三、狗的趣谈

今年明明是鸡年，可我偏偏和狗干上了，连写数篇狗文，好像在欢度狗年。幸好时光如过隙白马，眨眼间狗年就在不远处向我们狂吠了。鸡年头上我被自家的狗咬伤，注射狂犬疫苗已过百日，除了身上留下几个紫红的疤痕，下雨阴天发痒外，别无什么感觉。据说狂犬病毒有潜伏期，百日过后尚无异常，看来发病的可能性已经很小了，如果得狂犬病而死，倒也不失为一种别致的死法，可以让朋友们多一些话题。

咬我的狼狗被处理之后，我便请求父亲给我女儿找条小狗。父亲对他这个最小的孙女的要求向来是有求必应，所以办得格外认真。老人号令一发，亲戚朋友立即分头去办，很快就落实了几户。这几户人家都有母狗怀着孕，说一等下了崽，让我们先挑。我大姐为了给我女儿要小狗，甚至不惜登了与她家关系不睦的人家的大门——那家的狗曾经咬了我大姐的小女儿——那家的女主人听说是我的女儿要小狗，答应得十分干脆，说没问题，一旦下了崽，一定留个最好的。

就在这当儿，我女儿自己不知从哪里弄来了一条小狗。这是个灰灰茸茸的小家伙，十分可爱。我女儿说是条小公狗，但我发现它蹲着撒尿，而在我的印象里，小公狗都是三条腿站着、一条腿跷着撒尿的。我女儿硬说是条小公狗，那就小公狗吧，只要她喜欢，母狗说成公狗又有何妨。

这条小狗一进家门，气氛顿时活泼了。女儿带着它在院子里跑来跑去，欢声笑语不绝。每天上学去，她都要跟小狗握"手"道别；放学回来，第一件事就是跟小狗握"手"寒暄。看到这些，我心里感到很欣慰。我在童年时饱受苦难，当时也没感到特别苦，回忆起来也是淡然如水，但我生怕女儿受苦，只要她高兴，我就欢喜。这世界将来是个什么样子谁也说不准,女儿这代人会不会像我们这代人一样遭受磨难?将来的事管不了,眼前的事能管就多管点。狗给孩子们带来欢乐,狗就万岁。写到这里,我对都市狗的不满也就锐减了。人家用香波给狗洗澡、用香水给狗洒毛,是人家有钱,是狗的福气,与我有什么关系?

前几天在一个会上碰到了一个东北的作家,他说他一年多来在俄罗斯"挂职",大开了眼界。他讲了一大堆俄罗斯趣事给我们听,其中讲到了俄罗斯的狗。他说俄罗斯的狗品种繁多,有的狗怎么看也是只羊,但它的确是只狗。他说有很多来往于北京与莫斯科之间的狗倒爷,倒狗发了大财,不但发了财而且成了狗专家,对狗的一切都了如指掌。他在莫斯科时养过一条狗,名叫"拳击手";这条狗的模样就像一张人脸让拳击手迎面捣了一拳,什么模样,你自己去想象吧!他说俄罗斯的倒狗女们不但技巧非凡,而且对狗充满了感情。俄罗斯女人乳大,乳沟里能藏几只小狗。那些小狗都戴着呢绒小帽,像小孩子一样吃奶,当然不是吃俄罗斯女人的奶。俄罗斯女人们在腰里插一圈奶瓶,利用体温使奶瓶里的奶保持温度。在"莫斯科—北京"的国际列车上,俄罗斯倒狗女们从腰里摸出一只奶瓶,插在头戴呢绒小帽、藏在乳沟里的像小娃娃一样的小狗嘴里,小狗们就愉快地喝起奶来。这生动活泼的情景宛若在眼前,令我心里无限温馨。世界如此美好,俄罗斯女人真是可爱。我想到了《静静的顿河》里的阿克西妮娅——只有乳沟里能藏狗的女人中才能产生阿克西妮娅,也只有阿克西妮娅的后裔们才能在乳沟里藏狗啊!

一九九三年一月至六月

吃事三篇

一、吃的耻辱

吃人家嘴短的意思很明白，仅仅有这点意思那简直不算意思，我的意思是说吃人一棵胡萝卜所蒙受的耻辱哪怕用一棵老山参也难清洗。

我像傻瓜一样混进首都北京后，恨不得见到动物就要点头哈腰表示友善，但北京动物的凶猛程度是地球上有名的，哪怕是一条浑身污垢的野狗，也比外省的狗要神气许多。那猖狂的吠声里毫不掩饰地透露出京狗的优越感。狗尚如此，何况人乎？话说那一年，在一家又脏又破的似乎是纯种老北京人开的冷面馆子里，苍蝇横飞，老板娘黏腻，一条眼角生眵的狗伏在所谓的柜台边上，很不友好地看着我，好像我不是来吃饭，而是来抢劫。我诚惶诚恐地把一块我舍不得吃的肉片扔给它，我虽然嘴没说话，但我的心在说："狗啊，尊敬的狗，不要用这样的仇视的眼光看我，我知道北京是你们的北京，首都也是你们的首都，我知道你们十分讨厌外地人来北京混事，但这也是组织上让我们来的。给你块肉吃，借以表示我的敬意和歉意，希望您能宽容一点,我不过是暂时居留此地,随时都会回去。"狗恼怒地叫了一声,好像我扔到它面前的不是肉片而是一枚炸弹。老板娘怒冲冲地说:"干什么? 干什么? 吃饱了撑得难受是不? 丫挺的个傻×,看你那操行……"我感到满腹冤枉,心中当然也有很多想法。我想,这些北京人为什么这样横? 北京这个首善之地我们国家官话的发祥地的人骂起人来怎么这样歹毒呢? 北京人尽管受过八国联军的祸害但为什么像八国联军一样不讲道理? 我喂他们的狗吃肉是我表示友好啊。这时,从里屋走出来一个典型的北京汉子,那口与裤裆关系十分密切的语言说得如同爆豆一样,他说这条狗是从法国买来的,是纯粹的名种,起码价值十万元。这样的狗是不能随便喂的,这样的狗吃的都是配方饲料,维生素、蛋白质,都是有数的,多一点不行,少一点也不行,你乱给它吃肉,打乱了它的内分泌,该当何罪?! 我想这不是条狗吗? 封建帝王也没有这般讲究嘛。我感到肚子快要气破了。我看着那条狗,心想看你这个死相也配从法国进口? 我们村子里那些在草垛旮旯里玩耍的野狗也比它俊秀三十倍。于是我斗胆说:"不要吓唬外乡人,别的我们没见过,狗我们还是见过的。你们这狗,不过是条土狗,身上还长了一块癞,因此是一条癞皮狗!"哎呀我的个亲娘,我这句话一出口,就像用烧红的炉钩子烫了老虎的屁股,只见那男人目露凶光逼上前来,那个女人拍打着丰厚的屁股大叫:"大头,大头,给这个小子放血!"

我很是害怕,按照宰杀牲畜的一般程序,放血之后应该是烧开水屠戮毛羽,然后是卸去头脚,开膛破肚,摘出下货,然后就挂起来,一刀刀零割了卖。也许是明天早晨,也许是明天中午,在酱肉的盘子里,在油炸的丸子里,在串肉的扦子上,就有了我的身体的一部分。想到此,脊梁骨一阵冰凉,哪里还有心吃什么冷面,慌忙站起来,贴着墙边,连声道着歉,一溜烟跑了。

回到宿舍,越想越感到窝囊,于是便有两行狗尿般的泪水从眼里流出来。怨谁？怨自己。谁让你去吃什么冷面呢？躲在屋子里泡一包方便面不是很好吗？为了不让卖方便面的北京服务小姐心烦,你可以一次买上五十袋,把罪攒起来一次受完。正想着呢,一个朋友进来,说你流什么泪呢？莫斯科不相信眼泪,北京更不相信眼泪。北京是缺水的城市,眼泪虽少,但也是自来水变的,因此你随便流泪就是觉悟不高的表现。我一想有理,咱外地人来到北京,事事都要小心着,要哭就回山东哭,在北京哭也可以,不喝北京的自来水你想哭就哭。

朋友把我请去吃饭,吃了一盘胡萝卜丝,吃了一盘粉丝,还吃了一盘像橡皮一样难以嚼烂的肉。吃完了,我心感动,心中暗想,吃人一碗,要报一盆,点滴之恩,应该涌泉相报。

隔了几天,一群朋友聚会,我为了一句什么话把这位曾经请我吃过一次饭的朋友得罪了。他咬牙切齿地说:"你的良心让狗吃了吗？前几天,我去香格里拉饭店买了美国加州的酱小牛肉,去长城饭店买来西班牙产的胡萝卜,去友谊商店用外汇券买了专供外国人的波罗的海鱼子酱,还有高级的奶油,吃得你小子满嘴流油,可是你一转眼就忘记了。那些小牛肉还没消化完吧？"

我感到浑身冰凉,这时悔之莫及。我恨不得把自己这张不争气的嘴巴用胶布封了。你当年吃煤块不也照样活吗？你去吃人家那点胡萝卜丝和粉丝干什么？实在馋了,你自己去买一麻袋胡萝卜把自己吃成一只兔子也花不了多少钱,但你吃了人家的东西,就要听人家的,就要承受人家施加到你身上的侮辱。我这人最大的毛病就是没有记性,像狗一样,记吃不记打。当时气得咬牙切齿地发狠,但过不了几天就忘了。又有一个朋友请我去吃饭,上了一只煤球炉子,炉子上放了一口锅,锅里放了十几只虾米,一堆白菜,还有一些什么肉。吃着吃着我的凶相又原形毕露了,那朋友就说:"看看莫言吧,吃的一上桌,又奋不顾身了!"

一句话把我的心彻底地凉透了，因为吃人家的东西所蒙受的耻辱一桩桩一件件涌上心头。我怎么这样下贱？我怎么这样没有出息？你实在想吃，一个人下个馆子不就行了吗？你想怎么吃就怎么吃！你想多么凶恶地吃就多么凶恶地吃。你吃光了肉把盘子也舔了也没人嘲笑你。你自己经常地忘记自己的身份，你忘了自己是一个乡巴佬，人家那些人从根本上就瞧不起你，压根儿就没把你当个人看。人家有时找你玩玩，那是无聊，那是天鹅向水鸭子表示亲近，如果水鸭子竟因此而想入非非，那水鸭子就惨了。想明白了道理后，我发誓宁愿饿死也不再吃人家的东西了，就像朱自清宁愿饿死也不吃美国面粉一样。我还发誓万不得已跟人家在一起吃饭时，一定要奋不顾身地抢先付账。我付账，那么即便我吃得多一点人家也就不会笑话我了吧？

有一次去吃烤鸭，吃到一半时我就把账结了。几个贵人都十分高雅地填饱了那些高贵的胃袋后，桌子上还剩下许多，这时，农民的卑贱心理又在我的心中发作了。多么可惜啊，这些大葱，这些大酱，这些洁白的薄饼，这些香酥的鸭片，都是好东西，浪费了不但可惜，还要遭到天谴。于是我就吃。这时，有人说："瞧瞧莫言吧，非把他那点钱吃回去不可。"我感到脸上火辣辣的，好像挨了一记响亮的耳光。人家还说："你们说他的饭量怎么会这样大？他为什么能吃那样多？要是中国人都像他一样能吃，中国早就吃成水深火热的旧社会了。"

我这才悲哀地认识到，世界上的事情，其实早就安排好了。该着受侮辱的命，给你戴上顶皇冠也逃脱不了的。

前年春节回家探亲时，我把这些年在北京受到的委屈，一桩桩一件件地说给母亲听。母亲说："我就不信，人活一口气，再去吃宴席，行前先喝上两大碗稀饭，然后再吃上两个大馒头，上了宴会，还能做出那副饿死鬼相吗？"

回到北京后，遵循着母亲的教导，上了宴席，果然是不猴急了。

吃得温良恭俭让，像英国皇室里的厨子那样。我等待着大家的表扬，可是一个人却说："看看莫言那个假模假样的劲儿，好像他只用门牙吃饭就能吃成贾宝玉似的。"

众人大笑，食欲大增。有个人说："人啊，还是本色些好，林黛玉也要坐马桶的。"

"娘啊，简直是没有活路了啊……"

娘说："儿啊，认命吧。命中该有什么，就得承受什么。"

我问："娘啊，咱们一大家人，为什么就单单我因为吃蒙受了很多耻辱？"

娘说："儿啊，你这算什么？娘在六〇年里，偷生产队的马料吃，被人抓住了吊起来打。当时想，放下来就一头撞死算了。可等到放下来，还不是爬着回了家。你大娘去西村讨饭，讨到麻风病的家里，看到人家过堂里方桌上有半碗吃剩的面条，你大娘看看无人，扑上去就用手挖着吃了。麻风病人吃剩的面条，脏不脏？你受这点委屈算得了什么？娘分明看到你一天比一天胖了起来，不享福，如何能胖起来？儿啊，你这是享福啊，不要身在福中不知福啊！"

我仔细地思考着母亲的话，渐渐地心平气和了。是啊，所谓的自尊、面子，都是吃饱了之后的事情，对于一个饿得将死的人来说，一碗麻风病人吃剩的面条，是世间最宝贵的东西。当然也有宁愿饿死也不吃美国救济粮的朱自清先生，但人家是伟人，如我这种猪狗一样的东西，是万万不可用自尊、名誉这些狗屁玩意儿来为难自己的。

一九九二年

二、吃相凶恶

在我的脑袋最需要营养的时候，也正是大多数中国人饿得半死的时候。我常对朋友们说,如果不是饥饿,我绝对会比现在聪明,当然也未必。因为生出来就吃不饱,所以最早的记忆都与食物有关。那时候我家有十几口人,每逢开饭,我就要大哭一场。我叔叔的女儿比我大四个月,当时我们都是四五岁的光景,每顿饭奶奶就分给我和这位姐姐每人一片发霉的红薯干,而我总是认为奶奶偏心,将那片大些的给了姐姐。于是就把姐姐手中的那片抢过来,把自己那片扔过去。抢过来后又发现自己那片大,于是再抢回来。这样三抢两抢姐姐就哭了,婶婶的脸也就拉长了。我当然从一上饭桌时就眼泪哗哗地流。母亲无可奈何地叹息着。奶奶自然是站在姐姐的一面,数落着我的不是。婶婶说的话更加难听。母亲向婶婶和奶奶连声赔着不是,抱怨着我的肚子大,说千不该万不该不该生了这样一个大肚子的儿子。

吃完了那片红薯干,就只有野菜团子了。那些黑色的、扎嘴的东西,吃不下去,但又必须吃。于是就边吃边哭,和着泪水往下咽。我们这茬人,到底是依靠着什么营养长大的呢?我不知道。那时想,什么时候能够饱饱地吃上一顿红薯干子就心满意足了。

1960年春天,在人类历史上恐怕也是一个黑暗的春天。能吃的东西都吃光了,草根,树皮,房檐上的草。村子里几乎天天死人。都是饿死的。起初死了人还掩埋,亲人们还要哭哭啼啼地到村头的土地庙去"报庙",向土地爷爷注销死者的户口。后来就没人掩埋死者,更没人哭嚎着去"报庙"了。但还是有一些人强撑着将村子里的死尸拖到村子外边去,很多吃死人吃红了眼睛的疯狗就在那里等待着,死尸放下,狗们就扑上去,将死者吞下去。过去我对戏文里讲穷人使用的是皮毛棺材的话不太理解,现在就明白了何谓皮毛棺材。后来有书写过那时人吃人的事情,我觉得只能是十分局部的现象。据说我们村的马四曾经从自己死去的老婆的腿上割肉烧吃,但没有确证,因为他自己也很快就死了。粮食啊,粮食,粮食都哪里去了?粮食都被什么人吃了呢？村子里的人老实无能，饿死也不敢出去闯荡，都在家里死熬着。后来听说南洼里那种白色的土能吃，就去挖来吃。吃了拉不下来，憋死了一人，于是就不再吃土。那时候我已经上了学。冬天，学校里拉来了一车煤，亮晶晶的，是好煤。有一个生痨病的同学对我们说那煤很香，越嚼越香。于是我们都去拿来吃，果然是越嚼越香。一上课，老师在黑板上写字，我们在下面吃煤，一片咯咯嘣嘣的声响。老师问我们吃什么，大家齐说吃煤。老师说煤怎么能吃呢？我们张开乌黑的嘴巴说，老师，煤好吃，煤是世界上最好吃的东西，香极了，老师吃块尝尝吧。老师是个女的，姓俞，也饿得不轻，脸色蜡黄，似乎连胡子都长出来了，饿成男人了。她狐疑地说，煤怎么能吃呢？煤怎么能吃？一个男生讨好地把一块亮晶晶的煤递给老师，说老师尝尝吧，如果不好吃，您可以吐出来。俞老师试探着咬了一小口，咯咯嘣嘣地嚼着，皱着眉头，似乎是在品尝滋味。然后大口地吃起来了。她惊喜地说："啊，真的很好吃啊！"这事儿有点魔幻，我现在也觉得不像真事，但毫无疑问是真事。去年我探家时遇到了当年在学校当过门房的王大爷，说起了吃煤的事。王大爷说，这是千真万确的，怎么能假呢？你们的屎拍打拍打就是煤饼，放在炉子里呼呼地着呢。饿到极点时，国家发来了救济粮，豆饼，每人半斤。奶奶分给我杏核大小的一块，放在口里，嚼着，香甜无比，舍不得往下咽就没有了，仿佛在口腔里化掉了。我家西邻的孙家爷爷把分给他家的两斤豆饼在往家走的路上就吃完了，回到家后，就开始口渴，然后就喝凉水，豆饼在肚子里发开，把胃胀破，死了。十几年后痛定思痛，母亲说那时候的人，肠胃像纸一样薄，一点脂肪也没有。大人水肿，我们一般孩子都挺着一个水罐般的大肚子，肚皮都是透明的，青色的肠子在里边蠢蠢欲动。都特别地能吃，五六岁的孩子，一次能喝下去八碗野菜粥，那碗是粗瓷大碗，跟革命先烈赵一曼女士用过的那个碗差不多。

后来,生活渐渐地好转了,基本上实现了糠菜半年粮。我那位在供销社工作的叔叔走后门买了一麻袋棉籽饼,放在缸里。夜里起来撒尿,我也忘不了去摸一块,放在被窝里,蒙着头吃,香极了。

村子里的牲口都饿死了,在生产队饲养室里架起大锅煮。一群群野孩子嗅着味道跑来,围绕着锅台转。有一个名字叫运输的大孩子,领导着我们高唱歌曲:

> 骂一声刘彪你好大的头,
> 你爹十五你娘十六,
> 一辈子没捞到饱饭吃,
> 唧唧咔嚓地啃了些牛羊骨头。

手持大棒的大队长把我们轰走,一转眼我们又嗅着气味来了。在大队长的心目中,我们大概比那些苍蝇还要讨厌。

趁着大队长去上茅房,我们像饿狼一样扑上去。我二哥抢了一只马蹄子,捧回家,像宝贝一样。点上火,燎去蹄上的毛,然后剁开,放在锅里煮。煮熟了就喝汤。那汤的味道实在是太精彩了,几十年后还让我难以忘却。

"文革"期间,依然吃不饱,我便到玉米田里去寻找生在秸秆上的菌瘤。掰下来,拿回家煮熟,撒上盐少许,用大蒜泥拌着吃,鲜美无比,在我的心中是人间第一美味。

后来听说,癞蛤蟆的肉味比羊肉的还要鲜美,母亲嫌脏,不许我们去捉。

生活越来越好,红薯干终于可以吃饱了。这时已经是"文革"的后期。有一年,年终结算,我家分了二百九十多元钱,这在当时可是个惊人的数字。我记得六婶把她女儿头打破了,因为她赶集时丢了一毛钱。分了那么多钱,村子里屠宰组卖便宜肉,父亲下决心割了五斤,也许更多一点,要犒劳我们。把肉切成大块,煮了,每人一碗。我一口气就把一大碗肥肉吃下去,还觉不够,母亲叹一口气,把她碗里的给了我。吃完了,嘴巴还是馋,但肚子受不了了。一股股的荤油伴着没嚼碎的肉片往上涌,喉咙像被小刀子割着,这就是吃肉的感觉了。

我的馋在村子里是有名的,只要家里有点好吃的,无论藏在什么地方,我总要变着法子偷点吃。有时吃着吃着就控制不住自己,索性将心一横,不顾后果,全部吃完,豁出去挨打挨骂。我的爷爷和奶奶住在婶婶家,要我送饭给他们吃。我总是利用送饭的机会,掀开饭盒偷点吃,为此母亲受了不少冤枉。这件事至今我还感到内疚。我为什么会那样馋呢?这恐怕不完全是因为饥饿,与我的品质有关。一个嘴馋的孩子,往往是意志薄弱、自制力很差的人,我就是。

七十年代中期,去水利工地劳动,生产队用水利粮蒸大馒头,半斤面一个,我一次能吃四个,有的人能吃六个。

1976年,我当了兵,从此和饥饿道了别。从新兵连分到新单位,第一顿饭,端上来一笼雪白的小馒头,我一口气吃了八个。肚子里感到还有空隙,但不好意思吃了。炊事班长对司务长说:"坏了,来了大肚子汉了。"司务长说:"没有关系,吃上一个月就吃不动了。"果然,一个月后,还是那样的馒头,我一次只能吃两个了。而现在,一个就足够了。

尽管这些年不饿了,肚子里也有了油水,但一上宴席,总有些迫不及待,生怕捞不到吃不够似的疯抢,也不管别人是怎样看我。吃完后也感到后悔。为什么我就不能慢悠悠地吃呢?为什么我就不能少吃一点呢?让人也觉得我的出身高贵,吃相文雅,因为在文明社会里,吃得多是没有教养的表现。好多人攻击我的食量大,吃起饭来奋不顾身啦,埋头苦干啦,我感到自尊心受到了很大的伤害,便下决心下次吃饭时文雅一点,但下次那些有身份的人还是攻击我吃得多,吃得快，好像狼一样。我的自尊心更加受到了伤害。再一次吃饭时，我牢牢记着，少吃，慢吃，不要到别人的面前去夹东西吃，吃时嘴巴不要响，眼光不要恶，筷子要拿到最上端，夹菜时只夹一根菜梗或是一根豆芽，像小鸟一样，像蝴蝶一样，可人家还是攻击我吃得多，吃得快。我可是气坏了。因为我努力地吃相文雅时，观察到了那些攻击我的小姐太太吃起来就像河马一样，吃饱了后才开始文雅。于是怒火就在我的胸中燃烧，下一次吃那些不花钱的宴席，上来一盘子海参，我就端起盘子，拨一半到自己碗里，好一顿狼吞虎咽。他们说我吃相凶恶，我一怒之下，又把那半盘拨到自己碗里，挑战似的扒了下去。这次，他们却友善地笑了，说：莫言真是可爱啊。

我回想三十多年来吃的经历，感到自己跟一头猪、一条狗没有什么区别，一直哼哼着，转着圈子，找点可吃的东西，填这个无底洞。为了吃，我浪费了太多的智慧。现在吃的问题解决了，脑筋也渐渐地不灵光了。

一九九二年六月

三、忘不了吃

数年前曾写过两篇有关吃的小文章，一篇题名《吃相凶恶》，一篇题名《吃的耻辱》。原本是为应付约稿随笔涂鸦，没承想发表之后，竟被几个江南才子当着我的面劈头盖脸一阵夸奖，弄得我晕头转向、不辨真假，回来就发扬"小车不倒只管推"的精神，继续吃下去，准备一直吃倒胃口为止。我也清楚这等鸡零狗碎的破事不值得写，我也很想写点高雅的东西，我也很想让自己的文章透出一点贵族气息或是进步气息，但乌鸦怎能叫出凤凰的声音？秃鹰怎能走出仙鹤的舞步？那么，请正人君子原谅，请与我同志者笑读，咱这就开吃。

"吃"字拆开，就是"口"和"乞"，这个字造得真是妙极了。我原以为"吃"是"喫"的简化，查了《辞海》，才知"喫"是"吃"的异体。口的乞求，口在乞求，一个"吃"字，馋的意思有了，饿的意思有了，下贱的意思也有了。想这造"吃"的人，必是个既穷又饿，如果让林黛玉或是刘文彩造这个字，不会是现在这样子。因为他们一天到晚都腹胀得难受，应该是食物乞求他们的口：小姐呀，老爷呀，求求你们吃掉我们吧。由此可见，语言文字确实是有阶级性的，不仅仅是些抽象的符号。——忽然记起，某人给某报写创刊某某周年的贺词时，竟把这张报纸称为"她"，原来报纸也分公母，真是妙极了。

　　言归正传：话说"文化大革命"刚刚结束的时候，我在单位听领导传达中央文件，文件的内容是一位中央首长的讲话，讲话的主要内容是国人的吃饭问题。首长说人人都有一个口，张口就是一个洞，十亿人民齐张口，想想是个多大的洞吧，大概比天安门广场还要大，你说可怕不可怕！我们领导借题发挥道：如果说这些口都是些樱桃小口，倒进去一茶盅米汤便能灌满，问题也还不算十分严重，可这些口偏偏以鲁智深、猪八戒式居多，三大海碗米汤灌进去只是个半饱，所以呀，我们领导说，在今后很长一段时间内，对绝大多数中国人来说，吃饱，还是饥饿，就成为一个问题。

　　现在还是不是一个问题？

　　将来会不会成为一个问题？

　　上边所写，东拉西扯，就算是一个"帽"吧。进入正文，还是要写我的"吃"史。频频谈我，令人生厌，生厌就生厌，我也没法办，你吃白面饼，我吃山药蛋。山药蛋真是一种雅俗共赏的美好食物，皇上爱吃百姓也爱吃，烧着好吃煮着也好吃，煎着好吃熬着也好吃，山药蛋哦，你的名字叫美丽！哦，山药蛋，多少谎言假借了你的名字，如果你就是土豆的话。话分两头，抛下这土豆咱暂且不说，还是说我。截止到目前,我已经活了四十二岁,换言之,已经吃了四十二年。尽管我好用工笔写文章,但要我把这四十二年里塞到肚子里的东西全部罗列出来,那我就去吃耗子药拉倒,因此我只能择其要者而记之。

孔夫子说"食色,性也",应该是对成年人而言。对小孩子来说,"色"还不成为一个问题(西方人被弗洛伊德得早熟另当别论)。对我这样的人来说,二十岁以前,"色"还不是一个重要问题,因为从我有记忆力起,就一直饥肠辘辘。这样说很可能又要招致一些好汉的痛骂,给我扣上一顶"给社会主义抹黑"的大帽子。但事实如此,饿肚子既不光荣也不美好,何必假造。但有没有炫耀"苦难"的意思呢?有,的确是有,这是我跟着你们学的。

我生于1955年,那是新中国的第一个黄金时代。据老人们说,那时还能吃饱肚皮。但好景不长,很快就大跃进了,一跃进就开始挨饿。我记得最早的一件事是跟着母亲去吃公共食堂。端着盆子提着罐,好几个村的人挤在一起排队,领一些米少菜多的稀粥,很少有干粮。我记得我家邻居的一个男孩把一罐稀粥掉在地上,罐碎粥流。男孩的母亲一边打着那男孩一边就哭了。男孩高喊着:娘哎,别打了,快喝粥吧!他忍着打趴在地上,伸出舌头,舔地上的粥吃。他说,娘,快喝,喝一点赚一点。他的母亲,听了他的话,跪在地上,学着儿子的样子,舔粥吃。在场的人,无不夸奖那男孩聪明,都预见到他的前途不可限量。果然是人眼似秤,那当年的男孩,现在已是我们村的首富。他靠养虫致富。养蝎子,养知了猴,养豆虫,高价卖给大饭店和公家的招待所。他看准了有钱的人和有权的人嘴巴越来越尖,口味越来越刁,他们拒绝大鱼和大肉,喜欢吃奇巧古怪,像可爱的小鸟。眼光就是金钱。他说下一步要训练贵人们吃棉铃虫。

公共食堂垮台后,最黑暗的日子降临了。那时不但没饭吃,连做饭吃的锅都没有了。好多人家用瓦罐煮野菜。我家还好,大炼钢铁期间我从废铁堆里捡了一个日本兵的破钢盔戴着玩,玩够了就扔到墙旮旯里。祖母就用钢盔当了锅。瓦罐不耐火,几天就炸;弄得灰飞烟灭,狼狈不堪。我家的钢盔系精钢铸造,传热快捷,坚硬无比,不怕磕碰,不怕火烧,真是一件好宝贝。祖母用它煮野菜,煮草根,煮树皮,煮了一盔又一盔,像喂小猪一样喂着我们兄弟姐妹,度过了可怕的饥馑之年。

很多文章把三年困难时期写得一团漆黑,毫无乐趣,这是不对的。起码对孩子来说还有一些欢乐。对饥饿的人来说,所有的欢乐都与食物相关。那时候,孩子们都是觅食的精灵,我们像传说中的神农一样,尝遍了百草百虫,为扩充人类的食谱做出了贡献。那时候的孩子,都挺着一个大肚子,小腿细如柴棒,脑袋大得出奇。我是其中的一员。我们成群结队,村里村外地觅食。我们的村子外是望不到边的洼地。洼地里有数不清的水汪子,有成片的荒草。那里既是我们的食库,又是我们的乐园。我们在那里挖草根挖野菜,边挖边吃,边吃边唱,部分像牛羊,部分像歌手。我们是那个时代的牛羊歌手。我难忘草地里那种周身发亮的油蚂蚱,炒熟后呈赤红色,撒上几粒盐,味道美极了,营养好极了。那年头蚂蚱真多,是天赐的美食。村里的大人小孩都提着葫芦头,在草地里捉蚂蚱。我是捉蚂蚱的冠军,一上午能捉一葫芦。我有一个诀窍:开始捉蚂蚱前,先用青草的汁液把手染绿,就是这么简单。油蚂蚱被捉精了,你一伸手它就蹦。我猜它们很可能能闻到人手上的味道,用草汁一涂,就把味道遮住了。它们的弹跳力那么好,一蹦就是几丈远。但我的用草汁染绿了的手伸出去它们不蹦。为了得到奶奶的奖赏,我的诀窍连爷爷也不告诉。奶奶那时就搞起了物质刺激,我捉得多,分给我吃的也就多。蚂蚱虽是好东西,但用来当饭吃也是不行的。现在我想起蚂蚱来还有点恶心。

吃过蚂蚱,不久就是夏天。夏天是食物最丰富的季节,是我们的好时光。1960 年代雨水特别多,庄稼大都涝死。洼地里处处积水,成了一片汪洋。各种鱼从天上掉下来似的,品种很多,有的鱼连百岁的老人都没见过。我捕到一条奇怪的鱼。它周身翠绿,翅尾鲜红,美丽无比。此鱼如养在现在的鱼缸里,必是上品,但吃起来味道腥臭,难以下咽。洼地里的鱼虽多,但饥饿的人比鱼还要多,那时又没有现在这么先进的捕鱼工具,所以后来要捕到几条鱼也就不容易了。捕不到鱼,也饿不死我们。我们从水面上捞浮萍,水底捞藻菜,熬成鲜汤喝。所以老人说,水边上饿不死人。

秋天是收获的季节。鱼虾不多照样有,又有螃蟹横行来。秋风凉,豆叶黄,蟹脚痒。成群结队的螃蟹沿河下行,爷爷说它们要到海里去产卵,我认为它们更像去开什么重要会议。螃蟹形态笨拙,但在水中运动起来,如风如影,神鬼莫测,要想擒它,绝非易事。要想捉螃蟹,必须夜里去。身披蓑衣,头戴斗笠,手提马灯,悄悄前行,最忌咋呼。我曾跟着六叔去捉过一次螃蟹,神秘新奇,趣味无穷。白天,六叔就看好了地形,用高粱秸在河沟里扎上一道栅栏,留上一个口子,在口子上支上一张口袋网。夜气浓重,细雨朦胧,身体缩在大蓑衣里,耳听着窸窸窣窣的声音,借着昏黄的灯光,看着螃蟹的大队沿着栅栏爬上来……这样的经历终生难忘。螃蟹好吃,但舍不得吃。将它们用细绳绑成一串,让它们吐出团团泡沫,噼哧噼哧地细响着。把它们提到集上去,三分钱一只卖给公社干部,换来钱买些霉高粱米、棉籽饼什么的,磨成粉,掺上野菜,能顶大事儿。过苦日子,绝不能贪图嘴巴痛快,要有意识地给嘴巴设置障碍,制造痛苦。

秋天,草籽成熟。最好吃的草籽是水草的种子。这东西很像谷子,带着壳磨碎,做成窝头蒸熟,吃到嘴里嚓嚓响,很是精彩。

秋天好吃的虫儿很多,除了形形色色的蚂蚱,还有蟋蟀。深秋的蟋蟀黑得发红,肚子里全是子儿,炒熟了吃,有一种奇异的香气。捉蟋蟀比捉蚂蚱难度大一些,这虫儿不但蹦得快,还会钻地洞。还有一种虫儿,现在我知道它们的名字叫金龟子,是蛴螬的幼虫,像杏核般大,全身黑亮,趋光,晚上往灯上扑,俗名"瞎眼撞"。这虫儿好聚群,停在枝条或是草棵上,一串一串的,像成熟的葡萄。晚上,我们摸着黑去撸"瞎眼撞",一晚上能撸一面口袋。此虫炒熟后,那滋味又与蟋蟀和蚂蚱大大地不同。还有豆虫,中秋节后下蛰。此物下蛰后,肚子里全是白色的脂油,一粒屎也没有,全是高蛋白。

进入冬天就惨了。春夏秋三季,我们还能捣弄点草木虫鱼吃吃,冬天草木凋零,冰冻三尺,地里有虫挖不出来,水里有鱼捞不上来。但人的智慧是无穷的,尤其是在吃的方面。大家很快便发现,上过水的洼地地面上有一层干结的青苔,像揭饼一样一张张揭下来,放在水里泡一泡,再放到锅里烘干,酥如锅巴。吃光了青苔,便剥树皮。剥来树皮,用斧头剁碎、砸烂,放在缸里泡,用棍子拼命搅,搅成糨糊状,煮一煮就喝。吃树皮的前半部分的工序和毕昇造纸的过程差不多,但我们造出来的不是纸。从吃的角度来说,榆树皮是上品,柳树皮次之,槐树皮更次之。很快,村里村外的树都被剥成裸体,十分可怜的样子,在寒风中颤抖着。在这危急的关头,政府不知从哪里调拨来救济粮。所谓救济粮,根本不是粮,而是一些发霉的萝卜叶子一类的东西,挤压成件。现在拿那样的东西喂猪,猪也不会吃。但在当时却是货真价实的宝贝。分配时人人都红着眼,盯着秤杆,一星一点,秤高秤低,都十分计较。这种东西也不是常有的,总是在人们饿得即将停止呼吸时,才会发放一次,可见国家也是相当的困难。发放救济粮的钟声敲响时,连躺进棺材里的人也会蹦出来。这当然是夸张。那时候,人死得太多,哪里还有什么棺材。死了,好歹拖出去,让狗吃了拉倒。那是狗的黄金岁月,吃死人吃的,都疯了,见了活人也往上扑。有人可能要说:你们为什么不去打狗吃呀?狗肉营养丰富,味道鲜美。你问得好,你念头,我们早就想到了,可我们腿肿得如水罐,走两步就喘息不迭,根本不是狗的对手。与其说去打狗,毋宁说去给狗加餐。如果有枪,钩一下扳机的力气还是有的。但在那种情况下,老百姓手里要有了枪,什么样的坏事干不出来呢？公社书记和公安员手里倒是有枪,但他们有粮吃,不必去打狗吃。他们嫌吃死人的狗太脏,提着枪去打野兔、大雁、水鸭子什么的佐餐。

大概是1961年的春节吧,政府配给我们每人半斤豆饼,让我们过年。领取豆饼的场面真是欢欣鼓舞的场面。有的人,用衣襟兜着豆饼,一边往家走,一边往嘴里塞。我家邻居孙大爷,人没到家,就把发给他家的豆饼全都吃光了。他一到家就被老婆孩子给包围了,骂的骂,哭的哭,恨不得把他的肚皮豁开,把豆饼扒出来。可见爱在饥饿的人群里,要大打折扣。孙家大爷躺在地上,面如灰土,眼泪汪汪,一声不吭,任凭老婆孩子撕掳踢打。孙家大爷当天夜里就死了。他吃豆饼太多,口渴,喝了足有一桶水,活活给涨死了。那时我们的胃壁薄得如纸,轻轻一涨就破了。孙大爷死了,他的老婆孩子,没掉一滴眼泪。多少年后提起来,孙大奶奶还恨得牙根痒痒,骂老头子吃独食,连一点人味都没有,死不足惜。这次年关豆饼,涨死了我们村十七个人,教训很深刻。后来我在生产队饲养室里喂牛,偷食饲料豆饼时,总是十分节制,适可而止,生怕蹈了孙大爷的覆辙。

那几年里,母亲经常对我们兄弟讲述她的一个梦。她梦到自己在外祖父的坟墓外边见到了外祖父。外祖父说他并没有死去,他只是住在坟墓里而已。母亲问他吃什么,他说:吃棉衣和棉被里的棉絮。吃进去,拉出来;洗一洗,再吃进去;拉出来,再洗一洗……母亲狐疑地问我们：也许棉絮真的能吃？

度过六十年代初期,往后的岁月还是苦,但比较起来就好多了。"文化大革命"期间,村里经常搞忆苦思甜运动,大家一忆苦,总是糊糊涂涂地忆到六〇年。一忆到六〇年,干部们就跳起来喊口号,一是要打倒苏修,二是要打倒刘邓,干部们说六〇年的饥荒是刘邓串通了苏修卡中国人的脖子造成的。我们明知道这是胡说,但谁也不去装明白。

一直到了七十年代中期,还是不能放开肚皮吃,但比较六零年那是好多了。我从小饭量大,嘴像无底洞,简直就是我们家的大灾星。我不但饭量大,而且品质不好。每次开饭,匆匆把自己那份吃完,就盯着别人的饭碗号啕大哭。母亲把自己那份省给我吃了,我还是哭,一边哭着,一边公然地抢夺我叔叔的女儿的那份食物。那时我们尚未分家,一家老小,有十三口之多。在这样的大家庭里,母亲是长媳,一直忍辱负重,日子本来就很难过,我的无赖,更使母亲处境艰难。夺我堂姐的食物吃,确实混账。我婶婶的脸色难看,说出的话像毒药一样,一句句都是冲着母亲来的。母亲只好骂我,向婶婶赔礼道歉。这是我一生中最坏的行为,至今我也不能原谅自己。长大后我曾向堂姐说起过此事,她淡然一笑,说不记得了。

母亲常常批评我,说我没有志气。我也曾多次暗下决心,要有志气,但只要一见了食物,就把一切的一切忘得干干净净。没有道德,没有良心,没有廉耻,真是连条狗也不如。街上有卖熟猪肉的,我伸手就去抓,被卖肉人一刀差点把手指砍断。村里干部托着一只香瓜,我上去摸了一把,被干部一脚踢倒,将瓜砸在头上,弄得满头瓜汁。那些年里,我的嘴巴把我自己搞得人见人厌,连一堆臭狗屎都不如。吃饱了时,我也想痛改前非,但一见好吃的,立刻便恢复原样。长大后从电视上看到鳄鱼一边吞食一边流泪的可恶样子,马上就联想到自己,我跟鳄鱼差不多,也是一边流泪一边吃。在家里如此,出去也如此。我去偷生产队里的马料吃,被保管员抓住,将脑袋按到泅料的缸里,差点呛死。我去偷拔人家的萝卜,被抓住,当着数百名民工的面,向毛主席的画像请罪。我去生产队的花生地里偷扒刚种下的花生吃,中了药毒,差点要了小命——花生米是用剧毒农药浸泡过的。至于偷瓜摸枣,更是常事。有时被捉住,有时捉不住。被捉住就挨顿揍,捉不住就如同打了一个大胜仗。有一次我去偷邻村的西瓜,被看瓜人发现,那愣头青端起土炮就搂了火,呼通一声巨响,惊天动地,打倒了一片玉米,吓得我屁滚尿流。想跑,腿挪不动,被人家当场活捉,用土炮押送到学校去,成了轰动学校的新闻。与吃有关的恶心经历窝囊事,撇句文那真叫罄竹难书。这几年在远离家乡的地方,偶尔也敢人模狗样一下,但一回到家乡,马上就像一条挨了痛打的狗,紧紧地夹起尾巴,生怕一翘尾巴引起乡亲们的反感,把我小时候那些丑事抖搂出来。

有人硬说我对军队没有感情,这是让我不能接受的。挂在嘴上的感情多半虚假,藏在心里的才有质量。我当兵之后才真正填饱了肚子,有了一些人的尊严,就冲着这一点,也不敢对军队没有感情。当兵临走前,村里的几个复员兵来给我传授他们在部队积累的宝贵经验。他们说:如果吃面条,第一碗捞半碗,连吹带搅和,凉得快,吃得也快。吃完这半碗,再去狠狠地盛来冒尖一碗,慢慢地吃。如果第一碗就盛得很满,等你吃完再去捞时,锅里就只剩下汤水了。如碰上吃米饭,万万不可咀嚼,只要一咀嚼,南方兵就发笑。我到了部队,才发现那些复员兵纯粹是在胡说八道。新兵连生活差一些,分到新单位,简直就是上了天堂。我们那单位,只有十几个人,却种了五十多亩地,每年种两季,一季小麦,一季玉米。小麦磨成精粉(我们只吃精粉),玉米用来喂猪。你就想想我们那单位的生活吧。战友的父亲来队吃了几天,感叹不已,道:什么是共产主义?这就是了。我从新兵连下到新单位,第一顿吃了八个馒头,自觉不好意思,更怕给领导造成不良印象,影响了进步,才意犹未尽地住了嘴。就这样也把炊事班长吓了一跳,跑去向管理员汇报情况,说大事不好了!管理员说有什么大事不好了,难道是鬼子又进了村子吗?炊事班长说鬼子倒是没有进村,但是来了几个新兵,个个都是饭桶,吃得最少的那个,一顿饭还吃了八个馒头。管理员说我就怕他们不能吃,能吃的兵必能干,不能吃的也不能干,我们的粮食大大的有。明天就给我杀猪,给这几个小子油油肠子。第二天果然宰了一头大肥猪,切成拳头大的块儿,红烧了半锅。馒头是新蒸的,白得像雪花膏似的;猪肉炖得稀烂,入口就会融化。啥叫幸福?啥叫感激涕零?啥叫欣喜若狂?这就是了。这顿饭吃罢,我们几个新兵,走起路来都有些摇摇晃晃,吃猪肉吃醉了。我个人的感觉是肚腹沉重,宛若怀了一窝猪崽。这一顿真正叫过瘾。二十年来第一次,就此逝世也不冤枉。但后遗症很大,我整夜在球场上溜达,一股股的荤油像小蛇一样,沿着喉咙往上爬,嗓子眼像被小刀子割着似的。第二天还是大白馒头红烧肉,我们开始羞羞答答,挑拣瘦肉吃,吃起来也有些文质彬彬了。管理员骂道:原以为来了几条梁山好汉,却原来也是些夙包软蛋。

又过了几十年,当我成了所谓的"作家"之后,在一些宴席上,又吃到了蚂蚱、蟋蟀、豆虫等昆虫,又吃到了当年吃坏了胃口的野草、野菜,满桌的鸡鸭鱼肉反而无人问津。村里的首富,竟是一个养虫的专业户。我想,怪不得哲人们说两极相通,原来饿极了和饱极了都要吃草木虫鱼,就像北极和南极都是冰天雪地一样。

一九九七年七月八日

我 与 酒

　　三十多年前,我父亲很慷慨地用10斤红薯干换回两斤散装的白酒,准备招待一位即将前来为我爷爷治病的贵客。父亲说那贵客是性情中人,虽医术高明,但并不专门行医。据说他能用双手同时写字——一手写梅花篆字,一手写蝌蚪文——极善饮,且通剑术。酒后每每高歌,歌声苍凉,声震屋瓦。歌后喜舞剑,最妙的是月下舞,只见一片银光闪烁,全不见人在哪里。这位侠客式的人物,好像是我爷爷的姥姥家族里的人,不唯我们这一辈的人没有见过,连父亲他们那一辈也没见过。爷爷生了膀胱结石——当时以为尿了蚂蚁窝——求神拜佛,什么法子都用过了,依然不见好转。痛起来时他用脑袋撞得墙壁嘭嘭响,让我们感到惊心动魄。爷爷的哥哥——我们的大爷爷——是乡间的医生,看了他弟弟这病状,高声说:"没有别的法子,只好去请'大咬人'了,轻易请不动他,但我们是老亲,也许能请来。"大爷爷说这位"大咬人"喜好兵器,动员爷爷把分家分到他名下的那柄极其锋利的单刀拿出来,作为进见礼。爷爷无奈,只好答应,让父亲从梁头上把那柄单刀取下来。父亲解开十几层油纸,露出一个看上去很粗糙的皮鞘。大爷爷抽出单刀,果然是寒光闪闪,冷气逼人。

据说这刀是一个太平军将领遗下来的,是用人血喂足了的,永不生锈,是否能在匣中呼啸,我们不知道。大爷爷把单刀藏好,骑上骡子,背上干粮,搬那"大咬人"去了。"大咬人"自然就是那文能双手书法、武能月下舞剑的奇侠。父亲把酒放在窗台上,等着"大咬人"的到来。我们弟兄们,更是盼星星盼月亮一样盼着他。

盼了好久,也没盼到奇人,连大爷爷也一去无了踪影。爷爷的病日渐沉重,无奈,只好用小车推到人民医院,开了一刀,取出了一块核桃大的结石,活了一条命。等爷爷身体恢复到能下河捕鱼时,大爷爷才归来。骡子没有了,据说是被强人抢去了。身上的衣服千丝万缕,像是在铁丝网里钻了几百个来回。那柄单刀竟奇迹般地没丢,但刀刃上崩了很多缺口,据说是与强人们格斗时留下的痕迹。奇侠"大咬人"自然也没有请到。我们的这位大爷爷,自身也是个富有浪漫精神的游侠,传说他曾只身潜入日本人的军营,偷出一匹像大山一样巍峨的洋马。他本想用这匹洋马改良家乡的马种,但偷出来才发现是匹骟过的马。他还很会扶乩,扶出过"东风息,波澜起"这样费解的话语。他也是极善饮的,曾与好友在坟墓间做豪饮,一夜喝了12斤酒,大醉了三日方醒。

"大咬人"没来,爷爷的病也好了,那瓶白酒在窗台上显得很是寂寞。酒是用一个白色的瓶子盛着的,瓶口堵着橡胶塞子,严密得进不去空气。我经常地观察着那瓶中透明的液体,想象着那芳香的气味。有时还把瓶子提起来,一手攥着瓶颈,一手托着瓶底,发疯般地摇晃,然后猛地停下来,观赏那瓶中无数的纷纷摇摇的细小的珍珠般的泡沫。这样猛烈摇晃之后,似乎就有一缕酒香从瓶中溢发出来,令我馋涎欲滴。但我不敢偷喝,因为爷爷和父亲都没舍得喝,如果他们一时发现少酒,必将用严酷的家法对我实行毫不留情的制裁。

终于有一天,当我看了《水浒传》中那好汉武松一连喝了十八碗

"透瓶香"、手持哨棒、跟跟跄跄闯上景阳冈与吊睛白额大虫打架的章节后,一股豪情油然而生。正好家中无人,我便用牙咬开那瓶塞子,抱起瓶子,先是试试探探地抿了一小口——滋味确是美妙无比——然后又恶狠狠地喝了一大口——仿佛有一团绿色的火苗子在我的腹中燃烧,眼前的景物不安地晃动。我盖好酒瓶子,溜出家门,头重脚轻、腾云驾雾般地跑到河堤上。我嘀嘀怪叫着,心中的愉快无法形容,就那样嘀嘀地叫着在河堤上跑来跑去。抬头看天,看到了传说中的凤凰;低头看地,地上奔跑着麒麟;歪头看河,河里冒出了一片片荷花。荷花肥大如笸箩的叶片上,坐着一些戴着红肚兜兜的男孩。男孩的怀里,一律抱着条金翅赤尾的大鲤鱼……

从此,我一得机会便偷那瓶中的酒喝。为了防止被爷爷和父亲发现,每次偷喝罢,便从水缸里舀来凉水灌到瓶中。几个月后,那瓶中装的究竟是水还是酒,已经很难说清楚了。几十年后,说起那瓶酒的故事,我二哥嘿嘿地笑着坦白,偷那瓶酒喝的除了我以外还有他。当然他也是喝了酒回灌凉水。

我喝酒的生涯就这样偷偷摸摸地开始了。那时候真正的馋呀,村东头有人家喝酒,我在村西头就能闻到味道。有一次,竟将我一个当兽医的堂叔家的用来给猪打针消毒用的酒精偷着喝了,头晕眼花了好久,也不敢对家长说。长到十七八岁时,有一些赴喜宴的机会,母亲便有意识地派我去,是为了让我去饱餐一顿呢,还是痛饮一顿呢,母亲没有说,她只是让我去,其实我的二哥更有资格去,也许这就是天下爹娘偏向小儿的表现吧。有一次我喝醉了回来,躺在炕上。母亲正在炕的外边擀面条,我一歪头,吐了一面板。母亲没骂我,默默地把面板收拾了,又舀来一碗自家做的甜醋,看着我喝下去。我看到过许多妻子因为丈夫醉酒而大闹,由此知道男人醉酒是让女人极厌恶的事,但我几乎没看到过一次母亲因儿子醉酒而痛骂的。母亲是不是把醉酒看成是儿子的成人礼呢？后来当了兵，喝酒的机会多起来，但军令森严，总是浅尝辄止，不敢尽兴。我喝酒的高潮是写小说写出了一点名堂之后，时间是 1986—1989 年。这时，老百姓的生活水平有了很大的提高，官场上喝酒已经算不上腐败现象。每次我回故乡，都有赴不完的酒宴。每赴一次官宴，差不多都是被人扶回来的。这时，母亲忧虑地劝我不要喝醉。但我总是架不住别人的劝说，总感到别人劝自己喝酒是人家瞧得起自己，大有受宠若惊之感，不喝就像对不起朋友一样。而且，每每三杯酒下肚，便感到豪情万丈，忘了母亲的叮嘱和醉酒后的痛苦，"李白斗酒诗百篇""人生难得几次醉"等等壮语在耳边轰轰地回响，所以，一劝就干，不劝也干，一直干到丑态百出。

1988 年秋天的一个晚上，我与县里的一班哥们喝酒，一口气喝了 42 杯白酒，外带十几扎啤酒。第二天上午去酒厂参观，又喝了刚烧出来还没勾兑的热酒半铁瓢。中午又陪着一个记者喝了十几杯。当天下午，人们把我送到县医院，又是打吊针，又是催吐，抢救了大半天。这次醉酒，使我的身体受到了很大的伤害，在以后的很长一段时间里，一闻到酒味就恶心。从此喝酒谨慎了，但几杯酒下肚后，往往故态复萌，但醉到入院抢救的程度再也没有过。小时候偷酒喝时，心心念念地盼望着：何时能痛痛快快地喝一次呢？但 1980 年代中期以后，我对酒厌恶了。进入 1990 年代，胃病大发作，再也不敢多喝。有一段时间，干脆不喝了，无论你是多么铁的哥们，无论你用什么样的花言巧语相劝，也不喝。这样尽管伤了真心敬我的朋友的心，也让想灌醉我看我洋相的人感到失望，我自己的自尊心也受到损伤，但性命毕竟比别的更重要。不喝酒就等于退出了酒场中心，冷眼观察，旁观者清，才发现了酒场上有那么多的名堂。饮酒有术，劝酒也有方。那些层出不穷的劝酒词儿，有时把你劝得产生一种即便明知杯中是耗子药也要仰脖灌下去的勇气。在酒桌上，几个人联手把某人灌醉了，于是皆大欢喜，俨然打了一个大胜仗。富有经验的酒场老手，并不一定有很大的酒量，但却能保持不醉的纪录，这就需要饮酒的技术，这所谓的技术其实就是捣鬼。有时你明明看到他把酒杯子干了个底朝天，其实他连一滴也没喝到肚里。酒场捣鬼术名堂繁多，非有专家研究不可。

　　我曾写过一部名叫《酒国》的长篇小说，试图清算一下酒的罪恶，唤醒醉乡中的人们，但这无疑是醉人做梦，隔靴搔痒。酒已经成为中国官场的润滑剂，如果不从根本上解决问题，大概也就真正成为酒国了吧？只有天知道！

　　我最近又开始饮酒，把它当成一种药，里边胡乱泡上一些中药，每日一小杯，慢慢地啜。我再也不想去官家的酒场上逞英雄了，也算是不惑之年后的可圈可点的进步吧。

一九九七年二月

俄罗斯散记

一、草　原

　　1993年7月,我在边城满洲里采访时,曾化名王家宝,跟随一个旅游团,进入俄罗斯境内待了二十四小时。

　　我对俄罗斯的城市不感兴趣,更不想进去采购什么东西;跟随旅游团进入俄境的主要目的就是想看一看俄罗斯的草原。我们这边也有草原,但这边的草原与我想象中的草原大不一样。我想象中的草原应是辽阔无边的,应该是草浪追逐、牛羊隐没其间的,应该有无数的鲜花点缀在青草丛中,应该是上有百鸟鸣啭、下有清清的河流蜿蜒的。可是我看到的草原颜色枯黄,草棵低矮,还有一块块的"斑秃",好像癞痢头似的。没有风吹草低,牛羊却很多,一群连着一群。贫瘠的草原瘦弱的草,它们如何能吃饱呢?也没有我想象中的五色的,大的比拳头还大、小的比米粒还小,点缀在绿草间、伸展到天边去的花朵。有河流,但河里多半没有水,有点水也是浑浊如泥汤。有鸟,但数量很少,它们显然很寂寞,有的在路边独步,有的在天上悲鸣。尤其糟糕的是一条宽阔的柏油马路把本来就不甚辽阔的草原劈成了两半，路边上竟然也有一些插着酒旗的店，有的店前，散乱地扔着三五颗血肉模糊的羊头，招引得苍蝇嗡嗡飞舞。到哪里去寻找我梦中的草原呢？满洲里的朋友说：到那边去看看吧，那边的草原也许能让你满意。

越过国境线，汽车沿着颠颠簸簸的土路，直插进俄罗斯。我看到土路两边牧草没膝，野花烂漫；一望无际的草原上，看不到一只牲畜，更看不到一个人。夜里好像刚下过雨，路面上的坑坑洼洼里，积存着淡黄色的雨水；路边的沟里，积水很深，无色而透明。而我们那边，夜里并没有下雨，干旱的草原上几乎要飞扬尘土。只隔着一条国境线，无论天还是地，竟有如此大的差别，这让我感到惊讶。我问同车的满洲里朋友：这是怎么回事呢？朋友道：我们那边的草原载畜量过多，远远超过了"负荷"；我们的草原是疲惫的草原。而这边的草原载畜量过小，草都长疯了。我问：我们为什么不把载畜量弄得少一点呢？朋友道：难道这个问题还需要我来回答吗？是的，这个问题的确不需要回答了。

车越往里深入，人烟似乎越稀薄。野草狂妄地长到了路上，路的轮廓越来越模糊。草原茫茫，望不到尽头；天底下只有我们的汽车在笨拙地爬行。不时有肥胖的野兔和老鼠横穿道路，它们的态度很从容，一点也不显惊恐。在我们头上，那些鸟儿，在灿烂的阳光里，有的盘旋，有的上蹿，有的降落，都热烈地鸣叫着，好像刚下课的小学生。远处有线条浑圆的山岭，与草原一色，这说明山岭上也生长着茂盛的青草。横躺的山脉像丰腴的女人，突兀的山包像硕大的苹果。俄罗斯草原沉重缓慢的呼吸我已经感觉到了，托尔斯泰、屠格涅夫、契诃夫、果戈理、肖洛霍夫等俄罗斯伟大作家的身影也依稀可辨了。因为我读过他们的书，曾被他们书中描写过的草原感动，所以我的心中有一种特殊的感觉。尽管他们笔下的草原未必是我脚下的草原，但我宁愿这草原是那草原。是的，这草原就应该是他们的草原，而他们的草原就是全人类的草原。

　　时近正午,车停。我们弯着腰下了车,男女分开,到路的两边去,为俄罗斯的草原施肥。然后伸着懒腰,呼吸着让人熏熏欲醉的空气,心情舒畅,感慨万千。眼睛贪婪地往近处看,往远处看;低头看草,抬头望天;真好,大自然;真遗憾,这里不是祖国,这里不是家乡。遥想到荒凉的月球、火星、金星、木星……茫茫宇宙中,有这样一个小小的地球,绿得像宝石,上边有这样美丽的局部,作为一个人,我,原本也是一堆互不相干的元素,金、银、铜、铁、锡……极其偶然地组合成一个能呼吸、能思想的生命,真是幸运,无怪乎人们感叹:活着真好,生命可贵;草是奇迹,木是奇迹,花是奇迹,鸟是奇迹,我是奇迹中的奇迹。如此一想,遗憾不成遗憾,感慨不算感慨,如果大家都如是我想,国将不国,民将不民,君将不君,臣将不臣,那样的日子与马克思的共产主义相差不会太远……旅游团的领队喊:喂!上车了!

　　但司机却发动不起来汽车了。他将鸭舌帽砸在车座上,骂骂咧咧地跳下车。咄!他说,跑累了,不想动了?那也不能在这里歇呀!司机掀开车盖板,探进头去,不知捣鼓什么。大家等了几分钟,都不着急。又等了几分钟,有人着急,开始嘟哝。领队下去,趴在司机身边,问一些外行话,表示关切;司机也不甚搭理。半个小时过去,人们焦虑起来,嗡嗡地议论,有些话很难听。司机满脸是汗,腮上抹两道油污,瞪着大眼,脾气大发:这是怎么个说话法?谁愿意它坏?老爷车,早该退休,老干部似的,赖着不退;也不是它不想退,是我们局长不让它退,我们局长谷糠里榨油,你们有能耐的回去抽他去,跟我说啥也没用。又有人说难听的,司机道:愿等就等,不愿等就自己走!说完还用拳头猛砸了一下车盖板,咚!吓了众人一大跳。四顾草原茫茫,前不见俄人,后不见同胞;这是真正的前不着村、后不着店,况且还在别人的国土上。人们考虑到这个现实,都乖乖地闭了嘴,心急如焚,却装出悠闲的模样,等着。有人吹起无聊的口哨;有人把头往后一仰,闭上眼;有人递给司机一支烟,讨好地说:师傅,慢慢修,我们等着,不着急。有人下了车。我在下车的行列中。

起初我们还不敢走远,生怕被那牢骚满腹的司机给甩掉。但到了下午三点,车还没修好。领队跟司机大吵了一架,气得小脸煞白。司机也怒容满面,扣上车盖板,踹一脚轮胎,骂一句脏话,坐到草地上抽起烟来。我大着胆子上前问:师傅,啥时能走?他瞪着眼说:你问我,我问谁去?

于是我就放心大胆地到草原深处漫游去了。

我的裤子被柔软的草叶摩擦得窸窸窣窣作响,我的手指不时地抓一抓那些紫色的拳大的花朵。它们传达到我手上的感觉是那样的肉感:软软的,柔柔的,凉凉的……令我这个思想不健康的人浮想联翩。我想到了娜塔莎,想到了阿克西妮娅……想到了那个令人难忘的割草的夜晚,葛里高利和阿克西妮娅割草的夜晚。我隐约感觉到,今夜可能要在这草原上过夜了。因为天高气爽,阳光便格外强烈。地上的湿气袅袅上升。湿气中混合着青草的气味,花朵的气味,泥土的气味,还有文学的气味。下午的草原像一个巨大的蒸笼,幸亏有一缕缕的清风从远山那边吹来,才使人不至于太难过。风过之处,草梢便美妙无比地起伏着,花朵便风情万种地颤动着,让人的心莫名其妙地伤感着,甜蜜的惆怅,淡淡的忧伤,说不清是幸福还是痛苦。就这样站定了,很久不动,眼睛望着远处,但其实什么也没看见,眼睛在心里,看着俄罗斯这个伟大民族的悲凉而不悲伤、狂放但不疯狂的性格。

傍晚时分,巨大的红日落在了柔软的草梢上,草原上的景色宛若印象派的油画,色彩凝重得化不开。小鸟们纷纷降落到草棵间,苍鹰的身影像黑色的闪电,掠着草梢滑过。此时的草原,温暖中略带点寒意。这本来是能让人身心舒畅的好氛围,但由于汽车抛锚,将人们困在这荒无人烟的草原上,前途茫茫,吉凶未卜,再好的氛围,也难被注意。几个人包围着旅游团领队,让他想办法。领队摇头苦笑,看着司机。司机说：甭看我,看我也没用。这破车,得了"心肌梗塞",别说我修不好,上帝也修不好。你们都瞪着我干啥？想合伙吃了我？难道我不愿早早地开到红石市？灌上一瓶啤酒,往铺了雪白床单的床上一躺,那是个啥滋味？我的朋友打断他的话：伙计,你少说废话吧,总要想个法子。司机道：我说了,最好的法子就是耐心等待,等着过路的车,把我们拖回去。朋友说：总不能让我们在草原上过夜吧？司机说：在草原上过夜怎么啦？多浪漫呀！一个老姑娘模样的女人问：师傅,有狼吗？司机道：放心吧,有狼也不要紧,草原上野兔子成群,狼都撑得窜稀,你就是把自己送到它们嘴边去,它们也懒得张口。人们咧咧嘴,哭笑不得。那老姑娘一走,司机低声道：就您那肉,狼能咬动吗？我的朋友对我说：伙计,委屈你了。我说：挺好,的确很好,能在俄罗斯的草原上过夜,这机会千载难逢。朋友道：但愿你说的是真话。

　　太阳落下去了,月亮随即放出了光辉。起初这光辉还有些混浊,很快便清澈起来；银光闪闪,如水银泻地。草梢肃然不动,安静了一刻,四周便响彻了虫鸣。夜的草原并没有休息,而是更蓬勃地表现着生命的运动。有浪漫情怀的人捡来一些枯草,点起一堆篝火。在明月的逼视下,火苗显得软弱,像没有热度的、褪色的红绸。成群的飞虫往火里扑,烧得翅羽啪啪响。但篝火很快便熄灭了,只余下一堆暗红的灰烬。草原上潮气浓重,干草难弄,人们其实没有心思,浪漫情怀不能持久。草原一望无际,只要有车来,几十里外就能看到。大家四处看看,只见月水流动,只有草色朦胧,没有车影。这时候了,不可能再有车来。人们绝望了,嘟哝着,咒骂着,钻进车,睡去,或是迷糊着,熬这漫漫长夜。

　　我拉着朋友,往草原深处走去。我们分拨开茂草,简直就是拨开月光。我感到身在月光水里游。我伸出手去,抓一把,撩一下,分明感到月光的阻力,恍然听到月光水的泼剌之声。就这样走啊走,起先是清清楚楚,继而是昏昏沉沉,沉浸在幸福的麻木状态中。但我的朋友受不了了。他说:哥们,别走了,再走就到了莫斯科了。我不理他,继续前行。我知道他会厌烦,这种月下的草原漫步,腿被露水打湿,脸被蚊虫叮咬;同伴是粗鲁的男人,不是多情的少女,他理应厌烦。一切都是重复的,同样的草在摩擦我们,同样的虫鸣在喧闹我们,同样的月光在照耀我们,但我的兴趣就在这重复之中,我的幸福也在这重复之中。

我们终于在一个突起的山包上停住了。转着圈子往四处看,看到了极远处有一簇闪烁的灯火。朋友说:那就是红石市了,可望不可即。我说:老兄,老兄,我已经十分满足,感谢那司机、那破车。朋友道:我认识一个作家,为了证明自己与常人的区别,别人说臭的,他一定要说香;别人说香的,他一定要说臭。我说那就是我。他哈哈大笑。山包上比较干燥,我们坐下来,抽了一支烟,然后躺下。小虫子钻进我的裤腿,我不理睬它们。我仰望着星空,从没见过如此灿烂的星空。在漫野的虫鸣声造出的特殊的寂静里,我倾听着星斗的声音。星斗灼灼,摇摇欲坠。流星如火,划破天穹。中国的老人们对自己的后代说:地上死一个人,天上坠一颗星。俄罗斯的老人对自己的后代说:天上坠一颗星,地上死一个人。我们头顶着同一个星空。我们仰望星空时,国界便模糊不清了。但我们到底不能永远仰着头,更多的时候我们必须低下头。我们低下头时,便面对着严酷的现实。中国的国土上人满为患,而俄罗斯的国土上人烟稀少。我们的草原载畜量过大,草原已经疲惫不堪;我们的森林在逐年萎缩;我们的耕地面积在逐年减少……尽管如此,我们还是市场繁荣、物价稳定;俄罗斯呢?你有如此辽阔的草原,你有汪洋大海般的森林,你有浩瀚的土地……可你怎么会这样穷?俄罗斯的人民要想小康实际上并不困难。社会主义在苏联的试验是比较彻底地失败了。俄罗斯的经济现在还处在休克后的短暂昏迷中。但俄罗斯的自然条件实在是太优越了,国土如此辽阔,资源如此丰富,人口如此稀少;俄罗斯人要想富起来比起我们中国人的致富肯定要容易许多。当时我就想道:他们不会永远穷下去的。我们想用俄罗斯的暂时贫穷来证明资本主义不如社会主义是很幼稚的;同理,如果几年后俄罗斯人民富裕起来,我们也不会把这当成资本主义胜过社会主义的证明。无论什么社会制度下的人民,都是勤劳勇敢、最富有创造力的群体。只要稍稍放松扼着他们脖子的手,让他们能够呼吸;只要稍稍延长他们手铐脚镣间的链条,让他们能够劳动,他们便能创造出璀璨的文化和巨大的财富。否则,过去的世界就不可理喻,现在的世界也无法解释。

第二天上午,一辆满洲里市的旅游车在我们车后停下来。人们拥上去,好像见到了久别重逢的亲人。这车上的司机与我们车的司机很熟,他问他:伙计,怎么啦?他回答:伙计,别提了,一言难尽!有绳子吗?拖上我们。他说:这怎能拖得动?我来看看,哪里坏了。他上了他的车,三扳两踹,轰的一声,发动机嗡嗡地运转起来。这不是好好的吗?你他妈的捣什么乱?他说。我们的司机纳闷地自言自语:见鬼,见鬼,活见了鬼!我们车上的旅客顿时疯了,难听的话语像雨点一样砸在司机的头上。他咧了咧嘴,满面通红,终于低下了傲慢的头。

因为我们办的是"二日游"集体护照,所以,只好调头返回祖国。

二、边 城

第二年夏天,我又到满洲里,依然化名王家宝,跟随着一个旅游团,进入俄罗斯境内。还是那种二日游,还是去那离中国最近的红石市。这一次开车的是一个动作干练、走路像跳舞、说话像唱歌、名叫老龙的女司机。她看起来有二十岁出头年纪,皮肤很白,眉毛很黑,嘴唇很红,眼睛很大,略微翘起的唇上生着一层很浓的茸毛,如果不客气,说是胡子也可以。依然是那位朋友陪我去。他跟那个老龙很熟,当着全车人的面他们公然调情。老龙嘴巴锋利,妙语连珠,使我们的车里充满了欢声笑语。我们上午七点出发,中午一点便到了红石市。

汽车停在一个小旅馆前边,旅游团的领队上楼去办理住宿手续,我们便坐在楼前的石头上等候。旅馆前面的草地上坐着两个俄罗斯姑娘,一个留着长长的金发,另一个剃着小平头,头发的颜色是那种所谓的亚麻色。她们看着我们,面带着友好的笑容,不说话,静静地抽烟。我也掏出烟来,递给朋友一支,自己点了一支。女司机瞟了我一眼,凭感觉我知道她也会吸烟,赶忙递给她。她摇摇头,说:"改邪归正了。"朋友道:"装什么呀,抽吧,王家宝老师也不是外人。"她说:"不是王家宝老师的问题,是我老公的问题,他嫌我嘴里有烟味,最近一个时期,拒绝与我接吻。"朋友道:"老龙,大事不好了!"老龙道:"怎么啦?"朋友道:"根据我的经验,一个男人,绝不会因为女人嘴里有烟味而不跟她接吻,这是他即将叛变的预兆!"老龙道:"叛去吧,我巴不得呢!"我说:"连男人叛变都不怕,难道还怕一支香烟吗?"她说:"王家宝说得对,我们就照王家宝说的办!"她接过香烟,我的朋友帮她点上。她很老练地抽了一口,憋了一会,才把两道白烟从鼻孔里喷出来。

领队办好了手续,招呼我们进了楼。房间大小不一,很不规范,但有一点相同,那就是最充分地利用了空间,把能安床的地方全都安上了床。房间尽管狭窄,但我还是感到很满意,因为那床单是雪白的,被套是雪白的,枕头巨大、雪白而且蓬松,它们全都散发着一股好闻的肥皂气味。尤其是那枕头,立即就让我联想起娜塔莎、安娜·卡列尼娜等人。她们的床头上一定也放着这样的枕头,枕头里塞着鹅毛。我们安顿下来,洗了一把脸,刚要躺到床上享受一下,领队就要我们集合去吃饭。我们的肚子这时才感到有一点饿了,便呼啦啦地跟着领队下了楼。

走出去大约有三里地,才到了一家饭馆。有人嫌远,发起牢骚来,领队说:"全城也就十几家饭馆,这是最近的了。临行时我就告诉过你们,要你们最好带足干粮,你们不信,责任就不在我了。"

我们进了那家饭馆,很大的铺面里,竟然只有我们一拨客人。一个红脸膛的男人懒洋洋地走过来,很不友好地扫了我们一眼,然后咕咕哝哝地跟领队不知说了些什么。女司机懂一点俄语,她对我们说,这家伙嫌我们来人太多,不愿意接待。我感到很纳闷,哪有开饭店嫌客人多的道理呢? 这也许是个国营饭店吧? 女司机道:他懒,俄罗斯人都懒。我对女司机的解释不以为然。那红脸男人甩给领队一份菜单。领队对我们说:没有什么好点的,只有红菜汤、泥肠、黑面包。大家说:就是这了,让他快点。领队笑道:每人一份,一千卢布。想快是不太可能的,希望大家耐心等待。于是我们就坐等。等了足有一个小时,厨房里连一点动静也没有,那个红脸汉子连面也不露。我们望着窗外,看到宽广的马路上,车辆很少,只有一些青年人骑着摩托车呼啸而过。有的旅客等烦了,让领队去催。领队苦笑着说:催也没用。但她还是起身到厨房里去了。一转眼领队就出来了,对我们说:鬼影都没有一个。于是众人都愤愤不平地走进厨房。果然没有人,只见苍蝇飞舞的案板上放着几个西红柿,墙角上还有一堆洋葱头。女司机抄起菜刀,剁得案板啪啪响。她大喊着:"瓦西里,瓦西里,你滚到哪里去了?!"那个红脸汉子从一扇小门里应声而出,身后跟着一个胖大的女人。女司机挥舞着菜刀,用半生不熟的俄语咆哮着。那男人的目光随着老龙同志的刀刃转动,嘴里咕噜着,好像是在解释。我们问领队:他说什么? 领队苦笑道:"他说把我们要吃饭这事给忘了。"

我们只好出去坐等。我问老龙怎么知道那男子名叫瓦西里,她说:"我叫他瓦西里了吗?"过了大概半小时,红菜汤上来了。每人一钵子,颜色不红不黑,温度不凉不热,滋味不咸不淡,胡乱喝了两勺,便推到一边去。又等了半小时,主食终于上来了。每人一根灰白的肠子,两片灰色的面包。肠子是腥的,面包是黏的。爱吃不吃。我感到十分失望。我原以为能在俄罗斯吃到煮得烫手的土豆、烤得酥焦的面包、焖得稀烂的小牛肉之类美食,没想到竟然吃了些这个。读了那么多苏联和俄国小说,屡屡被书中描写的那些美食吸引得馋涎欲滴,希望太大,失望便愈深。我对一个国家或地区的印象好坏,多半是建立在该地的食物的好坏上,俄罗斯吃得太差,我对它的印象也就糟透了。

吃完这顿窝心饭走到大街上,已是半下午的光景。领队说可以自由活动了。我们便三五成群地散开了。我和我的朋友跟那个女司机在一起活动。女司机原本是要回去睡觉的,她说她已经把这个小城市的边边角角都转遍了。我的朋友说:"老龙,王家宝老师是远道来的客人,你不陪一陪简直不像话,简直不够意思。"女司机看看我,说:"我看王老师是个老实人,就陪一陪他吧。如果是你一个人,我绝不敢冒这个险。"朋友道:"你以为自己还是个黄花大闺女?你也不睁开眼睛看看,满大街都是美貌的俄罗斯少女,我要调戏也去调戏她们。"女司机道:"就你那痨病鬼的身板,还敢跟俄罗斯老娘们叫板?那才是站着进去,爬着出来呢!"大街上确实有不少俄罗斯姑娘,她们穿着时髦,体态优美,目光流盼生辉,开口一笑,都露出雪白的牙齿。我问女司机:"老龙,这些姑娘在家里吃什么东西呢?是不是也跟我们方才在饭店里吃的一样?"女司机说:"王老师,您这个问题可把我给问住了。我也不知道她们在家里吃什么东西,要不要上去问问?"我说:"那样不好,人家会说我们中国人不讲文明礼貌。"

我们溜溜达达地来到了市中心的广场。就这个小城而言,这个广场可真够大的。广场上一半铺了八角水泥块,另外的地方却生着茂盛的野草,好像还没来得及整理似的。广场正中放着一辆坦克。

坦克后边竖着一块纪念碑。女司机说,俄罗斯的每个城市都在广场上放着一辆坦克,可能是进行传统教育吧。广场上有几个小男孩在踢足球,还有一些小女孩在唱歌。有一个相貌十分美好的少妇推着一辆很豪华的婴儿车在悠闲地漫步。少妇的衣裙飘飘,一看就是上等的料子。那个小家伙躺在车里,嘴里叼着一个乳胶奶头。我说,这个少妇,如果不是本市权贵的儿媳妇,就是大款的小蜜。朋友说:"这你就不懂了,俄罗斯女人刚生完孩子都是这个样子。"女司机说:"你们俩打个赌吧。"朋友说:"赌什么?"我说:"你说赌什么咱就赌什么!"朋友说:"那就赌一条红中华吧,回去买。"我说好。女司机真的走上前去,用结结巴巴的俄语,与那少妇搭上了腔。她们说的什么,我们一点也不知道。女司机说:"王家宝老师您赢了。这个女子,名叫塔莉娅,是红石市市长的女儿。"

正对着广场是一幢很有气派的大楼,楼的颜色灰突突的,这个城市的所有建筑都是灰突突的。女司机说:"这是他们的大会堂。"我们走到楼前,看到大门前的廊柱上贴着海报。女司机看了看,说:"好像晚上有演出。"我问演什么,女司机说:"好像是歌剧。"我说,我们买票吧,在这里看一场歌剧,很有纪念意义,不枉来了一趟俄罗斯。女司机说:"我也拿不准是不是歌剧。"我说管它是什么呢,先买了票再说。于是女司机就上前去买了三张票。然后我们继续闲逛,逛到时间,走进剧场,看到粗糙的舞台上挂上了一块不大的银幕,才知道,演出的根本不是什么歌剧,而是一场电影。我说电影也好,能在俄罗斯看场电影将来回国也可以吹一吹。没想到观众还挺多,男男女女,以年轻人居多,都叠着脖子搂着腰。灯光暗下,电影开演。片名一出,我们不禁笑起来。原来放映的是中国影片《地道战》。我想不明白俄罗斯的一个小城里为什么会放这种影片。我的朋友说,明年是世界反法西斯战争胜利五十周年,中国的抗日战争,也是世界反法西斯战争的一个组成部分。

这天夜里,躺在舒服的床上,本想睡一个好觉,但刚刚蒙眬入睡,就听到窗外响起了歌声。睁开眼,看到一缕明亮的月光从麻布的窗帘缝隙里射进来。仔细一听,唱歌的是几个男子,歌词听不懂,但曲调很熟悉,是《莫斯科郊外的晚上》《喀秋莎》之类。唱完一曲,又接上一曲。我走到窗口,拉开窗帘,看到窗外月光皎皎,银辉遍地,树影婆娑。几个小伙子,背靠树干,对着一扇窗户放歌。那窗口自然不是我们的窗口,是女司机她们住的房间的窗口。我问朋友,难道我们这个团里有跟俄罗斯青年谈恋爱的女人吗?朋友说,在这个世界上,什么事情都是可能的。我问,你猜是哪个姑娘吸引了俄国青年来唱小夜曲呢?不会是老龙吧?朋友说,也许正是老龙。老龙开旅游车跑这条线有好几年了,勾上几个俄国小青年完全有可能。我说,老龙不是结婚了吗?朋友说,你不是从大都市来的?结婚算什么?结婚也不妨碍恋爱嘛。我们正闲扯着呢,就看到那扇窗户猛地推开了。一个女子,探出半截身体,突然放开了歌喉。我惊喜地说:老龙,果然是老龙!老龙的嗓音浑厚柔软,好像上等的呢绒。女声男声重叠在一起,浑然一体,没有缝隙,和谐而圆满,深深地感动了我的心。一曲完毕,老龙关上窗户,再也没露头。那几个小青年又唱了几曲,就摇摇摆摆地走了。突然的安静降临,好像刚才发生的一切是个梦境。月光如水,夜色优美。正是睡觉的好时辰,但我一点也没了睡意。

　　第二天上午,我们跟随众人,先去参观市政府大楼。我们去时,人家还没上班。我们在外边转圈,看到那大楼的墙砌得歪歪扭扭,很多砖头还砌成了直缝。这在中国是绝对不允许的,连乡村的建筑队也干不出这样的糙活,可这就是市政府大楼。大楼的门更是粗糙,木头没上油漆,铁件生着红锈,木板之间的缝隙能插进去一根手指。我心中暗想:俄罗斯的飞船是怎样造出来的,又是怎样飞上天的呢?

　　参观罢政府大楼,我们去商店采购。商店里除了笨重的工具还可以看看,别的无甚可看。我们又去逛自由市场。自由市场上的货物大多数是中国货,也无甚可买。于是我们就蹲在墙角抽烟。这时,一个衣衫不整的老头走上来,用一口虽然怪腔怪调,但是很流畅的汉语跟我们谈生意。朋友问他有什么货,他说:"什么都有,你们要什么?"朋友道:"你说吧,有什么货。"他就给我们报货名:"钢材要吗?"不要。"木材要吗?"不要。"化肥要吗?"不要。"铀-235要吗?"我吃了一惊,问:"你说啥?"他说:"铀-235呀!""难道就是那种能造原子弹的铀-235?""对,就是造原子弹的铀-235,核原料。"朋友问:"你有多少?"他说:"不多,也就是一吨。"朋友说:"我们想要,但是运不回去。"他说:"如果你们真要,运输问题我负责。"我说:"铀-235我们就不要了,不过,如果您有原子弹,我们想买一个。"他兴奋地说:"真的吗?我可以帮你们搞到,不过,你们得先付百分之三十的定金。"一直不开口的女司机说:"走吧你,别在这里蒙人了!"他摇摇头,说:"你们没有诚意,没有诚意……"他很失望地走了。

我们没吃午饭,就上车往祖国方向疾驶,沿途上看到俄罗斯草原还像去年那样郁郁葱葱,有几只肚子上生着大白花的奶牛在草地上悠闲地吃草,一个提着挤奶桶的俄罗斯少女向奶牛走去。我的心中平平淡淡,既没有满足也没有失望。一切都与我想象的不一样,一切都与我想象的一样。

一九九七年

狗·鸟·马

一、狗

十年前,我曾随一个作家代表团去过联邦德国。现在回想起来,在联邦德国那些美丽的城市里,随处可见被衣冠楚楚的男人或是女人牵拉着行进的狗。从德国的北头走到南头,我还没看到过一只无主的狗。德国的狗花样实在是多极了。有蠢笨如牛的,有玲珑如兔的,有长发飘飘如美女的,有皱脸裂唇如恶鬼的。几乎所有的狗的脖子上都拴着一根链条。偶尔也能见到一条摘除了链条的狗,但脖子上还拴着皮圈。那根链条就在狗身后的主人的手里提着,随时都可以挂上去的。即便是那些摘除了链条的狗,也像个好孩子似的乖乖地跟在主人脚后,主人走快它走快,主人走慢它走慢,无链条也好像有链条,看着都让人感动。

在慕尼黑,我看到一匹似狗非狗的大动物,摇摇晃晃地跟在一个美丽的金发女郎身后。那女子袒胸露背,昂首前进,那怪物在她后边,威风凛凛,狼行虎步。我心里很是恐惧,因为打死我我也想不到世界上竟会有这样的动物。它是老虎和绵羊交配生出来的杂种吧?

它看到我看它，也冷冷地歪头瞅了我一眼，掩藏在绿色长毛里的眼睛凶光逼人。它的比我的拳头还要大的爪子吧嗒吧嗒地敲着地面，尾巴拖在身后，好像一把大扫帚。这东西如果出现在深山老林里，一定是位令百兽觳觫的大王，但它跟在一个女人的背后，脖子上还挂着一根链条，它也只能是条狗。

在高速公路旁边的一家小饭店里，我看到一对盛装的中年男女，像侍候小宝宝似的，用一个银盘子，给一匹顶多能有两斤重的小老狗喂奶。这匹狗娇喘微微，令我想起中国的古典美人。它用红红的小舌头，舔了一点牛奶，然后就摇摇头。那女人咕噜了一句外语，我虽然听不懂，但我能猜到她的意思。无非是说：宝贝，你不喝了吗？你喝这点怎么能行呢？那小老狗继续摇头。男人就从瓶子里拿出一根金黄色的香肠，递到小老狗的嘴里。我们有时吃到的香肠并不香，但是这男子拿来喂狗的香肠真是香气扑鼻。小狗闻了闻那肠，不吃。我心中感到很愤怒。十年前我们的思想还不跟现在一样，我们的生活也不能跟现在相比。我这样说的目的就是要承认那香肠的香气勾起了我的食欲。十年前我还没有勇气承认，十年后我可以坦率地承认。其实，一切就是个所谓名分，上帝生长万物，并没有标出哪是狗食哪是人食。那根德国小老狗不喜吃的香肠品质优良，它勾起我的食欲完全正常。如果是现在，我就跟那个德国男人要一根吃。他给不给我是他的问题。他把那根小老狗不吃的香肠用纸包了包，扔到了垃圾桶里。我心里感到很痛惜。那男人用一块雪白的手帕给他的狗擦了擦小嘴巴，然后，才和他的女人坐下吃饭。

有一次，我们坐在面包车里，在公路上奔走。一辆辆的豪华轿车，从我们车旁一越而过、一越而过、一越而过。我突然看到，在一辆刚刚超越了我们的奔驰轿车的后座上，蹲着一条笑嘻嘻的小狮子狗。这家伙，还对着我们的车叫唤，好像在笑话我们的车太慢了。我心里很气，恨不得把它揪下来踢一脚，但是它很快就随着奔驰绝尘而去了。我忽然想道：这条狗如果头晕,会不会呕吐呢? 如果呕吐不是把那辆豪华轿车给弄脏了吗?

又有一次,记不清是在哪座城市里了,在一座教堂的边上,躺着一个生着火红色连鬓胡须的流浪汉。他老人家身前身后依偎着五条狗,好像他的五个孩子。这五条狗一条比一条漂亮,身上不脏,毛也很顺溜,不像吃不饱的样子。而狗的主人,则是面黄肌瘦。在他和它们的面前,放着一个盘子,里边有几个硬币。每逢有人从他和它们面前走过,老流浪汉就说几句话,声音很低沉。老头说完话,那五条狗也跟着叫几声,声音也很低沉。他和它们表现出一种特别深沉、特别谦逊的态度。

我问我们的翻译:"他们说什么?"

翻译说:"老头说可怜可怜这五条无家可归的狗吧。"

我问:"狗呢,狗说什么?"

翻译笑着说:"我不懂狗语。"

我说:"你不懂我懂,狗必定是说,可怜可怜这个无家可归的人吧!"

这是真正的相依为命,也是真正的互相关心、互相爱护。我们尽管很穷,但还是掏出几个硬币扔到他和它们面前的盘子里。他对我们说了一句话我敢肯定是谢谢,狗对我们一齐汪汪汪,表达的也是感谢之意。我突然想到一个问题:中国的狗是不是能听得懂德国狗的叫声?

在德国看了那么多奇形怪状的狗,于是就想到了家乡那些狗和家乡人讲过的关于狗的故事。我有一个很不好的习惯,那就是在外边无论见到了什么事,总喜欢和家乡的同类事情做比较,一比较就难免说一些不该说的话,为此得罪了许多人。今后尽量地改正吧。我们故乡的狗很少有脖子上戴链条的,因此,虽然我的故乡的狗捞不到牛奶喝也捞不到香肠吃,但它们比德国的狗自由。香肠虽好吃,自由价更高。它们白天漫游于田野,夜晚卧伏于草垛边,愿意为主人看家就叫几声,不愿看家就出去撒野。事实上也比德国狗愉快。

1970年代中期,我在生产大队养猪场里当了一段警卫,每天夜里都要跟前来偷猪食的狗做斗争。我抱着一杆土枪,埋伏在土墙后。在银色的月光下,看到它们跷腿蹑脚地来了。狗眼绿莹莹的,好像鬼火一样。看看近了,就搂火。震天动地一声响,狗惨叫着跑了。不是我枪法不好,是我不敢打死它们。都是村里人家的狗,打死了不好交代。这就叫打狗也要看主人。

村里文化活动很少,碰上打"对狗"就像过年一样。往往是看到两个狗在一起转起圈子来了,我们就开始兴奋。一旦它们交配成功,我们就手持棍棒或是砖头瓦块,一拥而上,就像当年到海滩上去抓跳伞逃生的敌特一样。有一个谜语:"四个耳朵朝天,八条腿着地,中间一根转轴,两头喘气。"就是说"对狗"的。它们联结在一起,互相牵扯,行动不便,被我们打得叫苦连天。不但我们这些讨狗厌的孩子打,大人也参加这罪恶的活动。但在当时,我们也并不认为这样做不狗道。因为乡下传说,"对狗"不打不开,一天不开母狗死;两天不开公狗死。有这样的传说垫底,我们打"对狗",就是积德行善了。后来我进城之后,才明白乡下的传说是胡说。

现在回想起来,德国的狗都不喜欢叫,即便是叫也是低声叫,好像怕惊动了别人似的。我们到德国,也算是外国人了,但那些德国狗理也不理我们。我记得我们一行十几个人到汉堡郊外一个德国姑娘家去做客,她家那只大个狼犬对其他的人一概不理,懒洋洋地连头都不抬,唯独对我狂吠。有一个人说我:连狗都知道你不是好人。我却为此得意了好久。我得意的理由是:除了我之外,那天同去的其他人,连狗都懒得理他们了。前几年,一个德国作家到我们村里去,村子里的狗一传十、十传百,全都来了,集中在我家外边的打谷场上,齐声大叫。那德国作家吓得脸色发黄,我对他说:别怕,它们是在欢迎你呢!

　　可能是出于偏爱,我还是觉得我们家乡的狗好。德国狗太傲慢,我们家乡的狗多么热情。德国狗是德国人的玩物,我们家乡的狗是我们的朋友。我们家乡的狗能跑能跳,狂呼乱叫,很不含蓄,没有德国狗那么好的修养,但也没有德国狗那么阴沉。当然我们家乡的狗也会向主人摇着尾巴献媚,但狗向人献媚总比人向狗献媚好。当然我们家乡的狗也不是真正的狗,真正的狗其实就是狼。

　　德国的狗百分之五十没有尾巴,问一问,说是动手术割了去了。我问同行:"你们知道为什么要把狗尾巴割了去吗?"他们有的说不知道,有的说是为了美观。我说:"你们说的都不对。我们家乡有一句歇后语,叫作'没尾巴狗跳墙——利索',切掉狗尾巴,就是为了让它们跳墙。"

二、鸟

　　德国有一条河,名叫莱茵河。当年我学习马克思的著作,就知道德国有这样一条河。这条河水在我们眼里看起来已经很清澈,但是有一些德国人还跟政府吵架,说是他们把河水污染了。就像世界上所有的大河一样,莱茵河两边也有许多城。有一座城叫波恩,当时还是联邦德国的首都。城里有许多人,还有许多鸟,而且鸟不怕人。

　　我在河边坐着看河水,一只肥胖的野鸭子摇摇摆摆地走过来。它用漆黑的小眼睛看着我,还对我嘎嘎地叫。紧接着又有几只野鸭子走过来,都好奇地看着我。我一伸手,就摸到了它们的羽毛。当时我真想抓几只拿回去烧着吃,但又怕被人家抓住丢了中国人的脸。我曾经写过一篇小说,讲一个穷汉子打野鸭子的故事。他埋伏在一丛高粱秸里,看到夕阳西下,看到一群群的野鸭子落到面前的水汪子里。他想多打几只野鸭,就不停地往枪里填药。最后的结果当然很不好,他贪心太大,装药太多,结果炸了枪膛,野鸭子没打着,反把自己给炸死了。

　　最近几年,中国人的环保意识也在加强,国家也颁布了保护动物的法律。但偷猎珍稀动物的事情还是不断发生。有射杀天鹅的,还有杀死大熊猫包饺子的。看起来光有法律还不行。老百姓的肚子里如果没有油水,什么法律也拦不住那些大胆的馋鬼。吃饱了才能讲文明,吃饱了才能学文化。我就不相信,当德国人穷得连饭都吃不饱时,他们还顾得上去保护动物。能保护天鹅,也顾不上保护野鸭子。

　　当然也不能把一切问题都归结到吃饱吃不饱上。我在狼牙山下当兵时,部队生活很好,顿顿有油水。但机关里有一位干事,每天都提着一杆气枪去打鸟。黄鹂、杜鹃、喜鹊、乌鸦、啄木鸟……他见到什么就打什么。这人枪法很准,几乎是弹无虚发。每天都有几十只鸟死在他的手下。那时我才知道啄木鸟有好几个品种。啄木鸟死后,那舌头是吐出来的,就像吊死鬼一样。啄木鸟的舌头像一根肉锥,尖上还带着一个钩儿。他打死那么多鸟,随手就扔在窗台上,他不吃,让蚂蚁吃。为此我还劝过他,但他根本不理我。我偷偷地告了他一状,结果把他得罪了。

　　人其实是最复杂的动物。人是最善良的,也是最残忍的。人是最窝囊的,也是最霸道的。也许有一天,人要从地球霸主的位置上退下来。不过那时候,我的肉体可能转化成了别的物质。我也许变成了一束鲜花,也许变成了一堆狗屎。但我还是希望能变成一只鸟。变成一只在莱茵河边漫步的野鸭子也行。

　　想不到波恩城里也有麻雀,它们的模样跟中国麻雀没有什么区别。在一家咖啡馆的招牌上,有一个堂皇的麻雀巢,很低,抬手就可摸到。据说招牌上的字母拼起来就是贝多芬,麻雀就在贝多芬的头上生儿育女,拉屎撒尿。

　　麻雀在中国可是遭过大难的,一声令下,枪打、网罗、敲锣打鼓吓唬,差不多灭了它们的种。一个庞大的国家,好几亿人口,联合起来对付一种小鸟,这行为既荒诞又好玩,在人类历史上都是空前绝后。我看过一个资料,写几个科学家联合起来给毛泽东写信营救麻雀的事,才知道这灭麻雀的事不简单。没有1950年代的"除四害"灭麻雀,大概也就不会有1960年代的"破四旧"搞"文化大革命",很可能也就没有需要"粉碎"的"四人帮"。要把四个人"粉碎"了,尽管是坏人,想来也可怕。我还看过一个挺有名的作家写的一篇童话小说,写一个麻雀之家,两个老麻雀,两个小麻雀,在灭绝麻雀运动中的悲惨遭遇。两个小麻雀,一个被弹弓打死了,一个飞不动掉下来被活捉了。男老麻雀撞到高压线上碰死了,剩下女老麻雀,好不容易逃回自家的窝。夜里,它躲在窝里哭,一道强光射进来,它被一个小孩子给活活捏死了。那作家写了这小说配合运动,但他并不了解这场运动的真正意义。

三、马

马在德国跟狗在德国一样,早已由生产资料变成了玩物。马的辉煌时代在德国已经结束——其实在中国也快要结束了。这是无可奈何的事情。人类的文明史里掺杂了许多的马粪和狗屎。马曾经是人类多么重要的帮手,但现在一点也不重要了。我当时想起了《静静的顿河》,想起了肖洛霍夫对马的精彩描写。他写到阿克西妮娅临死前骑的那匹马有一个坏习惯:喜欢低头啃骑马人的膝盖。这匹马多么有性格呀。现在我又想起了《马语者》这本畅销书,一看就是个不懂马的人写的。我曾应该书责编之邀,写过一篇促销文章,里边只有一句话是满意的:其实,人类从来不敢正视马的湛蓝的眼睛。

我在德国只见过一次马,那是在斯图加特郊外一个牧场里。马的主人是个红脸膛的大汉,浑身散发着令我感到亲切的马粪气味。据说他极善马术,曾在大型的赛马会上获得过金牌。大汉有一位娇小的妻子,穿着牛仔裤,很干练,不用说也是个马上的健女。他还有一个在城里读幼儿园的儿子,还有一个像布娃娃那般大的精致女儿,还有一个忙前忙后的老母亲。这是一个幸福的家庭。

我们进了主人的马厩,看到了几匹胖得油光满臀的高头大马。还有一匹让我感到大吃一惊的小马,它比一只绵羊大不了多少,但它不是马驹。我们的翻译说这是袖珍马,长不大的。这是马吗?我真难过。这是什么人培育出来的马种呀!

主人派人进城把他的儿子接回来了,为了给我们表演马术。小男孩换上了全套的马术服,从厩里牵出了那匹袖珍小马,熟练地给它备好鞍鞯。那个刚会行走的小女孩去揪小马的尾巴,怪吓人,但她的父母不管不问。男孩把马牵到驯马场上,女孩追着马哭。她的母亲把她扔到马背上,她就笑了。

说说这个女孩吧。她穿着一条带背襻的红色皮短裤,一双红色的小皮鞋,一件红格子的半袖衬衫。金色的头发梳成两条小辫子。她的皮肤细腻得像奶油一样。她的眼睛蓝得像湖水一样。她的嘴唇红得像樱桃一样。她精致得不像个真孩子。

男孩骑着小马在场上跑起来。起初跑得不快,越跑越快。它的小蹄子飞快地翻动着,让我联想到大银行里那些快速点钞的女职员的手指。跑着跑着,那小马在那小孩的驾驭下,冲向障碍,嗖地就飞过去了。小马的肚皮擦着了栏杆。我们鼓掌。又过去了,我们鼓掌。

在德国,我有个感觉:真的就像假的,假的反似真的。譬如说市场上的水果,色彩之艳丽、表皮之光洁都过了分,使人疑心是塑料或是蜡做成的。有些假物,譬如说桌上摆的假花,你忍不住要去嗅它的香味。德国的马也像假马,太干净、太光滑了,没有一点马的野气。

我又想起了故乡的马,在冰封大地之后,去原野上啃麦苗子。一轮巨大的红日初升,田野里姹紫嫣红,麦苗子上挂着粉红色的霜花。我家那匹红马满身亮汗,大口啃麦苗,轻松摇尾巴,马眼明亮,宛如蓝色水晶。我冻得双耳通红,站在大河堤上,高声呼唤我家的马:马来——咣咣咣……遥远的我家的马昂起头,晃动着红色的鬃毛,飞一般奔过来。在它的带动下,几十匹马一起狂奔,像几十匹舒卷的绸缎,像一条波浪翻卷的彩色河流。

一九九七年五月

我与北京城

  小时候,跟随着上小学的哥,站在村后的河堤上,向西北方向眺望。哥说,那里有一个名叫北京的大城,城里有一座天安门,天安门城楼上,有一个毛主席,他每天都站在那里,对着所有的人招手。
  等我自己也上了小学,学会了那首歌:我爱北京天安门,天安门上太阳升,伟大领袖毛主席,领导我们向前进。因为这首歌,对北京的向往更加强烈,我对同学们、老师们,倾吐着自己的愿望:什么时候我能去一趟北京,见见天安门,见见毛主席啊!这样的愿望,在那个时代,对一个家庭出身不是太好的孩子来说,无疑是痴人说梦。因此我遭受了很多白眼和耻笑。只有我的母亲,这个不识文字的乡村妇女,用不容置疑的口吻对我说:孩子,你好好上学,好好放牛,总有一天会住到北京城里!
  后来,费尽周折,我参军离开了家乡。我梦想着能到北京当兵,但拉兵的军车却把我放在了一个名叫龙口的地方,那里距离北京,比我的家乡距离北京还远。在我当兵的第一年,那个在我的童年想象中一直站在天安门城楼上招手的毛主席,离开了人世;我从单位里那台信号极不稳定的电视机上,看到了天安门,看到了人民英雄纪念碑，看到了长安街，自然也看到了躺在鲜花里的毛主席。

1978年1月，我跟随着单位去北京拉给养的军车，半夜出发，一路风尘，在第三天清晨，沿着长安大街，由西向东，开进了北京。这就是那著名的长安大道啊，这么宽的路，这么平坦的路，这么多的车，我都是第一次看到。我的心怦怦乱跳。司机将卡车开得飞快，速度达到了每小时六十公里。但我们刚蹿过两个路口，就被一位身穿蓝制服、胳膊上戴着蓝套袖的警察拦住了。警车严厉地批评司机，并指示我们，不许在长安大道上跑，必须绕行。警察给我们上了一课：世界上竟然有不许军车奔驰的城市，这座城市的名字就叫北京。

后来的几天里，上级机关的领导体谅我们，批给我们三天假，允许我们逛逛北京城。我终于站到了梦想中的天安门前，我终于看到了汉白玉石桥金水河，看到了挂在天安门城楼上的毛主席画像。说实话，我感到很失望，在我想象中巍峨壮丽的天安门，竟然如此的低矮，那在想象中辽阔无边的天安门广场，似乎比我们村的打谷场也大不了多少。但绕着广场走了一圈之后，我才意识到，这个广场比我们村子里的打谷场大了许多。而从天安门城门洞里穿过去参观故宫时，仰望着那高高的穹窿，才知道，这的确是一座高大雄伟的建筑。那在我们的心中早就被神化了的毛主席，也在那天见到了，他躺在纪念堂中的水晶棺中，仿佛蜡人，他的硕大的耳轮和下巴上那颗著名的痣，给我留下深刻的印象。在那几天里，我去了北海，去了颐和园，去了长城，去了天坛公园。每去一个地方，我就感到自己仿佛增加了一笔财富，我感到自己已经成为一个幸福的人，若干年后，我可以对我的子孙，讲述我在北京的所见所闻。

许多年后，真的像我母亲说的那样，我住进了北京，在这里学习、工作，在这里的胡同里骑车穿行，我的户口本证明着我是北京的永久居民。每天傍晚，当我和妻子在什刹海散步时，总是会回忆起我们当年对北京的向往和一种难以言传的感慨。

上官团长的马

　　1976年3月,新兵训练结束后,我被分配到团后勤处马车班。马车班只有两个兵:班长和我。班长管着我,我管着三匹马。三匹马一匹黄,一匹红,一匹黑。黄马和红马年轻力壮,每天早晨它们和班长一起将一车粪干从团部大院运到农场,晚上再把农场生产的蔬菜拉到团部食堂。

　　黑马是匹双目失明的老马,班长和红、黄两马走后,我就把它拉到院子里晒太阳。黑马臀部有一个烙印,模模糊糊像数码"13"。它的右耳上有一个豁口,臀部和大腿上有几圈比鞋底还硬的老茧。它的眼睛虽然瞎了,但依然蓝汪汪的好似两潭深水。

　　第二年,班长复员了。团部与农场之间的运输也由汽车代替。红、黄两马处理给了团部旁边的丁家大队。黑马又老又瞎,一时找不到买主。后勤处领导跟我谈话,让我到团直食堂做饭,等处理了黑马就去报到。就在这时,父亲到部队看我来了。

　　那天,我给黑马刷着毛,父亲站在我身后,絮絮叨叨地说着村里的事。父亲突然不说话了。我抬头看到,他的眼里放出了光彩。他把我推到一边,抚摸着黑马臀上那个模糊的烙印。然后他又转到马前,托起黑马低垂着的豁耳朵。我看到父亲双手颤抖。我听到父亲激动地喊:"这是上官团长的马!"父亲拍着黑马的额头,问:"马,你还认识我吧?我遛过你,我饮过你,我喂过你……"

父亲说,1948年,解放军九纵十三团驻扎在我们村,团部驻在我家厢房里。团长姓上官,是个二十刚出头的小伙子。上官团长高挑个儿,走起路来像小旋风,说话嘎嘣脆,见了老百姓不笑不说话,一笑就露出一口白牙。那时,我大哥刚一岁,长得挺招人喜,上官团长一见他,就对我娘说:大嫂,把这个孩子送给我做儿子吧!娘就把我大哥往他怀里一送,说:给!他就把我大哥接过去,举起来,举起来……黑马那时还是匹小马……五月里,团长骑马去看地形,中了冷枪,当场就牺牲了……小马把他驮回来,浑身是血,耳朵也被打豁了……

"孩子,"父亲眼泪汪汪地说,"去求求你们领导,把上官团长的马卖给我吧!"

说 老 从[*]

老从当官的时候,也偶尔地不说人话,例子嘛,就不举了,如果老从在当官的时候说的全是人话,那他就是圣贤而不是凡人了。所以我这样说并不是要贬低老从的人格,我是要说明老从尽管当过不大不小的官,其实还是个凡人。

我这人恶名在外,吃亏就吃在这张没遮没拦的嘴上,老从点名让我写他的印象记,他算是找对人啦。你当官时俺不敢说你的不是,你不当官了咱家可就不客气了。咱家这行为也是够小人的,但现在不都是这样的吗?过去不也是这样的吗?要继承前辈的优点的确不容易,但要继承前辈的缺点实在是太容易了。

前不久我在杭州,与一个老作家和一个老编辑同桌吃饭,说起我的那些破小说,他们说要是搁在1950年代,随便摸出一篇就够划一个右派了。我说岂止是一个右派,枪毙也够了,不过,我说,那时候我这样的小说根本就不可能得到发表,不发表根据什么划我右派?他们说要想划你右派,何必要发表?胡风那些私信不也没发表吗?我

---

[*] 老从,即作家从维熙。——编者注

说这个我当然知道。近年来我看了不少当年的右派写的回忆文章（包括老从的文章），使我对作家协会这个系统的打右派运动有了一定程度的了解。我看到那些老同志在分析当时的作协领导人的心态时认为他之所以那样丧心病狂地整人，其实是想用这种方式保护自己，我对这个看法很难同意。那个大人物我后来也有过接触，那架子大得简直是可怕，完全是一副通天教主的派头，这样的人谁还敢整他？他何须保护他自己？我认为他把那么多人打成右派，是出于一种嫉妒心理，他自己空有作家之名，但根本写不出像样的文章，于是先把几个才华远远在他之上的老作家拱翻，然后再把那些年轻的、才华横溢的放倒，老的小的全收拾了，他就带上一个秘书班子下去写作了。一个人要下去写一篇散文，竟然要带上一个秘书班子，这样的事地球上大概还没有过先例。这还是一个作家吗？当时全国人民都在饥饿中挣扎，很多人甚至在死亡线上挣扎，他竟然能写出那样的山水文章，一个人的心肠硬到这种程度，多少也有点像个奇迹。后来发生了"文化大革命"，这人也被打倒。这其实正是一场"搬起石头砸自己脚"的闹剧，因为"文化大革命"根本不是突然爆发的，"文化大革命"其实就是打右派的继续，也可以说，当时的作协领导人正是"文化大革命"的推波助澜者。"文革"初起，他们心里还不知道该有多么高兴呢，但没想到自己也被放倒了。这可是不幸之中之大幸，如果这些人在"文革"中不被打倒，如果他们还浮在上水头，他们整起人来，也许不比"四人帮"差。

说到了右派的话题，差不多也就是说到了老从和老从的文学。老从当年能被打成右派，说明了他当年曾经才华横溢，而且还说明了当年的他敢于坚持正义。有一个关于"蔫人出豹子"的话题，好像就是形容打右派运动中的老从的。老从成了右派后，被发配到山西去劳改，在那里待的年头好像不是太短，回来后就把这段经历写出来，冲破了一个禁区，开放了一朵《大墙下的红玉兰》，并赢得了"大墙文学之父"的美誉。然后他一发而不可收，一部接着一部，直到他那些右派哥们儿都去写别的了，他还是义无反顾地写他的右派文学。这样的执着和痴情除了说明他受苦之深外，也说明了这老兄是个一条胡同走到底的倔头。我不知道当代文学史上有没有"右派文学"这个章节，如果有，老从应该占有一个显著的位置。将来如果立一座右派文学庙，老从一定是庙里的一尊大神。在我们村子附近的一个农场里，曾经集中过山东省直机关和大专院校的所有右派，他们与我们朝夕相处过很长一段时间，所以我对右派不陌生。在我们心目中，右派就是能人的代名词，用我们那里老乡的话说：没有点本事能打成右派？所以我在这里用这样的口气说右派，其实是满怀着敬意的。

我对右派文学包括老从的文学还是感到不满足，我觉得这些作品里缺少陀思妥耶夫斯基作品中那样一种拷问灵魂的力量，这也包括所有的写"文化大革命"的作品。大家只批判当时的政治背景，很少涉及对人性的分析。那些干坏事的人好像就是一个工具，好像是别人指示他们这样做。最简单的方法就是把屎盆子扣到毛泽东的头上；其实，毛泽东也是受了下边那些心术不正的人的蒙蔽。右派队伍中其实有许多是真正的"左派"，他们开始都是想把别人整倒，结果自己也被整倒了。他们倒是可能想用这种方式保护自己，这是小人物的悲剧，是可以原谅的人格缺陷。总之，我想，右派文学不应该满足于展示苦难，而应该分析在这场残酷而荒诞的运动中的人心变异；不应该仅仅把它看成是一场由领导人错误发动的政治运动，而应该把它看成是一场人性的悲剧，要分析那些促成了这场悲剧的人物的人格缺陷，和这场运动之所以能够轰轰烈烈地展开的社会基础。革命啊，多少人假借了你的名字。按说，一场惨剧结束之后，对制造惨剧的人就应该开庭审判。多少人死在你的手里，固然你没有动刀子；多少人的一生遭受了苦难，固然你没有亲自去用鞭子抽打他们；但你的罪责是不能用一句我在"文革"中也受过迫害而一笔勾销的，你更不能用这是上边的指示我只是执行者就把自己洗净了,何况你不仅仅是一个执行者。如果那样,希特勒也不必承担罪责,因为他并没有亲手杀人;那样,纳粹的刽子手也不必承担罪责,因为他们只是执行了上边的指示。现在我在想,那个切断了张志新喉管的人有没有罪?那些把罗瑞卿装进牛筐的人有没有罪?那些折磨过刘少奇、凌辱过彭德怀的人有没有罪?那些亲手打死过四类分子的农村治保主任、那些亲手打死过老师的学生有没有罪?这些人反思过自己的罪恶吗?这些人能够自己反思吗?如果类似的社会环境重新出现,这样的人会比当时少吗?

——这就引出了我对老从的赞美了。老从的写作,尽管还有让我不满足的地方,但老从这种孜孜不倦的努力,实际上是一种对历史负责、对人民负责的责任感使然。老从的写作会让那些心灵阴暗的人不高兴,甚至是恨;但老从的写作会让善良的人警觉,也会让那些良心未泯的当年的作恶者反省。老从这代作家,是将文学视为载道工具的,这是他们的特点,也是他们的价值所在。他们有他们的局限,就像我们有我们的局限一样。老从在一次演讲中曾经提出"春兰秋菊不同时"的说法,来矫正一批后起的年轻作家对前辈作家的全盘否定,因为我虽然不是"前辈作家"但也在那些青年的否定之列,所以认为老从说得很有道理。

我应该给老从总结几条优点来结束这篇文章:

老从是一个不嫉妒青年的才华的作家,而且一度是担任领导职务的作家。他从不吝啬对新人的赞美之辞,1986年我的《红高粱》发表后,第一篇表扬的文章就是他写的,文章发表在《文艺报》上,题目叫作《五老峰下荡轻舟》,那时我还不认识他。

老从是一个敢于发表批评意见的人,1987年我的《欢乐》发表,老从在德国当着我和许多人的面(其中有很多德国人)说我的文学不是美学而是脏学。

老从是一个喜欢美女、喜欢美酒、喜欢金钱、喜欢搓麻将、喜欢抽烟的人,但是他喜欢美女没犯错误、喜欢美酒没发过酒疯、喜欢金钱没贪污公款、喜欢搓麻将没成赌徒、喜欢抽烟但身体很好。这算优点吗?我认为算。

　　老从是一个感情丰富的人,我记得我们在德国告别时,他把嘴一撇就哭了。他自己说一听到美国电影《魂断蓝桥》的主题音乐就会热泪盈眶。

　　老从当官时就比较可爱,他不当官后更加可爱了。他有他们那代人的共同的做派,也有他自己的一些毛病,但在大的方面,他没有缺陷。这是一个值得信赖的老大哥,关键时刻,他甚至能够表现出英雄气概。

一九九八年十二月

你是一条鱼

在东京的一个晚上,北京同乡会的战戈先生召集了几十个同乡,在一家中国餐馆为我举行了一个晚餐会,按照比较洋派的说法,那应该叫作PARTY。在这个PARTY上,老乡们让我说几句话,我本来不是个会说话、也是个极不愿说话的人,但吃了人家的嘴短,另外也的确是盛情难却,于是就发了一通"鱼虾"歪论。

我的鱼虾歪论的要点是:在日本生活着成千上万的中国人,他们大都能讲一口比较流利的日语,也都有了安身立命的职业。他们开日本车,跑日本路,吃日本饭,住日本楼,基本上已经混同于日本人。但跟他们一接触,就感到他们内心深处有一种情绪,或者说是一种牢骚,一种对日本人的不满。这情绪这牢骚这不满,往积极的方面说是爱国,但似乎又不太像,因为他们对中国同样地有情绪同样地有牢骚同样地有不满。如果日本人是一群鱼,那我们这些兄弟姐妹就像鱼群里的一些虾。虾也可以在水里游泳、觅食,但与鱼总是格格不入。我说大家既然来到了人家的国土,而且也根本没打算回去报效祖国,那就应该把日本人当成兄弟姐妹看待。这样说会让人联想到许多事情,弄不好还会被人说成是"汉奸",但我认为这种态度没有大错。战争从来就是政治家发动的，与老百姓关系不大；战争的责任当然也应该由政治家承担，与老百姓关系不大。当然，如果老百姓要反思自己在战争中的所作所为，那是觉悟高的表现，应该鼓励。我承认日本人里有刁钻奸猾之徒，就像中国人里也不乏刁钻奸猾之徒一样。你不能碰到一个不好的日本人就把日本民族全盘否定，你更不能像小孩子一样，跟朋友一翻脸就扒旧账本子：你爷爷还欠我爷爷一块大洋钱呢。一个日本人坑了你一次，你应该把这看成是你两个人之间的事，没有必要上升到国家与国家之间的矛盾；同样，一个日本人对你很好，你也应该把这看成是你们之间的私事，同样没有必要把它说成是中日两国友谊的象征。我想吃饭的问题解决之后，我们的同胞们能否在异国他乡生活得舒心，关键是要把自己的心态调整到一个比较合适的位置。没有人把你从中国撵到日本去，也没有日本人求你到日本来，去是咱自家要去，来是咱自家想来，既然如此，那就应该尽快由虾变成鱼，与鱼游在一起。我说希望大家尽快地变成鱼，变成鲸鱼，变成金枪鱼，变成黄花鱼，但最好不要变成鲨鱼，更不要变成比目鱼、墨斗鱼……

那天晚上的话题于是就围绕着鱼虾展开，有的人谦虚地说自己还是一只虾，有的人说自己一半是鱼一半是虾。我说你们是鱼是虾我不知道，但是我知道陪同我在日本已经很自如地游动了十几天的毛丹青君已经变成了一条鱼，很油很滑，很流畅，但不是泥鳅，许多日本鱼钻不到的地方他都带着我钻到了。

几年来，毛丹青穿着花褂子红裤子背着他的笔记本电脑和数码相机在中国和日本之间穿梭往来，有时做点生意，但他的兴趣似乎不在生意上。他的兴趣在文化交流上。他带着一群群的日本学生到中国来听作家谈小说看摇滚歌手唱歌。他为我的《丰乳肥臀》在日本翻译出版牵线搭桥，出了不少力。他还与《丰乳肥臀》的日译者吉田富夫教授到我的老家高密去了一趟，用他的数码相机拍了许多我家老屋的照片，并且马上就输入到他的电脑里，展示给我的家乡人看，先进的技术让我的故乡人啧啧称奇。他的嘴里经常地蹦出一些流行在北京的年轻人嘴里的词儿，譬如"大了""猛扎"之类。这时我还没感到他像一条鱼，这时我感到他像一只飞来飞去的花蝴蝶，有那么点轻轻飘飘、咋咋呼呼的才子气。

去年的十月，为了《丰乳肥臀》日文版的出版发行，他带着我飞到了日本，参加完有关活动后，他就开着他的跑车型本田，载着我开始了神秘浪漫之旅。在河一样的高速公路上，在鱼群一样的车流里，他的黑色本田，鬼鬼祟祟的，真像一条狡黠而聪颖的黑鱼。在日本小女孩羽多田甜美抒情的歌声里，我迷迷糊糊地进入半梦半醒的状态，我感到自己也变成了一条鱼，在黑色但是透明的海水中，在友好的鱼群中，轻松自如地游泳。当然，驾车的毛丹青始终是清醒的。

我们游到了一个叫作津的城市，穿街过巷，钻到了一个虽然还保留着中国国籍但是已经不会说汉语的华侨后裔蔡先生的家。蔡先生开着一家当铺，还开着一家电脑公司，事业十分成功。他性格豪放，行为洒脱，妙语连珠。他最精彩的一句话就是：什么是文学？文学就是性！他的夫人则是一个沉默寡言、不停地工作着的贤妻良母。但蔡夫人清晨接答的一个业务电话使我大吃了一惊，我原先以为她除了做家务之外对外边的事情一概不知道呢。她接答电话时，毛丹青在旁边小声地翻译给我听，原来老太太对某种型号的电脑售出时附送给用户几张磁盘都一清二楚。当我们与老蔡夫妇从深夜的酒吧里走出来，津市大街上寂然无声，路边的树木纹丝不动，远处传来大海的梦呓。老蔡说，根据他的感觉，明天海上会起大风浪。我们去神岛追寻三岛由纪夫足迹的计划可能要落空。我们相信老蔡的感觉，改变了计划。第二天，在风雨中，我们更加感到老蔡的了不起，地上的事儿他门门清，天上的事他竟然也知道。人多智则近妖，老蔡就智慧得有点妖气了。老蔡身上不但有妖气，而且还有猴气，妖气加上猴气，那就是齐天大圣孙悟空了。当然我深深地感觉到了，老蔡修炼到这种火候是多么的不容易。

　　跑车在风雨中行进，鱼的感觉更加强烈。我们游进了知立市的称念寺，大和尚伊势德已经站在山门前迎候我们了。从车里钻出来，我们回到了人的状态。尽管我接触过的和尚不多，但是我敢说大和尚伊势德是地球上最独特的和尚，他彻底地改变了我对和尚的印象。我原先以为毛丹青是精通电脑的专家，但在大和尚面前，毛丹青还是个学徒。大和尚个头不高，但走路飞快——看起来走得并不快，但实际上非常快。和尚脸上有很多黑痣，好像满天星斗。和尚不但精通佛理，对文学的见解竟然也十分地精辟。他对《丰乳肥臀》的解读，比许多文学评论家的见解都要独到和深刻，我认为。当然，和尚对佛教和人世的理解，更使我有醍醐灌顶、茅塞顿开之感。和尚让我感悟到：作家只有贴近生活，文学才能打动读者；和尚只有身在红尘，佛教才能深入人心。关于和尚，将来我会专为他写一篇文章。现在还是写毛丹青这条鱼。

　　去年的日本之行，如果没有毛丹青的引领，我绝对不会认识像老蔡这样的趣人，更不可能认识大和尚伊势德这样的高人。老蔡是入世的；和尚是既入世又出世的。老蔡是经济学；和尚是哲学。与这些高人和趣人结识，真是愉快的事情。他们对文学的理解，与书生们对文学的理解比较起来，更显出蓬勃的生机和天然的野趣。

　　在日本的十几天里，还有许多的趣事，也许我很快就会把这些事写出来，也许永远我也写不出来，但日本之行的许多美好而神秘的印象，会经常地出现在我的梦境里。在我的关于日本的梦境里，一定会有毛丹青这条鱼在游动。他穿着花褂子红裤子，就像一条艳丽的热带鱼，在日本海里游动着，他的泳姿甚至比许多的日本鱼还要花哨。我想用不了多久，他的花样游泳就会引起注意——在比喻的境界里引起鱼的注意,在现实的世界里引起人的注意。游吧游吧游吧,鱼毛丹青,毛丹青鱼。

一九九八年

故 地 重 游

1999年9月15日上午9时,我从汽车里钻出来,迫不及待地蹿进了丁家大院。

丁家大院坐落在原黄县县城(现为龙口市黄城区)西北角,是一座在胶东半岛赫赫有名的豪宅,据说可与丁家的儿女亲家牟平市的大地主牟二黑子家的豪宅媲美。1976年2月16日下午,我背着背包,跟随着新兵队伍,晕头涨脑地进了这所大院。我记得一进大院就是一座高大的影壁,影壁上刻着"紫气东来"四个大字。我们数十个新兵站在影壁前听一个干部点名,然后分班,然后就由各班班长把新兵带回去,然后跟着班长进了一栋雕梁画栋的大房子。班长命令我们把背包放在稻草地铺上,我的军人生涯就这样开始了。

我蹿进丁家大院就发现那座刻着"紫气东来"的影壁不见了,替代那影壁的是一座新建的既像影壁又像牌坊的东西,这东西的正反两面都刻着字,通过阅读这些文字,我知道这里已经变成了龙口市的博物馆。很快就找到了二十三年零八个月前我安放铺盖的那个地方,稻草自然是没有了,我当年刻过字的那块水磨方砖也没有了。我问一个管理人员,这里的地面是不是换过,那人回答说,换过了,三十四团迫击炮营把炮拖到屋子里,把旧方砖都压破了。我想,如果不是炮营的弟兄们把豪宅当炮库,那块在我的枕头下压了二十天的方砖上刻的字很可能还在。那天上午我发烧,班长让我在家搞内务,我掀起枕头,扒开稻草,用一根生锈的铁钉子,在方砖上刻下了豪言壮语。

那时新兵训练时间只有一个月,而我只在新兵连训了二十天就分配到了一个干部战士加起来还不到二十人的小单位。在这个小单位里,我待了将近四年。

从丁家大院出来,驱车直奔那个我离开了二十年零一个月的地方。我们那个小单位在我走后不久就撤了,所以我可以说出它的名字而不存在泄密问题。它叫唐家泊,原属于黄县北马公社,现在属于哪里不知道。道路宽广,路边鲜花盛开。我记得二十年前从县城到唐家泊骑自行车需要一个上午,现在坐车只用了十几分钟。村子里的民居几乎都变成了红砖红瓦的新房,但村子的整体布局变化不大。我准确地指挥着司机将车开到了废弃的营房前,然后,跳下车,不顾同行者,就像一头耕了一天地急于回家饮水的牛,直奔我住过的那个房间。我看到房间里搭了一个铺,铺上躺着一个男人,身上盖着一床红花大被,一群苍蝇在房间里飞舞。那个男人被我吓了一跳,折起身来,问我是干什么的。我理直气壮地说二十年前我曾经在这里当过兵,这个房间是我住过的房间。那个男人的脸色马上就缓和了。接下来进了当年我在里边复习功课准备考军校的储藏室,里边住着一个女子和一个咿呀学语的小孩子,墙角上安着一个煤气灶。女人正在炒菜,油烟熏人。我看到,在被油烟熏黑的墙上,二十多年前我用刀子刻上的数学公式还清晰可辨。

从唐家泊出来,我们去了大名鼎鼎的南山集团,到了那里我才知道,这集团就是二十年前的前宋家村。当时这个村比唐家泊村还要穷,晚上,村子里的年轻人不远数十里到我们营房里来看电视。那时,我们这个小单位拥有一台闻名遐迩的十四英寸黑白电视机,在毛泽东逝世后的那些日子里,为了让人民群众看到毛的遗容,每天晚上,我们在球场上安上桌子,桌子上摞上椅子,椅子上搁上方凳,方凳上放上电视机,供乡亲们观看,真有点人山人海、万头攒动的意思。可现在,这里比城市还要城市。家家小楼、户户电话早已是司空见惯之事。进入他们的地场,满目青山碧水、绿树黄花,环境之幽雅不让欧美。他们拥有世界上设施最先进的康乐宫,建筑的样式很酷,据说里边什么好玩的都有。这些伙计还在山坡上建了一个高等级的高尔夫球场,世界上很多大款都来这里打球、度假。我们在那里大饱眼福时,正碰上英国驻华大使与他的随员在那里转圈,一个将黑头发染成了黄头发的南山小姐率领着他们,就像一个幼儿园阿姨带着一群小乖乖。南山的伙计们正在建造一座据说是亚洲最大的铜铸坐佛,佛后的山头上已经建起了许多仿古建筑,其中自然少不了庙宇。到下个世纪时,这里一定是香火鼎盛之地,仿古的建筑渐渐地也就成了真正的古迹。

　　二十年了,我刻在墙上的数学公式竟然还清晰可辨;二十年前,连做梦也想不到的许多东西今天成了现实。二十年前,我还是一个青年;现在我已经是一个双鬓斑白的中年人。再过二十年,如果我还健在,我知道我会变成一个头上无毛的老头,但社会会变成个什么样子,就像二十年前做梦也想不到今天的现实一样,今天做梦也想不到。如果非要让我想象二十年后或者说"展望"二十一世纪是个什么样子,那么就让我引用苏联的作家阿斯塔菲耶夫的《鱼王》结尾作为这篇小文的结尾,不过要把其中的那些"这是"改成"那是":

　　　　这是诞生的时代,也是死亡的时代;
　　　　这是播种的时代,也是挖出播种物的时代;
　　　　这是杀伤的时代,也是医治的时代;
　　　　这是毁坏的时代,也是建设的时代;

这是哭泣的时代,也是欢笑的时代;
这是呻吟的时代,也是振奋的时代;
这是胡乱抛掷的时代,也是精心收集的时代;
这是拥抱的时代,也是回避拥抱的时代;
这是寻获的时代,也是丧失的时代;
这是珍藏的时代,也是挥霍的时代;
这是撕毁的时代,也是缝合的时代;
这是沉默的时代,也是呼喊的时代;
这是爱的时代,也是恨的时代;
这是战争的时代,也是和平的时代。

一九九九年九月

第一次去青岛

第一次去青岛之前，实际上我已经对青岛很熟悉。距今三十年前，正是人民公社的鼎盛时期。全村人分成了几个小队，集中在一起劳动，虽然穷，但的确很欢乐。其中一个女的，名字叫作方兰花，其夫在青岛当兵，开小吉普，据说是海军陆战队的，穿灰色的军装，很是神气。青岛离我们家不远，这个当兵的经常开着小吉普回来，把方兰花拉去住。方兰花回来，与我们一起干活时，就把她在青岛见到的好光景、吃到的好东西说给我们听。什么栈桥啦、鲁迅公园啦、海水浴场啦、动物园啦、水族馆啦……什么油焖大虾啦，红烧里脊啦，雪白的馒头随便吃啦……通过她眉飞色舞、绘声绘色的描述，尽管我没去过青岛，但已经对青岛的风景和饮食很熟悉了，闭上眼睛，那些风景仿佛就出现在我的眼前。方兰花除了说青岛的风景和饮食，还说青岛人的"流氓"。她说——起初是压低了嗓门，轻悄悄地："那些青岛人，真是流氓成性……"然后就突然抬高了嗓门，仿佛要让全世界都听到似的喊，"他们大白天就在前海崖上吧唧吧唧地亲啊……"这样的事情比风景和饮食更能引起我们这些小青年的兴趣，所以在方兰花的腚后总是追随着一帮子小青年，哼哼唧唧地央告着："嫂子，嫂子，再说说那些事吧……再说说嘛……"她低头看看我们,说:"瞧瞧,都像磅一样了,还敢说给你们听?"

生产队里有一个早些年去青岛贩卖过虾酱和鹦鹉的人,姓张名生,左眼里有颗宝石花,歪脖子,有点历史问题,整日闷着不吭气。看方兰花昂扬,气不忿儿,终于憋不住,说:"方兰花,你天天吹青岛,但你是坐着你男人的小吉普去的,你坐过火车去青岛吗?你知道从高密坐火车去青岛要经过哪些车站吗?"方兰花直着眼答不上来。于是张生就得意地歪着脑袋,如数家珍地把从高密到青岛的站名一一报了出来。他坐的肯定是慢车,因为站名达几十个之多。我现在只记得出了高密是姚哥庄,过了姚哥庄是芝兰庄,过了芝兰庄是胶西,过了胶西是胶县,过了胶县是兰村,然后是城阳、四方什么的,最后一站是老站。但在当时,我也像那张生一样,可以把从青岛到高密沿途经过的车站,一个哽都不打地背下来,而且也像张生那样,可以倒背如流。所以,在我真正去青岛之前,我已经在想象中多少次坐着火车,按照张生报的站名,一站一站地到了青岛,然后按照方兰花描画出来的观光路线,把青岛的好山好水逛了无数遍,而且也梦想着吃了无数的山珍海味。梦想着坐火车、逛风景是美好的,但梦想着吃好东西是不美好的,是很难过的,嘴里全是口水,肚子咕噜噜地叫唤。梦想着看看那些风流人物在海边上恋爱也是不美好的。

等到1973年春节过后,我背着二十斤绿豆、二十斤花生米、二十斤年糕,送我大哥和他的儿子去青岛坐船返回上海时,感觉不是去一个陌生的城市,而仿佛是踏上了回故乡之路。但一到青岛我就彻底地迷失了方向。从我舅舅家那两间坐落在广州路口、紧靠着一家木材厂的低矮破旧的小板房里钻出来上了一次厕所,竟然就找不到回去的道路了。我在那一堆堆的板材和一垛垛的原木之间转来转去,从中午一直转到黄昏,几次绝望得想哭,汗水把棉袄都湿透了。终于,我在木头垛后听到了大哥说话的声音,一转弯,发现舅舅的家门就在眼前。

等我回到了家乡,在劳动的间隙里,乡亲们问起我对青岛的印象时,我感慨万端地说:"青岛的木头真多啊,青岛人大都住在木头堆里。"

我知道现在的青岛已经是一座美丽的、整洁得有点吓人的城市,要想找我舅舅家当年住过的那样的小板房,要想找那么多的木头,是不太可能了。

一九九九年

过 去 的 年

退回去几十年,在我们乡下,是不把阳历年当年的。那时,在我们的心目中,只有春节才是年。这一是与物质生活的贫困有关,因为多一个节日就多一次奢侈的机会;当然更重要的还是观念问题。

春节是一个与农业生产关系密切的节日。春节一过,意味着严冬即将结束,春天即将来临。而春天的来临,也就是新的一轮农业生产的开始。农业生产基本上是大人的事,对小孩子来说,春节就是一个可以吃好饭、穿新衣、痛痛快快玩几天的节日,当然还有许多的热闹和神秘。

我小的时候特别盼望过年,往往是一过了腊月涯,就开始掰着指头数日子,好像春节是一个遥远的、很难到达的目的地。对于我们这种焦急的心态,大人们总是发出深沉的感叹,好像他们不但不喜欢过年,而且还惧怕过年。他们的态度令当时的我感到失望和困惑,现在我完全能够理解了。我想我的长辈们之所以对过年感慨良多,一是因为过年意味着一笔开支,而拮据的生活预算里往往没有这笔开支;二是飞速流逝的时间对他们构成的巨大压力。小孩子可以兴奋地说:过了年,我又长大了一岁。但老人们则叹息:嗨,又老了一岁。

过年意味着小孩子正在向自己生命过程中的辉煌时期进步，而对于大人，则意味着正向衰朽的残年滑落。

　　熬到腊月初八，是盼年的第一站。这天的早晨要熬一锅粥，粥里要有八样粮食——其实只需七样，不可缺少的大枣算一样。据说在新中国成立前的腊月初八凌晨，庙里或是慈善的大户都会在街上支起大锅施粥，叫花子和穷人们都可以免费喝。我曾经十分向往这种施粥的盛典，想想那些巨大无比的锅，支设在露天里，成麻袋的米豆倒进去，黏稠的粥在锅里翻滚着，鼓起无数的气泡，浓浓的香气弥漫在凌晨清冷的空气里。一群手捧着大碗的孩子排着队焦急地等待着，他们的脸冻得通红，鼻尖上挂着清鼻涕。为了抵抗寒冷，他们不停地蹦跳着，喊叫着。我经常幻想我就在等待着领粥的队伍里，虽然饥饿，虽然寒冷，但心中充满了欢乐。后来我在作品中，数次描写了我想象中的施粥场面，但写出来的远不如想象中的辉煌。

　　过了腊八再熬半月，就到了辞灶日。我们那里也把辞灶日叫作小年，过得比较认真。早饭和午饭还是平日里的糙食，晚饭就是一顿饺子。为了等待这顿饺子，我早饭和午饭吃得很少。那时候我的饭量大得实在是惊人，能吃多少个饺子就不说出来吓人了。辞灶是有仪式的，那就是在饺子出锅时，先盛出两碗供在灶台上，然后烧半刀黄表纸，把那张灶马也一起焚烧。焚烧完毕，将饺子汤淋一点在纸灰上，然后磕一个头，就算祭灶完毕。这是最简单的。比较富庶的人家，则要买来些关东糖供在灶前，其意大概是让即将上天汇报工作的灶王爷尝点甜头，在上帝面前多说好话。也有人说是用关东糖粘住灶王爷的嘴。这种说法不近情理——你粘住了他的嘴，坏话固然是不能说了，但好话不也说不了了嘛！

　　祭完了灶，就把那张从灶马上裁下来的灶马头儿贴到炕头上。所谓灶马头，其实就是一张农历的年历表，一般都是拙劣的木版印制，印在最廉价的白纸上。最上边印着一个小方脸、生着三绺胡须的人,他的两边是两个圆脸的女人,一猜就知道是他的两个太太。当年我就感到灶王爷这个神祇的很多矛盾之处,其一就是他整年累月地趴在锅灶里受着烟熏火燎,肯定是个黑脸的汉子——乡下人说某人脸黑:看你像个灶王爷似的——但灶马头上的灶王爷脸很白。灶马头上都印着来年几龙治水的字样。一龙治水的年头主涝,多龙治水的年头主旱。"人多乱,龙多旱"这句俗语就是从这里来的,其原因与"三个和尚没水吃"是一样的。

过了辞灶日,春节就迫在眉睫了。但在孩子的感觉里,这段时间还是很漫长。终于熬到了年除夕,这天下午,女人们带着女孩子在家包饺子,男人们带着男孩子去给祖先上坟。而这上坟,其实就是去邀请祖先回家过年。上坟回来,家里的堂屋墙上,已经挂起了家堂轴子,轴子上画着一些冠冕堂皇的古人,还有几个像我们在忆苦戏里见到过的那些财主家的戴着瓜皮小帽的小崽子模样的孩子,正在那里放鞭炮。轴子上还用墨线起好了许多的格子,里边填写着祖宗的名讳。轴子前摆着香炉和蜡烛,还有几样供品。无非是几颗糖果,几片饼干。讲究的人家还做几个碗,碗底是白菜,白菜上面摆着几片焦黄的油炸豆腐之类。不可缺少的是要供上一把斧头,取其谐音"福"字。这时候如果有人来借斧头,那是要遭极大的反感的。院子里已经撒满了干草,大门口放一根棍子,据说是拦门棍,拦住祖宗的骡马不要跑出去。

那时候不但没有电视,连电都没有,吃过晚饭后还是先睡觉。睡到三星正响时被母亲悄悄地叫起来。起来穿上新衣,感觉特别神秘、特别寒冷,牙齿嘚嘚地打着战。家堂轴子前的蜡烛已经点燃,火苗颤抖不止,照耀得轴子上的古人面孔闪闪发光,好像活了一样。院子里黑得伸手不见五指,仿佛有许多的高头大马在黑暗中咀嚼谷草——如此黑暗的夜再也见不到了,现在的夜不如过去黑了。这是真正地开始过年了。这时候绝对不许高声说话,即便是平日里脾气不好的家长,此时也是柔声细语。至于孩子,头天晚上母亲已经反复地叮嘱过了,过年时最好不说话,非得说时,也得斟酌词语,千万不能说出不吉利的话,因为过年的这一刻,关系到一家人来年的运道。做年夜饭不能拉风箱——呼啦呼啦的风箱声会破坏神秘感——因此要烧最好的草、棉花柴或者豆秸。我母亲说,年夜里烧棉花柴,出刀才,烧豆秸,出秀才。秀才嘛,是知识分子,有学问的人,但刀才是什么,母亲也解说不清。大概也是个很好的职业,譬如武将什么的,反正不会是屠户或者是刽子手。因为草好,灶膛里火光熊熊,把半个院子都照亮了。锅里的蒸汽从门里汹涌地扑出来。白白胖胖的饺子下到锅里去了。每逢此时我就油然地想起那个并不贴切的谜语:从南来了一群鹅,扑棱扑棱下了河。饺子熟了,父亲端起盘子,盘子上盛了两碗饺子,往大门外走去。男孩子举着早就绑好了鞭炮的杆子紧紧地跟随着。父亲在大门外的空地上放下盘子,点燃了烧纸后,就跪下向四面八方磕头。男孩子把鞭炮点燃,高高地举起来。在震耳欲聋的鞭炮声中,父亲完成了他的祭祀天地神灵的工作。回到屋子里,母亲、祖母们已经欢声笑语了。神秘的仪式已经结束,接下来就是活人们的庆典了。在吃饺子之前,晚辈们要给长辈们磕头,而长辈们早已坐在炕上等待着了。我们在家堂轴子前一边磕头一边大声地报告着被磕者:给爷爷磕头,给奶奶磕头,给爹磕头,给娘磕头……长辈们在炕上响亮地说着:不用磕了,上炕吃饺子吧!晚辈们磕了头,长辈们照例要给一点磕头钱,一毛或是两毛,这已经让我们兴奋得雀跃了。年夜里的饺子是包进了钱的,我家原来一直包清朝时的铜钱,但包了铜钱的饺子有一股浓烈的铜锈气,无法下咽,等于浪费了一个珍贵的饺子,后来就改用硬币了。现在想起来,那硬币也脏得厉害,但当时我们根本想不到这样奢侈的问题。我们盼望着能从饺子里吃出一个硬币,这是归自己所有的财产啊,至于吃到带钱饺子的吉利,孩子们并不在意。有一些孝顺儿媳白天包饺子时就在饺子皮上做了记号,夜里盛饺子时,就给公公婆婆的碗里盛上了带钱的,借以博得老人的欢喜。有一年我为了吃到带钱的饺子,一口气吃了三碗,钱没吃到,结果把胃撑坏了,差点要了小命。

过年时还有一件趣事不能不提,那就是装财神和接财神。往往是你一家人刚刚围桌吃饺子时,大门外就起了响亮的歌唱声:财神到,财神到,过新年,放鞭炮。快答复,快答复,你家年年盖瓦屋。快点拿,快点拿,金子银子往家爬……听到门外财神的歌唱声,母亲就盛上半碗饺子,让男孩送出去。扮财神的,都是叫花子。他们有的提着瓦罐,有的提着竹篮,站在寒风里,等待着人们的施舍。这是叫花子们的黄金时刻,无论多么吝啬的人家,这时候也不会舍不出那半碗饺子。那时候我很想扮一次财神,但家长不同意。我母亲说过一个叫花子扮财神的故事,说一个叫花子,大年夜里提着一个瓦罐去挨家讨要,讨了饺子就往瓦罐里放,感觉已经要了很多,想回家将百家饺子热热,自己也过个好年,待到回家一看,小瓦罐的底儿不知何时冻掉了,只有一个饺子冻在了瓦罐的边缘上。叫花子不由得长叹一声,感叹自己的命运实在是糟糕,连用瓦罐装饺子都担不上。

现在,如果愿意,饺子可以天天吃。没有了吃的吸引,过年的兴趣就去了大半。人到中年,更感到时光的难留,每过一次年,就好像敲响了一次警钟。没有美食的诱惑,没有神秘的气氛,没有纯洁的童心,就没有过年的乐趣,但这年还是得过下去,为了孩子。我们所怀念的那种过年,现在的孩子不感兴趣,他们自有他们的欢乐的年。

时光实在是令人感到恐慌,日子像流水一样一天天滑了过去。

一九九九年

北京秋天下午的我

据说北京的秋天最像秋天,但秋天的北京对于我却只是一大堆凌乱的印象。因为我很少出门,出门也多半是在居家周围的邮局、集市活动,或寄书,或买菜,目的明确,直奔目标而去,完成了或得手了就匆匆还家,沿途躲避着凶猛的车辆和各样的行人,几乎从来没有仰起头来,像满怀哲思的屈原或悠闲自在的陶潜一样望一望头上的天。

据说秋季的北京的天是最蓝的,蓝得好似澄澈的海,如果天上有几朵白云,白云就像海上的白帆。如果再有一群白鸽在天上盘旋,鸽哨声声,欢快中蕴涵着几丝悲凉,天也就更像传说中的北京秋天的天了。但我在北京生活这些年里,几乎没有感受到上个世纪里那些文人笔下的北京的秋天里美好的天。那样的秋天是依附着低矮的房舍和开阔的眼界而存在的,那样的秋天是与蚂蚁般的车辆和高入云霄的摩天大厦为敌的;那样的天亲近寂寞和悠闲,那样的天被畸形的繁华和病态的喧嚣扼杀了。没有了那样的天,北京的秋天就仅仅是一个表现在日历牌上的季节,使生活在用空调制造出来的暧昧温度里、很少出门的人忘记了它。

从日历牌上我知道立秋的节气已过,但秋后还有一伏,气温依然是灼热逼人,家家的空调机还在轰鸣着。如果是中午上街,街上的水泥路面上,依然泛着耀眼的白光,多半是红色的车辆,咬着尾巴,缓慢地移动,像一团团移动的火炭,连缀成一条灼热的、扭曲的火龙,人在路边走,身上汗湿黏腻,不是愉快的事。在无事的情况下,我不会在这个时刻出门。我在这个时刻,多半是在床上午睡。我可以整夜地不睡觉,但中午不可以不睡觉。如果中午不睡觉,下午我就要头痛。在中午的梦里,我也许会梦到清华园里被朱自清描写过的荷塘。虽说荷花的盛季是夏天,但初秋的北京,从电视的画面上和报刊的文字里,我知道荷花照样开放得狂。等荷塘里满是高挑的莲蓬与苍黄的荷叶构成风景时,大概已是中秋佳节了。

  我的午休时间很长,十二点上床,起床最早也要三点,有时甚至到了四点。等我迷迷瞪瞪地起来,用凉水洗了脸,下午的阳光已经把窗上的玻璃照耀得一片金黄了。起床之后,我首先是要泡上一杯浓茶,然后坐在书桌前。如果老婆不在眼前,就赶紧点上一支烟,喝着浓茶抽着香烟,那感觉十分美妙,不可以对外人言也。

  喝着茶抽着烟,我开始翻书,乱翻书,因为我下午不写作。我从来也没养成认真读书的习惯,拿起一本书,有时候竟然从后边往前看,感到有趣,再从头往后看。从过了四十岁后,我再也没有耐心把一本书从头看到尾了,无论是多么精彩的书。这是一个很不好的习惯,我知道,但要改正也难了。看一会儿书,我就站起来,心中感到有些烦,也可以叫无聊,就在屋里转圈,像一头关在笼子里的懦弱的野兽。有时就打开那台使用了十几年的日立牌电视机,21英寸的,当时是最好的,是用了我第一次出国的指标在出国人员免税店买的。日本货的质量,虽然近年来也频频出问题,但我家这台电视机的质量实在是好得有点惹人烦。十几年了,天天用,画面依然清晰,声音依然立体,使你没有理由把它扔了。电视里如果有戏曲节目,我就会兴奋得浑身哆嗦。和着戏曲音乐的节拍浑身哆嗦,是我锻炼身体的一种方法。我一手捻着一个羽毛球拍子使它们快速地旋转着,身体也在屋子里旋转,和着音乐的节奏,心无杂念,忘乎所以,美妙的感受不可以对外人言也。

使我停止旋转的从来不是因为累而是因为电视机里的戏曲终了;戏曲终了,我心郁郁。解决郁闷的方法是拉开冰箱找食物吃。冰箱是东芝牌的,也是日本货,与电视机一样是用德国马克在出国人员免税店买的。前不久坏过一次,后来被我老婆敲了一棍子又好了。一般情况下我总能从冰箱里找到吃的,实在找不到了,我老婆就会动员我去离家不远的菜市场采买。我知道她其实是想把我撵出去活动活动。

在北京的秋天的下午,我偶尔去菜市场买菜。以前,北京的四季,不但可以从天空的颜色和植物的生态上分辨出来,而且还可以从市场上的蔬菜和水果上分辨出来。中秋节前后,应时的水果是梨子、苹果、葡萄,也是各种甜瓜的季节。但现在的北京,由于交通的便捷和流通渠道的畅通,天南海北的水果一夜之间就可以跨洋越海地出现在市上。尤其是农业科技的进步,使季节对水果的生长失去了制约。比如从前,中秋节时西瓜已经很稀罕,而围着火炉吃西瓜更是一个梦想,但现在,即便是大雪飘飘的天气里,菜市场上,照样有西瓜卖。大冬天卖海南岛生产的西瓜不算稀奇,大冬天卖京郊农村塑料大棚里生产的西瓜也不算稀奇了。市上的水果蔬菜实在是丰富得让人眼花缭乱无所适从;东西多了,就没有好东西了。

如果是去菜市场回来,我就在门口的收发室把晚报拿回家。从订阅《北京晚报》开始,我有了一点北京人的感觉。《北京晚报》是一份发行数百万份的报纸,版面一扩再扩,广告也日渐增多。报纸的头版多半没有什么好看的,就像电视台的《新闻联播》的前十分钟一样。其他的版面上有一些有趣东西,我看过马上就忘了。看完晚报,差不多就该吃晚饭了。吃完了晚饭的事情,不属于本文的范围,我只写从中午到晚饭前这段时间里我所干的事情。

有时候下午也有记者来家采访我,有时候下午我在家里要见一些人,有朋友,也有不熟悉的探访者。媒体采访是一件很烦人的事,但也不能不接受,于是就说一些千篇一律的废话。朋友来家,自然比接受采访愉快,我们喝着茶,抽着烟,说一些杂七拉八的话,有时候难免要议论同行。从前我口无遮拦,得罪了不少人;现在年纪大了,多了些狡猾和世故,一般情况下不臧否人物,能说好话就尽量地说好话,不愿说好话就保持沉默,或者今天天气哈哈哈……

按说北京是个四季分明的地方,秋天有三个月。中秋应该是北京最好的季节。其实,中秋无论在哪里,都是最美好的季节。我小时候在山东老家,对中秋节就很感兴趣,因为中秋节除了天上有一轮圆月,地上还有月饼。苏东坡的千古名句"明月几时有,把酒问青天"就是在我的故乡做知州时写的,可见那时的月亮是何等的明亮。那时还没有吃月饼的习俗,如果有,苏东坡不会不写的。月饼之所以有馅,是因为元朝末期,汉族人要造蒙古人的反,在月饼里夹上了造反的纸条,借送礼之名,行联络之实。我少时听一个去内蒙古贩卖过牲口的人说,八月十五夜里,蒙古人要到草里去藏一夜。此说不知真耶假耶。沧海桑田,现在都成了自家兄弟了。现在的月饼里除了纸条不夹,几乎什么都夹。我总是感到中秋节是北京人发明的一个节日,因为北京曾是元朝的大都。元大都的城墙遗迹,就在我曾经住过的小西天附近,那上边有很多树。如果在秋天的下午,站在元大都城墙上的树林子里,也许会更多地感受到一些北京秋天的美丽吧。也许我应该去一次,为了这篇文章。

现在,距离中秋节还有一个月,月饼大战就拉开了序幕。月饼花样繁多得令人无所适从,看起来都很精美,但味道一般。我知道我也像鲁迅先生笔下那个九斤老太一样,不能对现在的食物给予公正的评价。其实,现在的月饼使用的材料绝对比过去的材料高级,味道也应该好于以往,感到不好吃,不是月饼的问题。其实,最精美的还不是月饼,而是包装月饼的盒子,那真是金碧辉煌,好似一座座宫殿。我实在不明白为什么要用如此精美的盒子包装吃的东西。我每年都要为如何处理空月饼盒子发愁。人类真是自找麻烦的动物,科学越发展,人类面临的麻烦就越多。

北京的秋天最为著名的地方就是香山,而香山的名气多半是因为那每到深秋就红遍了山坡的树叶。长红叶的树木多半是枫树。我猜想,当年曹雪芹曾经爬上过香山观赏过红叶,纳兰性德也上去过,许多达官贵人、社会名流也上去过。周作人在那附近的庙里住过很长时间,写出的文章里秋气弥漫,还有一股子树叶的苦涩味道。我在北京生活了近二十年,始终没去过香山,但似乎对那个地方并不陌生,那漫山遍野的红叶在我的脑海里存在着。如果真去了,肯定失望。我知道看红叶的人比红叶还要多,美景必须静观,热闹处无美景。

现在是北京秋天的一个下午,我打破下午不写作的习惯,坐在书桌前,回忆着古人关于秋天的诗句来结束这篇文章:"八月秋高风怒号,卷我屋上三重茅","秋风忽洒西园泪,满目山阳笛里人","枫岸纷纷落叶多,洞庭秋水晚来波"……古人有"悲秋"之说,大概是因为秋天的景象里昭示着繁华将逝,秋天的气候又暗示着寒冷将至,所以诗中的秋天总是有那么几分无可奈何的凄凉感。但也有唱反调的。李白就说:"我觉秋兴逸,谁云秋兴悲。"刘禹锡说:"自古逢秋悲寂寥,我言秋日胜春朝。晴空一鹤排云上,便引诗情到碧霄。"杜甫说:"无边落木萧萧下,不尽长江滚滚来。"黄巢说:"待到秋来九月八,我花开后百花杀。"毛泽东说:"万木霜天红烂漫,天兵怒气冲霄汉。"但即便是反调文章,也没有把悲变为喜,只不过是把悲凉化为悲壮而已。

二〇〇一年八月二十五日下午

我眼中的阿城

阿城的确说过我很多好话,在他的文章里,在他与人的交谈中。但这并不是我要写文章说他好的主要原因。阿城是个想得明白也活得明白的人,好话与坏话对他都不会起什么反应,尤其是我这种糊涂人的赞美。

十几年前,阿城的《棋王》横空出世时,我正在解放军艺术学院文学系里念书,听了一些名士大家的课,脑袋里狂妄的想法很多,虽然还没写出什么文章,但能够看上的文章已经不多了。这大概也是所有文学系或是中文系学生的通病,第一年犯得特别厉害,第二年就轻了点,等到毕业几年后,就基本上全好了。但阿城的《棋王》确实把我彻底征服了。那时他在我的心目中毫无疑问是个巨大的偶像,想象中他应该穿着长袍马褂,手里提着一柄麈尾,披散着头发,用朱砂点了唇和额,一身的仙风道骨,微微透出几分妖气。当时文学系的学生很想请他来讲课,系里的干事说请了,但请不动。我心中暗想:高人如果一请就来,还算什么高人?

很快我就有机会见到了阿城,那是在一个刊物召开的关于小说创作的会议期间,在几个朋友的引领下,去了他的家。他家住在一个大杂院里,房子破烂不堪,室内也是杂乱无章,这与我心里想的很贴。人多,七嘴八舌,阿城坐着吃烟,好像也没说几句话。他的样子让我很失望,因为他身上没有一丝仙风,也没有一丝道骨;妖气呢,也没有。知道的说他是个作家,不知道的说他是个什么也成。但我还是用"真人不露相,露相不真人"来安慰自己。后来我与他一起去大连金县开一个笔会,在一起待了一周,期间好像也没说几句话。参加会议的还有一对著名的老夫妻,女的是英国人,男的是中国人,两个人都喜欢喝酒,是真喜欢,不是假喜欢。这两口子基本上不喝水,什么时候进了他们的房间什么时候看到他们在喝酒,不用小酒盅,用大碗,每人一个大碗,双手捧着,基本上不放下,喝一口,抬起头,笑一笑,哈哈哈,嘿嘿嘿。哈哈哈是女的,嘿嘿嘿是男的。下酒的东西那是一点也没有,有了也不吃。就在这两个老刘伶的房间里,我们说故事,我讲了一些高密东北乡的鬼故事,阿城讲了一些天南海北、古今中外的人故事,男老刘伶讲了几个黄色的故事。说是黄故事其实也不太黄,顶多算米黄色。女老刘伶不说话,眯着眼,半梦半醒的样子,嘴角上挂着一丝微笑。在讲完了旧故事又想不出一个新故事的空当里,我们就看房间里苍蝇翻着筋斗飞行。我们住的是一些海边的小别墅,苍蝇特多。苍蝇在老酒仙的房间里飞行得甚是古怪,一边飞一边发出尖厉的啸声,好像打着螺旋往下坠落的战斗机。起初我们还以为发现了一个苍蝇新种,后来才明白它们是被酒气熏的。阿城的儿子不听故事也不看苍蝇,在地毯上打滚竖蜻蜓。

在这次笔会上,我发现了阿城一个特点,那就是吃起饭来不抬头也不说话,眼睛只盯着桌子上的菜盘子,吃的速度极快,连儿子都不顾,只顾自己吃。我们还没吃个半饱,他已经吃完了。他这种吃相在城里算不上文明,甚至会被人笑话。我转弯抹角地说起过他的吃相,他坦然一笑说自己知道,但一上饭桌就忘了,这是当知青时养成的习惯,说是毛病也不是不可以。其实我也是个特别贪吃的人,见了好吃的就奋不顾身,为此遭到很多非议,家中的老人也多次批评过。见到阿城也这样,我就感到自己与他的距离拉近了许多,心中也坦然了许多:阿城尚如此,何况我乎?

阿城写完他的"三王"和"遍地风流"之后就到美国去了,虽远隔大洋,但关于他的传闻还是不绝于耳,最让人吃惊的是说他在美国用旧零件装配汽车,制作出各种艺术样式,卖给喜欢猎奇的美国人,赚了不少钱。后来他回北京我去看他,问起他制造艺术汽车的事,他淡淡一笑,说:哪会有这样的事?

近年来阿城出了两本小书,一本叫作《闲话闲说》,一本叫作《威尼斯日记》。阿城送过我台湾版的,杨葵送过我作家版的,两个版本的我都认真地阅读了,感觉好极了,当然并不是因为他在书中提到了我(而且我也不记得讲过这样一个故事)。实话实说我觉得阿城这十几年来并没有进步,当然也没有退步。一个人要想不断进步不容易,但要想十几年不退步就更不容易。阿城的小说一开始就站在了当时高的位置上,达到了一种世事洞明、人情练达的境界,而十几年后他写的随笔保持着同等的境界。

读阿城的随笔就如同坐在一个高高的山头上看山下的风景,城镇上空缭绕着淡淡的炊烟,街道上的红男绿女都变得很小,狗叫马嘶声也变得模模糊糊,你会暂时地忘掉人世间的纷乱争斗,即便想起来也会感到很淡漠。阿城的随笔能够让人清醒,能够让人超脱,能够让人心平气和地生活着,并且感受到世俗生活的乐趣。

阿城闲话闲说

到了魏晋的志怪志人,以至唐的传奇,没有太史公不着痕迹的布局功力,却有笔记的随记随奇,一派天真。

后来的《聊斋志异》,虽然也写狐怪,却没有了天真,但故事的收集方法,蒲松龄则是请教世俗。

莫言也是山东人,说和写鬼怪,当代中国一绝,在他的家乡高密,鬼怪就是当地的世俗构成。像我这类四九年后城里长大的,只知道"阶级敌人",哪里就写过他了?我听莫言讲鬼怪,格调情怀是唐以前的,语言却是现在的,心里喜欢,明白他是大才。

　　八六年夏天我和莫言在辽宁大连,他讲过有一次他回家乡山东高密,晚上进到村子,村前有个芦苇荡,于是卷起裤腿涉水过去。不料人一搅动,水中立起无数的小红孩儿,连说吵死了吵死了,莫言只好退回岸上,水里复归平静。但这水总是要过的,否则如何回家?家又就近在眼前,于是再蹚到水里,小红孩儿则又从水中立起,连说吵死了吵死了。反复了几次之后,莫言只好在岸上蹲了一夜,天亮才涉水回家。

　　这是我自小以来听到的最好的一个鬼故事,因此高兴了好久,好像将童年的恐怖洗尽,重为天真。

　　引用了阿城的话,有拉大旗做虎皮之嫌。当年阿城说我是大才,心中沾沾自喜,仿佛真的就成了大才。但事过多年后,才发现这过度的表扬是害人不浅的糖衣炮弹。他让我迷糊了将近十年。直到现在才明白,我根本就不是什么大才,连中才也算不上。如果我这样的就算大才,那我们村子里的那些老头老太太都是超大才了。充其量我也只是个用笔杆子耍贫嘴的,用我们村子里的价值标准来衡量,属于下三滥的货色。我们村子里人经常奚落那些自以为有本事的人,说你有本事为什么不到中共中央里去?为什么不到联合国里去?最不济你也应该到省里去啊,何必再在这里丘着?听了乡亲们的话,我有犹如被当头棒喝般的觉悟。是啊,如果真是大才,何必还来费时把力地写什么小说?小说,小说,小人之语也。那些把小说说成高尚、伟大之类的人,无非是借抬高职业来抬高自己的身份。我想起多年前在我们县医院门口一个卖茶叶蛋的老太太那副骄傲的嘴脸,我想起一个给猪配种的人斩钉截铁的话语：没有我，你们就没有肉吃。其实，卖茶叶蛋的老太太可以骄傲，给猪配种的人也可以骄傲，因为他们毕竟是有用的人，唯独写小说的不值得骄傲。写小说的如果脸皮够厚，在外边骄傲还可以，如果回到故乡还骄傲，那就等着挨你爹的耳刮子，等着让你的乡亲们嗤之以鼻吧。"骗子最怕老乡亲"，这句话就是针对着写小说的说的。美国当年有"天才"之誉的小说家托马斯·沃尔夫，生前不敢回故乡，英国小说家劳伦斯也被他的乡亲宣布为不受欢迎的人。他们都是在外边吹牛太过，不知天高地厚，伤了乡亲们的感情。至于他们死后多年，故乡用宽广胸怀重新接受了他们，那就是另外一回事了。

不久前被请担任台北市驻市作家，与阿城同住一楼，期间多次相聚，感到阿城更神了。无论到了哪里，即便他坐在那里叼着烟袋锅子一声不吭，你也能感到，他是个中心。大家都在期待着他的妙语和高论。无论什么稀奇古怪的问题，只要问他，必有一解。且引经据典，言之凿凿，真实得让人感到不真实。不知道他那颗圆溜溜的脑袋瓜子里，是如何装进了这许多的知识。在阿城面前不能骄傲，犹如在我的乡亲们面前不能骄傲一样。这个人，越来越像一个道长了。

二〇〇二年十二月

从照相说起

  这是我二十岁之前唯一的一次照相,时间大约在 1962 年春天。读者可以看到,照片上的我上穿破棉袄,下穿单裤,头顶上似乎还戴着一顶帽子。棉袄上的扣子缺了两个,胸前闪闪发光的,是积累了一冬天的鼻涕和污垢。裤腿一长一短,不是裤子的问题,是不能熟练地扎腰所致。照片上,我旁边那个看起来蛮精神的女孩,是我叔叔的女儿,比我早四个月出生。她已于十几年前离开人世,似乎也没有什么大病,肚子痛,用小车往医院推,走到半道上,脖子一歪就老了。照相的事,尽管过去了将近四十年,但当时的情景还历历在目。那时我正读小学二年级,课间休息时,就听到有同学喊叫:照相的来了!大家就一窝蜂地蹿出教室,看到教室的山墙上挂着一块绘着风景的布,布前支起了一架照相机,机器上蒙着一块红表黑里的布。那个从县里下来的照相师傅,穿着一身蓝衣裳,下巴青白,眼睛乌黑,面孔严肃,抽着烟卷,站在机器旁,冷漠地等待着。先是那个教我们唱歌的年轻女老师手里攥着一卷白纸照了一张,然后是校长的老婆与校长的女儿合照了一张。照相时,师傅将脑袋钻到布罩里,从里边发出许多瓮声瓮气的神秘指令,然后他就高高地举起一只手,手里攥着一个红色的橡胶球儿,高呼一声:往这里看,别眨眼,笑一笑!好!橡胶球儿咕叽一声,照相完毕。真是神奇极了,真是好看极了!我们围绕着照相师傅,都看迷了。在无人照相的空间,与我们同样围着看热闹的老师们,相互撺掇着,张老师让李老师照,李老师让王老师照,都想照,看样子也是怕花钱。这时我堂姐走到照相师傅面前,从口袋里摸出三角钱,说:我要照相。围观的学生和老师都感到很惊讶。照相师傅问:小同学,你家大人知道吗?堂姐说:俺婶婶(她称呼我的母亲为"娘",称呼自己的母亲却叫"婶婶")让我来照的。马上有人在旁边说:她父亲在供销社工作,每月一次发工资呢!于是大家都长出了一口气。那天我堂姐穿得很板正,读者朋友可以从照片上看出来。别忘了那是 1962 年,绝大多数农村孩子都穿不上一件囫囵衣裳,能穿得像我堂姐那样的很少。我堂姐是个非常干净整洁的女孩,同样的新衣裳,我穿上两天就没了模样,但她穿一个月也不脏。

  我堂姐昂着神气的小头,端端正正地站在照相机前,等待着照相师傅发号施令。这时,好像是有人从后边推了一把似的,我一个箭步蹿到照相机前,与堂姐站在一起。照相师傅的头从黑红布里钻出来,说:怎么了?怎么了?老师和同学们都呆呆地看着我,没人说话。我骄傲地对照相师傅说:我们是一家的!照相师傅大概不相信这样一个小怪物跟这样一个小姑娘会是一家的,就转回头去看老师。我的班主任老师说:没错,他们是一家的。我堂姐也没提出反对,这件事至今让我感动。照相师傅的头在黑红布里说:往前看,笑一笑,好!他的手捏了一下橡胶球儿,说:好了!

  过了好久,我把照相的事忘得干干净净时,一个晚上,我们全家围着一张桌子,吸溜吸溜地喝着菜汤,就听到大门外边有人在喊叫我的大号:管谟业!管谟业!家里人都看着我,他们听到有人喊我的大号,肯定都觉得怪怪的。我扔下饭碗跑出去,一看,原来是我的班主任老师。她将一个白纸包递给我,说:你们的照片出来了。我拿着照片跑回家,竟然忘了请老师到家里坐坐,也忘记了说声谢谢。就在饭桌上把纸包剥开,现出了三张照片和一张底版。照片在众人的手里传递着。母亲叹息一声,说:看你这副邋遢样子,照得什么相?把你姐姐都带赖丑了。

那时我们还没有分家,是村子里最大的家庭。全家十三口人,上有老下有小,最苦的就是母亲。我因为长得丑,饭量大,干活又不麻利,爷爷奶奶也不喜欢我,为此母亲经常叹息。今天反省起来,他们不喜欢我,固然有他们的原因,但主要的还是我自己不赚人喜。我又丑又懒又谗,还经常出去干点坏事,给家里带来不少麻烦,这样的坏孩子,怎么讨人喜?

我爷爷是个很保守的人,对人民公社心怀抵触。我父亲却非常积极,带头入社,吃苦耐劳,虽然是中农,比贫农还积极。父亲一积极,爷爷就生气。爷爷没在人民公社干一天活。他是村子里有名的庄稼汉,心灵手巧,力大无比,如果死心塌地地到社里去干活,必然会得到嘉奖。但他发誓不到社里去干活,干部上门来动员,软硬兼施,他软硬不吃,有点顽固不化的意思。他扬言人民公社是兔子尾巴长不了。吓得我父亲恨不得给他下跪,求他老人家不要乱说。中苏友好时,我爷爷说不是个正经好法,就像村子里那些酒肉朋友似的,好成个什么样子,就会坏成个什么样子。爷爷的这两个预言后来都应了验,我们不得不佩服他的先见之明。爷爷不到生产队干活,但他也不闲着。我们那里荒地很多,爷爷去开荒种地。他开出的荒地粮食亩产比生产队里的熟地都高。但这种事在当时是大逆不道的,人民公社没收了爷爷的地,还要拉他去游街,我叔叔在公社里找人说了情才免了这一难。不许开荒,爷爷就自己制造了一辆木轮小车,推着去割草。割草晒干,卖给马场,换回一些地瓜干,帮家里度过荒年。爷爷其实是个很有生活情趣的人,他会结网,会捕鸟,会拿鱼,还会耍枪打野兔。他心情好时,是个很好的老头,心情不好时,那张脸就像生铁铸的,谁见了谁怕。

还是说说我母亲吧。她老人家去世已经五年,我好多次想写篇文章纪念她,但拿起笔来就感到千头万绪,不知该从哪里写起。母亲这辈子承受了太多的苦难,想起来就让我心中难过。母亲生于1922年,四岁时外祖母去世,她跟着一个姑姑长大成人。母亲的姑姑——我们的姑姥姥,是个铁金刚一样的小老太婆,非常的能干,非常的好强,虽是小脚,但走起路来风快,男人能干的活她都能干。母亲在她的姑姑的调教下,四岁时就开始裹脚,受的苦无法言说,但最终裹出了一双精巧的小脚,母亲还是很感谢她的姑姑。母亲十六岁时嫁到我家,从此就开始了漫漫的苦难历程。精神上受到的封建压迫就不必说了,许多深重的痛苦,因为觉悟不到,也就算不上痛苦。就说说母亲生过的病吧。嗨,从我有记忆力开始,就看到母亲被这样那样的疾病折磨着。先是"心口痛",每年春天都犯,犯了就痛好多天,去卫生所买两片止痛片吃上,不管用,想请医生来看但是没有钱,只好干靠着,去寻一些不花钱的偏方来治。姐姐带着我到刚生过小孩子的人家去捡鸡蛋皮,捡回来用锅烘焦,再用蒜臼子捣碎,然后让母亲冲着喝。还有一个偏方是摊一个鸡蛋饼,里边包上四两生姜,一次吃下去。我记得母亲吃了那个生姜鸡蛋饼后,痛得在炕上打滚儿,汗水把衣裳和头发都湿透了。那时以为凡是肚子痛就是凉,生姜大热,能治,不知道母亲患的是严重的胃溃疡出血,吃上四两生姜,无疑是火上浇油。母亲心疼的是那个鸡蛋,那是她的姑姑偷偷地送来的。到了夏天,就头痛,脸赤红,干活回来,忙完了饭,别人吃饭,她就跑到外边去呕吐,翻肠绞胃地吐,我和姐姐站在旁边,姐姐哭着给她捶背,我哭。秋天还要犯"心口痛",好不容易熬过去,到了冬天,哮喘又来了。说是得了痨病,痨病方,一大筐,不是鸡蛋就是香油,我们到哪里去弄?只能用一些成本不高的偏方治。用尿罐里的碱煮萝卜吃,用柳树枝烧水喝,怎么可能管用?还有妇女病,脱肛,据说治脱肛最好的方子是用猪的大肠装了大米炖着吃,吃不起,那时候我们连大米是什么样子都没见过。母亲自己发明了一个偏方,晚饭后,找一块半头砖,放到灶火里烧着,刷完了锅碗,干完了活,将热砖掏出来,垫到肛门下坐着,自己说很舒服。后来又生过一个碗口大的毒疮,在腰上,一直挺着干活,实在不行了才躺倒,痛疼难忍,咬紧牙关不呻吟,生怕让公婆妯娌听到心烦,瘦得只剩下一把骨头。我跟姐姐在她身边哭,她叫着我的乳名,说:我不行了,你们姐弟怎么活呀?幸亏县里的医疗队下来巡诊,义务看病,不要钱。记得是个中午,来了一群医生,都穿着白大褂,脖子上挂着听诊器,还拿着刀子剪子什么的,说是给母亲动手术,不让我们进去看。听到母亲在屋里哭叫,肯定是痛得受不了了才哭叫。一会儿工夫,一个医生端出来一大盆脓血,一会儿又端出一盆。渐渐地好起来,能扶着墙下地了,又开始了干活,十几个人的饭一人操持。那时的饭,一半是糠菜,要先把野菜放到石头上捶烂,将绿水攥出来,再搋上糠和那点珍贵的红薯面儿。做这样的饭劳动量很大,母亲累急了,就抓一把野菜塞进嘴里。

母亲病好之后,腰上落下了一个很大的疤,天要下雨就发痒,比县里的气象预报还准。后来还被毛驴伤过脚,还得过带状疱疹……母亲晚年,我们的条件有了好转,但她的病日渐沉重,终于不治。母亲这辈子,没享过一天福,吃过的苦是现在的人难以想象的。晚上要生孩子了,中午还在打麦场上干活。刚生完孩子,半夜三更,天降暴雨,麦子还在场上,扯一条毛巾包住头,就到场里帮着抢场,动作稍微慢一点,还要受到呵斥。至于吃的,几十年来,大家都吃不饱,她更吃不饱,上有老,下有小,好吃的根本就进不了她的口。有时候咽到嘴里也得吐出来给我吃。我是她最小的儿子,相貌奇丑不说,还有一个特大的饭量,分给自己那份,几口吞下去,然后就看着别人的饭碗哭,馋急了还从堂姐的碗里抢着吃。我一抢,堂姐也哭,这就乱了套了。最后必是母亲给婶婶赔不是,并且把她碗里那点省给我吃了。母亲的痨病其实是饿出来的。饿,还得给生产队里推磨,推磨的驴都饿死了，只好把女人当驴。六十年代，我们一家没一个饿死的，全仗着我那位在供销社工作的叔叔。我婶婶脾气不太好，但我叔叔很好。他送给我一管博士牌钢笔，还给我买过鞋子。当我们的生活最困难的时候，叔叔从供销社里弄回来一麻袋棉籽饼，那玩意儿现在连猪都不吃，但在当时，连草根树皮都吃光了的时候，无疑是人间最美的食品，岂止是食品，简直就是救命的灵丹妙药。我们吃着棉籽饼度过了最艰难的岁月。这样的文章，没有什么意义，就此打住吧。

婶婶已经于2001年5月去世，这一代人实在是命运多舛，思之令人怆然。婶婶一辈子其实也没享到什么福，尤其是到了晚年，堂姐去世，撇下两个孤儿，实在是凄惶。然后又是小儿子胡闹，办什么旅游品加工厂，拉下一屁股债务，逼得她七十多岁的人还要给人家去打短工。想起她和村子里的老人们冒着严寒去给人家摘辣椒，每天只挣两元钱，我心中就酸溜溜的。如果不是遭遇这些事情，她活过八十岁是没有问题的。

为了偿还堂弟做下的债务和照管堂姐撇下的两个孤儿，我们拿出来一些钱，为此，婶婶见到我们时那种恨不得把心扒出来给我们吃了的情形，让我心中实在难过。多年前的芥蒂，早已荡然无存。上边的文章，我写到的其实是当时农村的家庭状况，并无特别的褒贬之意。妯娌之间，打得头破血流者比比皆是，我母亲和婶婶的关系，还是好的。我母亲去世之后，三日圆坟，婶婶教我们弟兄三个每人左手抓着一把谷子，右手抓着一把高粱，围着母亲的新坟转圈走，左转三圈，右转三圈，一边转一边默念：

"一把高粱一把谷，打发先人去享福……"

如今，婶婶和母亲都去那边享福了吧！

一九九九年六月十三日，二〇〇二年十二月九日补记

洪水·牛蛙

  1960年代以前,我们高密东北乡真像一个泽国,水多得一塌糊涂。那时一到夏天就连阴,雨水缠绵不断。但从1970年代开始,一直到现在,干旱得越来越厉害,有时候三个月滴水不落。当年洪水滔天的河流干涸见底,河底下可以搭台子唱戏了。我们仰天盼雨:雨啊雨,你下到哪里去了呢?天不下雨,我们就要抗旱,打井,挖水库,挑水浇地,肩膀上磨出铁一样的茧子。水位越来越低,水越来越苦咸,最后挖几十米深也挖不出水了,庄稼也就干死了。
  老人们偷偷祈雨,到干涸的河底下去烧香烧纸,被干部发现了,还要挨批斗。我一个叔叔说:真要祈雨,烧香烧纸不行,必须大心大诚发大愿,像当年天齐庙里的和尚那样,头上顶着炸药包,押出一根三十米长的导火索,只给老天爷三分钟,不下雨浇灭导火索,和尚必定炸死。但太阳火爆,片云也无,眼看着导火索就燃烧到了和尚头顶,说时迟那时快,一只麻雀从空中飞过,屙下一摊鸟屎,把导火索给湮灭了——老天爷是真的没有雨啊。
  我经常说,涝死比旱死好,涝死人不要出力,比较干脆,而旱死要活活煎熬,活受罪。于是就怀念1960年代的夏天,那么多的雨水,一会大雨,一会中雨,一会小雨,一会东边日出西边雨。到了六月、七月,连续一个星期不见太阳是常有的事。地里面、胡同里边全是水,家里边也是水。当时要挖地,一锹下去水就冒上来了。

记得有一年,我脚上生了个疮。母亲不让我下地,因为地上全是泥泞。我只好坐在炕上,透过后窗,看到河里的水滚滚东去。河水似乎比房顶都高了,几乎看着河水要从河堤上溢出来了。我在小说里写"像烈马一样的奔涌的河水"就是这样观察到的。当时家里没有收音机,更没有电视,县里的有线广播,每家给安一个小喇叭,挂在窗台上,一到防汛的季节,小喇叭就连续地广播:"贫下中农请注意,贫下中农请注意,下午三点将有六百个流量下来,胶河下游的贫下中农立刻上河堤,准备抢险。"村里立刻敲锣集合,危难时刻人心齐,老婆、孩子,只要能拿得动铁锹的,能扛得动草包的,都到河堤上去了。你可以看到河水排山倒海,就像钱塘江潮一样,滚滚而来。潮头一下来,扑鼻的水腥味,一浪一浪的就从后窗里扑进来了。我大哥当时已经在上海念大学了,每年暑假回来,出了高密火车站,那会没有汽车,只能背个小包袱往家走。走到离我们家十来里路的地方,就听到一片青蛙的叫声,响彻云霄。心里知道,坏了,又涝了,又淹掉了。不知道从哪里来了那么多的青蛙,青蛙的叫声彻夜不息。一到夜深人静的时候,村子里一片漆黑,你会感觉到,整个村庄是漂浮在青蛙之上的,哇哇哇、呱呱呱,又嘹亮又潮湿的一种声音,吵得人难以睡觉。青蛙的叫声把整个村庄都托起来了。那时人也不知道吃青蛙,有敬畏,不敢吃。第二天到池塘去看,到河堤上去看,好像所有的青蛙来开会,一片碧绿,全是青蛙的脊背,密密麻麻,水面都看不到,全是青蛙。这确实是大自然的壮丽景观,想象也想象不到的,当然如果将来写到小说里面,就更加神奇了。

一个孩子,在农村这种环境里没人理你,很寂寞,那你只好去观察大自然。所有的人,都跑到河堤上去了,连奶奶都去了。我因为脚生疮，一个人坐在炕头或者树下的小凳上，观察院子里那些大蛤蟆爬来爬去，看着它们怎么捉苍蝇。我啃了一个老玉米，剩下一个玉米棒子，扔在一边，一群苍蝇摽上来，碧绿的苍蝇，绿头苍蝇，像玉米粒那样大，有的比玉米粒还要大，全身碧绿，就像玉石一样，只有眼睛是红的。看到那些苍蝇不断地跷起一条腿来擦眼睛，抹翅膀。世界上没有一种动物能像苍蝇那样灵巧，能用腿来擦自己的眼睛。一只大蛤蟆爬过去，悄悄地爬，为了不出声音，慢慢地、慢慢地，一点声音不发出地，爬，腿慢慢地拉长，收缩，再拉长，向苍蝇靠拢，苍蝇也感觉不到。距离到离苍蝇约有二十厘米处，它停住了，"啪"，舌头像梭镖一样弹出来了，苍蝇就被卷进了它的嘴巴。蛤蟆捕食的时候是一点不笨的，它的舌头非常灵巧，一伸出去就把苍蝇吃掉了。我还看到我们家院墙上的绿草快速地生长。你刚刚看了河里的水，回头再看墙上的草，就比刚才长高一厘米了。突然又看到了一个知了龟儿，也就是蝉的幼虫，慢慢地爬出来，爬到一棵向日葵的茎上，停住，脊背慢慢裂开，一个嫩黄的蝉爬出来了。刚爬出时，它的翅膀是黏结成一团的，慢慢地在空气当中伸展、伸展，身体也渐渐改变颜色，从嫩黄色一会就变黄，之后就变黑了，然后翅膀一抖，"嗡"地飞起来钻到天上去，成了一个黑点，看不见了。我就观察那些东西，看腻了，就到炕上去，看墙上的旧报纸。我们的房子已经很老很老了，墙壁被油烟熏得黑黝黝的，到了春节的时候，搞一些旧报纸一贴，晚上被灯光照耀，满屋生辉。我母亲不认字，贴的时候，有的贴倒了，有的贴横了。我在炕上转圈看，报纸如果头朝下，我就仰着看；报纸朝上，我就站着看，翻来覆去看那十几张报纸上的消息：1958年大跃进啊，小麦亩产一万斤啊，天津郊区农民芦苇和水稻嫁接成功啊，斯大林大元帅逝世啊，某地农村医生发明了计划生育的新方法，让育龄妇女每次和丈夫同房之前，生吞二十只蝌蚪，可以避孕啊……现在回忆起这些东西，感觉很有意思。那时候报纸上的文章，几乎都是魔幻现实主义小说，夸张、变形,充满了想象力。看累了报纸,一抬头,突然就发现一个很嫩很嫩的鹅黄色螳螂从窗户旁边爬过来了。一只壁虎跟在螳螂后边爬。房檐和窗棂间,一只蜘蛛正在结网。一只蜻蜓撞到蛛网上了,蜘蛛冲上去。一只小燕子撞到蛛网上,把蛛网撞破了。蜘蛛结网意味着天要好了。果然一缕阳光慢慢从稠云当中露出来了,很快感觉到大地像一个烧开的锅炉一样,热气蒸腾出来了……把一个生病的孩子在炕上关上三十天,他能够观察很多东西。有时候我也玩捉苍蝇的游戏,将一点饭渣子粘在手指上,举着,苍蝇就爬上来了,指头猛一合,就把它捏住了……玩着玩着,我就睡着了。

突然被锣声惊醒,河堤上一片喧哗。开口子了,一定是开口子了。从后窗看到,堤上人来回奔跑。父亲跑回家,扛了几捆高粱秸秆,看也不看我一眼又跑了。胡同里全是扛着东西奔跑的人。为了堵决口,保村庄,家里的东西都拿出去了,包括被子、门板,连架上的冬瓜都摘下来了。实在不行了只好到村外去,扒开一口子放水泄洪。一放水庄稼就淹了,但村子保住了。也有两个村之间为了放水打起架来的。河这边坡里,庄稼、玉米、高粱长得特别好,一旦决口,就全淹死了,那就以邻为壑——找一个力量特别大的青蛙,最好是从古巴引进的那种体型庞大的牛蛙——牛蛙的事我待会儿再说——用一根长长的丝线绳子,拴着牛蛙的后腿,猛地往对面甩,牛蛙往河的对面游,这边牵着线。牛蛙游到对岸边,要往岸上爬。那边牛蛙一爬这边人一拽丝线,牛蛙的两条前肢就不断地扒对岸河堤。我们那个地方河堤是沙土的,被水浸泡后十分松软,牛蛙的爪子扒来扒去,决口就出现了。利用一只牛蛙就可以制造一起决口的事件。对岸决口,这岸就安全了。

这事情我没干过也没看过,但老人们这样说过。为什么洪水季节每天晚上要打着灯笼巡逻?生怕对岸的人扔过牛蛙来给扒开河堤。再讲讲牛蛙。1960年代初,我们和古巴友好,有一首古巴歌曲那时很流行:"美丽的哈瓦那,那里有我的家,明媚的阳光照大地,门前开红花……"歌词很光明,但曲调很忧伤。为了改善人民生活,国家专门从古巴引进了一批牛蛙。我们高密东北乡低洼多水,还有许多湿地,特别适合两栖类动物生活。于是国家就把牛蛙放养到我们那里。弄了几百只种蛙来,还建立了一养蛙场,但一下大雨就逃光了。牛蛙形貌丑陋,不如青蛙漂亮,与癞蛤蟆有点相似,没人敢吃它的肉。这些东西到了我们高密东北乡,简直到了天堂。两年内,就繁殖成灾。它们什么都吃,连树叶子都吃。叫起来声音低沉,哞哞的,像牛叫一样,原来牛蛙是因为叫声得名。到了夏天的夜晚,我们高密东北乡可就热闹了,牛蛙和青蛙,大合唱,吵得人根本睡不着。后来又传说,一个牛蛙,长得像头小牛那样大,成了精……今天我就先说到这里吧。

二〇〇三年

腊八粥、灶马与"打尖"
——谈小时候的年

元旦前夕,在日本北海道首府札幌,我们一起来谈论过年,很有意思。大家知道,对我们中国人来说,西历新年,不太隆重。鲁迅先生说过,还是旧历的新年更像新年。所以让我来谈过年,我谈的肯定是春节。提起过年,说来话长。小时候天天盼过年,但年仿佛是一个路途遥远的地方,要经过长途跋涉才能到达。小学课本里有一篇课文描述说,秋天来了,柿子红了,一群大雁往南飞。然后又紧接着说,冬天到了,大雪覆盖土地,麦苗儿盖上了厚厚的被子。夏天时学这篇课文,眼前就出现了过年的情景,沉浸在幻想中,下课铃响,才知道距离年还很遥远。现在呢,好像做梦似的,一转眼就是一年,时光流逝得特别快,仿佛地球转动的速度发生了变化。

小时盼年,其实与食物有关。那时候生活困难,过年可以吃得好一些。农村最好的食物就是饺子,再就是年糕,这些食物,只有在过年时才可以吃到。春节期间吃的是素馅饺子,豆腐粉条菠菜白菜。为什么要吃素馅饺子呢?老人说是因为神不能吃荤,实际上是肉贵且很难买到,而豆腐粉条之类比较便宜而且也容易买到。一进腊月,节日就比较多了。首先是腊八,要喝腊八粥,凑够七种粮食加上大枣。这个粥非常稠,要熬很长时间,要一边熬一边搅动,否则就糊了锅底。大枣是珍贵的东西,锅里放进几颗枣,母亲是有数的。我们兄弟们眼巴巴地看着母亲手中的勺子,母亲就说:不用看,勺子有眼。

过了腊八之后就盼望辞灶,腊月二十三。辞灶也叫过小年,比较隆重,晚上吃一次饺子。关于辞灶,有很多说法,大意是灶王爷要上天,向玉皇大帝汇报一年的工作。每家要焚烧一张"灶马"。所谓"灶马"就是一张木板印刷的画,上边画着一个三绺胡须的男人,他的两边各有一个圆脸的女人。我们知道那个男人就是灶王爷,那两个女人,自然是灶王奶奶。焚烧"灶马"时要念叨着:上天言好事,下界保平安。焚烧"灶马"前要在锅台上摆供,供品很简单,就是几样糖果、点心。糖果就是那种"关东糖",吃着粘牙,有人说是要用这种糖粘住灶王爷的嘴巴,不让他在玉皇大帝面前说坏话。这些说法矛盾重重。如果粘住了灶王爷的嘴巴,坏话自然是不能说了,但好话不也说不成了吗?另外我还有一个巨大的疑问:难道说每个家庭都有一个灶王爷吗?如果是神的话,应该是一个灶王爷管了天下所有人家厨房里的事。每家都有一个灶王爷,那假如有的家里分家,是不是要重新再配给他一个灶王爷呢?拿这问题去问爷爷奶奶,他们也不回答,只说:小孩子不要问那么多,知道那么多事干什么?闭嘴。

过了腊月二十三,再有七天,有时候是六天,就是除夕。那就一天一天数着,盼望着。到了腊月二十七八的时候,已经开始准备做过年的馒头。把最好的面放在大盆里和起来。面和得特别硬,加水很少。这个时候家里的男人会帮女人揉一揉面。我小时候,很喜欢帮母亲揉面。一边揉着,一边想到"百炼钢化为绕指柔"这样的句子。母亲夸我揉得好,我就更加来劲。馒头的中间揉上栗子和大枣,图个吉利。馒头蒸好了,就开始蒸年糕。蒸年糕用的是北方的黍子米,不是南方那种糯米也不是东北那种高粱米。要用石碾子把它轧碎,拉着石碾子来回转,一边碾一边要用箩不断地筛。这是可怕的体力劳动。1999年我去东京吃荞麦面,看到他们那复杂而认真的操作过程,就想到我们老家做年糕的情景。后来有了机器磨,人们就用机器磨把黍子米粉碎,但这样的面黏度会变小,因为粉碎的过程中高温让它失去了黏性,还是用石碾子轧出来的好,蒸出年糕特别黏。做出年糕来就用一块笼布把它抬出来平摊在高粱秆做的锅盖上。拍得平平的,按照图案插上大枣,冷却凝固后切成方尖碑的形状,供到"阁板"上。所谓"阁板",就在一进堂屋的正北面那个地方,摆着一张桌子。就像日本的榻榻米里面摆花瓶的地方,很神圣。祖先的牌位都要供在这个"阁板"上。农村有的妇女打架耍无赖的时候就跳到人家"阁板"上坐着,对这家来说是奇耻大辱。农村最怕的就是两件事:一个是女人跟邻居打架,这女人耍起无赖来,扑通一下跳到人家井里,赶快救人不说,还要把井水淘干好多次,才能饮用;再就是有的女人一下子就蹦到人家"阁板"上去坐着,那是安置老祖宗牌位的地方。

除夕下午,要把"轴子"挂起来。所谓"轴子"实际上就是祖先的牌位。是一张很大的扑灰年画——高密特有的一种年画——上面画着一些穿袍戴帽的官员,象征着官宦人家,巨大的门口有小孩儿放鞭炮,还有青松、仙鹤、麒麟。画面的上方印着很多格子,格子里填写着祖先的名讳。这张"轴子"只有过年时才挂起来,过完年后,就卷起来收藏。我猜想,之所以叫"轴子",大概就是画轴之意。我2004年发表了一篇题目叫作"挂像"的小说,讲述的就是与春节时挂"轴子"有关的事。当然,也有人认为不应该写成"轴子",而应该写成"祝子",意思说这是祝祷时用的。我认为还是"轴子"比较符合我们那个地方老百姓的语言习惯。"轴子"悬挂在"阁板"后边的墙上,下边摆上供品。"文化大革命"期间,上边下令,让各家都把"轴子"烧了,过年时,每家发了一张毛主席像当"轴子"。我那篇小说《挂像》说的就是这事。后来有人就说,我们往常过年,供的都是死人,毛主席可是大活人啊,你们把毛主席让各家各户当死人供着,这是什么意思?我估计上边下这命令的人被吓坏了,所以第二年过年时就不强迫各家把毛主席当祖先供着了。

"阁板"上铺着红色的或者黄色的纸,桌子腿上还挂着围裙,围裙上描龙绣凤。总之是"轴子"一挂,供品一摆,就很有年的气氛了。除夕下午,男孩子就去祖先的坟墓前烧纸磕头放鞭炮,意思就是要请祖先回家过年。女孩大半在家帮着母亲包年夜吃的饺子。我们家去祖先坟墓前烧纸磕头的任务每年都是我来完成的,我很愿意去。跑到田野里去放鞭炮,然后在祖先的坟头前烧张纸,磕个头,在麦田里追追野兔子,找片野草茂盛的地方放一把野火,大呼小叫,十分欢乐。回到家就是傍晚,该吃晚饭了。晚饭时多半有酒,家族里的男人们会利用这个机会聚聚,谈一些重要的事情。小孩子没有资格参加这个集会,胡乱给你一点东西吃,然后就让你睡觉,说快睡觉,睡到半夜起来过年。以前没有钟表,母亲一般不睡觉,整晚上忙活,把房间里还有灶房周围收拾干净。夜里要烧的柴火,下午就拿回家了。大年夜里最好烧豆秸。豆秸烧起来噼啪乱响,一些残余的豆粒在烧的过程中发出爆裂的声音,散出一股香气。实在没有豆秸烧,就烧棉花柴。说是"烧豆秸出秀才,烧花柴出刀才"。出秀才我明白,就是出有文化的人。但刀才是什么?难道是刽子手吗?我母亲说好像也不是,谁家愿意出个刽子手呢?后来我想,大概在衙门口里干事儿、手里握有生杀大权的人就是刀才。

半夜时分,母亲就把孩子们都叫起来了。起来后都悄悄的不敢大声说话,因为在我们的意识里,这时候祖先们都回来了。然后就看见在被子上面放着母亲给我们准备好的新衣服。午夜时分,正是最冷的时候,农村的房子里没有暖气,房子都是破破烂烂的,到处漏风,每个人都打战,牙齿打战,嘚嘚地响。天特别的黑,那时农村没有电,平常的日子,每家就点一盏小油灯。大年夜里点着蜡烛,蜡烛插在

"阁板"上,火苗抖动,辉映着"轴子"上的人物,闪闪烁烁,神气活现。我注视着"轴子"上的人物,感觉到他们眉眼活动,仿佛要跟我说话。我想这些老祖宗一定都认识我,因为是我下午从坟地里把他们请回来的。母亲在那里忙忙碌碌,豆秸烧得噼啪响,炉膛里的火很明亮,从来没觉得小房子里有这么亮过。蜡烛的光和炉膛里火苗使烟熏火燎多年的黑色墙壁像上了釉一样闪闪发光。这时候我们都悄悄地等待着,一直等到母亲把煮好的饺子从锅里捞出来放在碗里。父亲就用托盘端着饺子,带着我们,走到街上去接财神。这时村子里突然之间就像战争爆发一样,家家放鞭炮,此伏彼起,连成一片。放过鞭炮后,父亲就带着孩子,对着东西南北四个方向磕头。磕完头就回家,回家之后这神圣的过年过程就基本上结束了。

然后就上炕吃饺子。炕中央放一张矮腿炕桌,全家人围桌而坐。这时候小孩子有一个任务就是给大人磕头,给爷爷、奶奶、父亲、母亲、哥哥、姐姐磕头,反正最小的就磕一圈,一边磕头还一边喊"给爹磕头,给娘磕头"。磕完头就要分磕头钱,就是压岁钱。有的小孩儿想钱想得太心切,该说"给爹磕头"都说成了"给爹磕钱"。磕完头,拿到压岁钱,就该吃饺子了。饺子里是包着钱的,谁在饺子里吃出一枚铜钱来,就预示他一年有钱花。早些年饺子里包的是铜钱,吃到这个饺子时满口铜臭。后来铜钱越来越少,就开始包硬币。小时候也不觉得硬币脏,长大之后觉得挺脏的。到小姑家去,看到她拿一个小碗倒上半碗酒,把那些要包进饺子里的硬币放在酒里面泡,完了之后点火烧,消毒。我回家后也照此办理。母亲说你祸害那些酒干什么?我已经用碱水洗了好多遍了。从饺子里吃出的钱归自己所有,所以孩子们都希望吃到硬币。有一年我吃了两三碗饺子没有吃到硬币,不肯罢休,非要吃到,很执着。我母亲怕我撑坏了,悄悄地把一个硬币塞到饺子里,放在我碗里,我一咬,咯噔一下子,好了,终于就吃到钱了。吃完了饺子后,再到自己的叔叔家、大爷家,本族本姓的各家里去磕头，磕完头就回家睡觉。

大年初一、初二的时候，村子里的年轻人玩一种叫"打尖"的游戏，上点年纪的人，都站在一个避风的墙根下，双手插到袖筒里面，晒着太阳看热闹。所谓"打尖"，就是把一根细木棍的两端，用刀子削成尖儿，用一根粗木棍打细木棍的尖儿，打得远就赢了，输了的要受惩罚。惩罚的方式是"摸糊"，具体方法是先约定摸村子里某个地方，或是某棵大树，拿帽子将输者的头眼蒙住，然后就是"蹲三蹲、抢三抢、十二晃荡八大锤"，就是把这个要"摸糊"的人，抬起来抢着转三圈，再往地上蹲三蹲，前后推十二下，每个赢者再打他八拳头。输者此时已经蒙头转向，在赢者监督之下去摸那个预先约定的目标。这时候几乎全村的人都跟着看热闹。"摸糊"者经常是与既定目标背道而驰，有时还会掉到猪圈里。

我们小孩子自己玩的游戏叫作"挤出大儿讨饭吃"。以前农村人家儿子多，大儿子结婚后，多半会被父母从大家庭里分出去，让他们组建自己的小家庭。大儿被分出去，一般不会给他们什么家产，所以有"挤出大儿讨饭吃"说法。具体玩法是，一群孩子，顺墙排开，脊梁紧贴着墙，从两端拼命往中间挤，中间的小孩谁被挤出去了，就成了出去讨饭吃的大儿。这个活动如果被家长看见了，肯定是拖出来给上两拳头，然后拧着耳朵拖回家。因为这游戏特费衣裳，玩上两三次，棉袄就开了花了。

初三、初四就开始走亲戚。初三走姑姑家，初四去姥爷家，新姑爷也是这一天去岳父家。有的村子里有折腾新姑爷的习惯，一拨人把新姑爷灌得烂醉如泥，洋相百出。初五再走一些不太要紧的亲戚，初六、初七就要开始干活了。有时候在正月十五以前要演戏，各个村轮换着演。我们村是三县交界的地方，外县的剧团到我们村来演，我们也到外县的村子里去演，演吕剧、茂腔、柳腔。因为是相互娱乐，也是一种炫技，不存在报酬的问题，演完了后，分派到各家去吃饭。那些嗓子好、扮相美的姑娘小伙子，总是受到特别的欢迎，被人家抢了去，隆重招待。我们这些跑龙套的鼻涕孩子，饭量又大，没人愿意要，最后随便塞到一户人家，一顿粗茶淡饭就给打发了。"文革"前还有一些新编的现代戏，"文革"期间演的都是样板戏，把样板戏比如《红灯记》《智取威虎山》移植成茂腔或者吕剧。用地方小戏的调子唱样板戏，古怪而滑稽，我想江青要是看到了肯定会气个半死。春节期间演戏，也是青年男女谈恋爱找对象的大好时机，一方面是到外县去演戏能认识一些外面的人，扩大寻找的范围，另一方面，本村的男女在演戏的过程中也可能产生感情。农村找对象是有季节性的，农忙时间，都是顶着星星出去披着月亮回来，没时间恋爱。到了春节前后，吃得也好，时间上有一点空余，各个村又能串着看戏演戏，大部分年轻人都是在这个时候找到配偶的。

到了正月十五，基本就是总结性质的，过年期间留下一些肉、豆腐，拿出来包顿饺子吃。然后漫长的一年又开始了。

二〇〇四年十二月三十一日下午
札幌王子酒店 28 层会议室

第三辑

天堂里的房子

  我不懂建筑,但就像不懂音乐的人也可以听听音乐一样,就让我这个不懂音乐也不懂建筑的人,在江南的丝竹声中,写这篇关于建筑的文章。如果让我写北方农村的建筑,茅屋草舍,牛棚马厩,那没有问题——别说是写,让我动手盖也能盖起来——但要让我写江南的建筑,尤其是杭州的建筑,真是有点心怯手软。杭州是什么地方?是天堂啊。天堂里的建筑,天堂里的风景,想一想就眼花缭乱,何况写!
  去过几次杭州,印象自然是十分美好,生活在这里的人民,都是有福之人。外边来的人,流连在湖光山色、亭台楼阁之中,除了感慨与赞叹,大概也没有什么比风景更好的话可说。有人说杭州的美全在西湖,如同说美人的美全在眼睛,并不全面。如果杭州仅有一个西湖,没有那些多姿多彩的房子,西湖也就不美了。西湖因为有房子而美,房子因为有西湖而雅。我知道西湖边上的房子,有些是无价的,即便是仅能在房中看到西湖的房子,也是高价的。没有办法,天下只有一个西湖。世界上许多大城市,房价都是惊人的贵,贵到一定程度,就酿成了泡沫经济,但杭州的房子虽贵,却是物有所值。即便是那些看不到西湖的房子,也被西湖的水汽滋润着,因此也应该贵。其实杭州除了西湖,还有一条钱塘江,能在房中看到江,也是了不得的美景,这样的房子也应该贵。即便是看不到湖,看不到江,杭州还有许多绿树葱茏的山,能在房中看到这样的山,也是好房子,也应该贵。即便是看不到湖,看不到江,也看不到山,也总能看到那些能看到山看到江看到湖的房子,这样的房子也应该比别处贵一些。所以,杭州的房地产开发商也是有福的人。

我们的前领袖毛泽东主席,最喜欢的城市就是杭州。他在西湖边住着,经常去爬山,爬山回来就写诗,"三上北高峰,杭州一望空","热来寻扇子,冷去对美人"。居高临下,伟人视角,团扇美人,诗人情怀。其中含义,不得而知。但盖房子的人,可以从这些诗句的字面上得一些启发。房子要有开阔的视野,要有情调,古典的,或是现代的,都要有,这样才与杭州相配。

杭州的房子,要尽量地养眼,充分地利用那山那江那湖,还有那些与浪漫故事联结着的塔。要让人在房子中,面对着窗户时,能看到点赏心悦目的东西。

杭州的房子,应该有那个卞之琳的诗的意境:"你站在桥上看风景,看风景的人在楼上看你。明月装饰了你的窗子,你装饰了别人的梦。"你在看别的房子,别的房子也在看你,互相成为对方的风景。这就要求,杭州的房子造型应该别致,色彩应该明快;至于里边的结构,那是另外的问题。

前不久我应《每日商报·闲周刊》之邀,去杭州参加了一个题为"浮生半日闲"的活动,期间曾填歪词一首:"一杯新茶一支烟,浮生难得半日闲,消闲乐看闲周刊。静坐常思马蹄疾,飞奔犹觉脚步缓,字里行间都是慢。"闲和慢,是我认为的杭州城市风格。杭州的建筑,应该体现出一个"闲"字、一个"慢"字。悠悠闲闲,休闲,消闲,端着茶杯叼着烟,明窗净几,品味生活。至于盖房子,慢慢盖,不要着急,把活做细,追求个千年百年,不要匆忙,盖起来又后悔。世界上许多名城,都是慢慢建好,几百年无大的变化。所谓日新月异,并不是什么好事。杭州应该是贵家小姐的风格,淡雅而温馨,不应该是交际花,浓妆重彩,俗气逼人。

一座城市的房子,应该有自己的风格,但也不必完全统一,有时候,搞一点奇奇怪怪的东西,反而会成为风景,时间长了,也就成了名胜,譬如悉尼的歌剧院、巴黎卢浮宫广场上的玻璃金字塔、罗马的"打字机"楼。有人批评新建雷峰塔太洋化,我看挺好,时间长了,这塔就会融入风景,慢慢地让你习惯。

房子是让人住的,但更是让人看的,尤其是杭州这样的观光城市,每一座房子,都不能马虎。

地皮是有限的,有些无特色的楼,可以慢慢地拆掉,换成有特色的新建筑。但千万不要搞什么大广场,大广场不太适合杭州。

杭州还应该更多地栽树,尽管树已经不少了。杭州的灵气,得之于湖、山、江,也得之于树。看不到湖、山、江,让他满眼绿树,也是好景。某城有一个有心计的人,买到旧房子,就在门前栽树,然后出卖,房子增值多多。

其实,杭州的房地产开发商,远比我聪明,他们什么都想到了。

能在杭州有一套房子的人,是上天特别眷顾的人。有两套房子的人,是有些造孽的人。

我许多次从飞机上往下看杭州,心中总是百感交集。为什么呢?恨不生为杭州人吗?也许。

二〇〇三年

写给父亲的信

大：

　　自从家里安装了电话，再也没有给您写过信。最近刚写完了一部名叫《四十一炮》的小说，胡编乱造的故事，与家乡无关，更与村子里的叔叔大爷们无关。自从在《红高粱》里使用了村子里人的真实姓名惹得人家不高兴后，我汲取了教训，再也没有犯这种错误。今年春天北京闹"非典"，我们被封闭了三个月，憋得慌，很想回老家去，但听说从北京到山东的人，先要隔离半个月，怪麻烦的，只好罢了。我知道麦子已经收割完毕，家中已经吃上了用新麦子面粉蒸出的馒头了吧？我们在这里吃的面粉，都是陈年麦子磨的，其中还添加了增白剂什么的，白得发青，不好吃，没有麦子味。想起老家的馒头和大葱我就想家。北京的大葱也不好吃。北京管什么都不好吃。北京的大蒜也不够辣。这次闹"非典"，山东一例也没有，我坚信这是吃大蒜吃的。昨天高密的王大炮来了，扛来了半麻袋大蒜，紫皮，独头，辣得很过瘾，"后娘的拳头独头蒜"。他说前几天去看过您，说您身体很好，我们很高兴。中午包饺子给他吃，白菜猪肉馅一种，胡萝卜羊肉馅一种，都很饱满，煮出来白胖，小猪似的。捣了满满一臼子蒜泥，我捣的,加了酱、醋、香油,味道真是好极了。

大,我们家那盘大石磨还有吗?千万保存好,别被人弄了去。将来找个石匠琢磨琢磨,支起来,买头小毛驴,拉着,磨新麦子。石磨磨出的面粉,比机器磨磨出的好吃。高密火车站前,有一家卖石磨火烧的,面特别硬,很好吃。但我知道他们使用的面不是用石磨磨的。将来咱们自己磨。还有那柄腰刀,可别当废铁给我卖了。我听俺爷爷说那刀是毛子扔下的,也许杀过人的。我前几年回家,跟俺二嫂子要那把刀,她说不知道让大藏到哪里去了。我记得咱家还有两把铁锏,很沉,就是秦琼使用的那种武器,后来就见不到了。听说是被一个表叔拿去了,还能找回来吗?大,您帮我安一把小锤吧,这里有核桃,我要用小锤砸核桃吃。

前几天父亲节,我写了一篇小文章,题目叫《父亲的严厉》,写得不好,但还是抄给您看看:

> 上世纪六十年代,父亲四十多岁,正是脾气最大、心情最不好的时候。在我们兄弟们的记忆中,他似乎永远板着脸。不管我们是处在怎样狂妄喜悦的状态,只要被父亲的目光一扫,顿时就浑身发抖,手足无措,大气也不敢再出一声了。父亲的严厉,在我们高密东北乡都是有名的。我十几岁的时候,经常撒野忘形,每当此时,只要有人在我身后低沉地说一声:你爹来了!我就会打一个寒战,脖子紧缩,目光盯着自己的脚尖,半天才能回过神来。村里的人都不解地问:你们弟兄们怕你们的爹怎么怕成这个样子?是啊,我们为什么怕父亲怕成了这个样子?父亲打我们吗?不,他从来没有打过我们。他骂我们吗?也不,他从来没有骂过我们。他既不打你们,也不骂你们,那你们为什么那样怕他呢?是啊,我们也弄不明白为什么要这样怕父亲。我们弟兄们长大成人后,还经常在一起探讨这个问题,但谁也说不清

楚。其实,不但我们弟兄们怕父亲,连我们的那些姑姑婶婶们也怕。我姑姑说,她们在一起说笑时,只要听到我父亲咳嗽一声,便都噤声敛容。用我大姑的话说就是:你爹身上有瘆人毛。

我父亲今年已经八十岁,是村子里最慈祥和善的老人。与我们记忆中的他判若两人。其实,自从有了孙子辈后,他的威风就没有了。用我母亲的话说就是:虎老了,不威人了。我大哥在外地工作,他的孩子我父母没有帮助带,但我二哥的女儿、儿子,我的女儿,都是在他的背上长大的。我的女儿马上就要大学毕业了,见了爷爷,还要钻到怀里撒娇。她能想象出当年的爷爷咳嗽一声,就能让爸爸屁滚尿流吗?

后来,母亲私下里对我们兄弟们说:你爹早就后悔了,说那些年搞阶级斗争,咱家是中农,是人家贫下中农的团结对象,他在外边混事,忍气吞声,夹着尾巴做人,生怕孩子在外边闯了祸,所以对你们没个好脸。母亲当然没说父亲要我们原谅的话,但我们听出了这个意思。但高密东北乡的许多人说,我们老管家之所以出了一群大学生、研究生,全仗着我父亲的严厉。如果没有父亲的严厉,我会成为一个什么样子的人,还真是不好说。

大,文章写得不好,您看了不要生气。今年春节我们会回去过年,您能做点黄酒吗?用黍子米做,不要用地瓜。另外告诉俺二嫂子,让她用酱包上几个地瓜放着,我好久没吃地瓜咸菜了。

三儿　拜上
二〇〇三年七月十四日

卖 白 菜

1967年冬天,我十二岁那年,临近春节的一个早晨,母亲苦着脸,心事重重地在屋子里走来走去,时而揭开炕席的一角,掀动几下铺炕的麦草,时而拉开那张老桌子的抽屉,扒拉几下破布头烂线团。母亲叹息着,并不时把目光抬高,瞥一眼那三棵吊在墙上的白菜。最后,母亲的目光锁定在白菜上,端详着,终于下了决心似的,叫着我的乳名,说:

"社斗,去找个篓子来吧……"

"娘,"我悲伤地问,"您要把它们……"

"今天是大集。"母亲沉重地说。

"可是,您答应过的,这是我们留着过年的……"话没说完,我的眼泪就涌了出来。

母亲的眼睛湿漉漉的,但她没有哭,她有些恼怒地说:"这么大的汉子了,动不动就抹眼泪,像什么样子?!"

"我们种了104棵白菜,卖了101棵,只剩下这3棵了……说好了留着过年的,说好了留着过年包饺子的……"我哽咽着说。

母亲靠近我,掀起衣襟,擦去了我脸上的泪水。我把脸伏在母亲的胸前,委屈地抽噎着。我感到母亲用粗糙的大手抚摸着我的头,我嗅到了她衣襟上那股揉烂了的白菜叶子的气味。从夏到秋、从秋到冬,在一年的三个季节里,我和母亲把这104棵白菜从娇嫩的芽苗,侍弄成饱满的大白菜,我们撒种、间苗、除草、捉虫、施肥、浇水、收获、晾晒……每一片叶子上都留下了我们的手印……但母亲却把它们一棵棵地卖掉了……我不由得大哭起来,一边哭着,还一边表示着对母亲的不满。母亲猛地把我从她胸前推开,声音昂扬起来,眼睛里闪烁着恼怒的光芒,说:"我还没死呢,哭什么?"然后她掀起衣襟,擦擦自己的眼睛,大声地说:"还不快去!"

　　看到母亲动了怒,我心中的委屈顿时消失,急忙跑到院子里,将那个结满了霜花的蜡条篓子拿进来,赌气地扔在母亲面前。母亲提高了嗓门,声音凛冽地说:"你这是扔谁?!"

　　我感到一阵更大的委屈涌上心头,但我咬紧了嘴唇,没让哭声冲出喉咙。

　　透过朦胧的泪眼,我看到母亲把那棵最大的白菜从墙上钉着的木橛子上摘了下来。母亲又把那棵第二大的摘下来。最后,那棵最小的、形状圆圆像个和尚头的也脱离了木橛子,挤进了篓子里。我熟悉这棵白菜,就像熟悉自己的一根手指。因为它生长在最靠近路边那一行的拐角位置上,小时被牛犊或是被孩子踩了一脚,所以它一直长得不旺,当别的白菜长到脸盆大时,它才有碗口大。发现了它的小和可怜,我们在浇水施肥时就对它格外照顾。我曾经背着母亲将一大把化肥撒在它的周围,但第二天它就打了蔫。母亲知道了真相后,赶紧地将它周围的土换了,才使它死里逃生。后来,它尽管还是小,但卷得十分饱满,收获时母亲拍打着它感慨地对我说:"你看看它,你看看它……"在那一瞬间,母亲的脸上洋溢着珍贵的欣喜表情,仿佛拍打着一个历经磨难终于长大成人的孩子。

　　集市在邻村,距离我们家有三里远。母亲让我帮她把白菜送去。

我心中不快,嘟哝着,说:"我还要去上学呢。"母亲抬头看看太阳,说:"晚不了。"我还想啰唆,看到母亲脸色不好,便闭了嘴,不情愿地背起那只盛了三棵白菜、上边盖了一张破羊皮的篓子,沿着河堤南边那条小路,向着集市,踽踽而行。寒风凛冽,有太阳,很弱,仿佛随时都要熄灭的样子。不时有赶集的人从我们身边超过去。我的手很快就冻麻了,以至于当篓子跌落在地时我竟然不知道。篓子落地时发出了清脆的响声,篓底有几根蜡条跌断了,那棵最小的白菜从篓子里跳出来,滚到路边结着白冰的水沟里。母亲在我头上打了一巴掌,骂道:"穷种啊!"然后她就颠着小脚,挓着两只胳膊,小心翼翼但又十分匆忙地下到沟底,将那棵白菜抱了上来。我看到那棵白菜的根折断了,但还没有断利索,有几绺筋皮联络着。我知道闯了大祸,站在篓边,哭着说:"我不是故意的,我真的不是故意的……"母亲将那棵白菜放进篓子,原本是十分生气的样子,但也许是看到我哭得真诚,也许是看到了我黑黢黢的手背上那些已经溃烂的冻疮,母亲的脸色缓和了,没有打我也没有再骂我,只是用一种让我感到温暖的腔调说:"不中用,把饭吃到哪里去了?"然后母亲就蹲下身,将背篓的木棍搭上肩头,我在后边帮扶着,让她站直了身体。但母亲的身体是永远也不能再站直了,过度的劳动和艰难的生活早早地就压弯了她的腰。我跟随在母亲身后,听着她的喘息声,一步步向前挪。在临近集市时,我想帮母亲背一会儿,但母亲说:"算了吧,就要到了。"

终于挨到了集上。我们穿越了草鞋市。草鞋市两边站着几十个卖草鞋的人,每个人面前都摆着一堆草鞋。他们都用冷漠的目光看着我们。我们穿越了年货市,两边地上摆着写好的对联,还有五颜六色的过门钱。在年货市的边角上有两个卖鞭炮的,各自在吹嘘着自己的货,在看热闹人们的撺掇下,悬起来,你一串我一串地赛着放,乒乒乓乓的爆炸声此起彼伏,空气里弥漫着硝烟气味,这气味让我们感到,年已经近在眼前了。我们穿越了粮食市,到达了菜市。市上只有十几个卖菜的,有几个卖青萝卜的,有几个卖红萝卜的,还有一个卖菠菜的,一个卖芹菜的,因为经常跟着母亲来卖白菜,这些人多半都认识。母亲将篓子放在那个卖青萝卜的高个子老头菜篓子旁边,直起腰与老头打招呼。听母亲说老头子是我的姥娘家那村里的人,同族同姓,母亲让我称呼他为七姥爷。七姥爷脸色赤红,头上戴一顶破旧的单帽,耳朵上挂着两个兔皮缝成的护耳,支棱着两圈白毛,看上去很是有趣。他将两只手交叉着插在袖筒里,看样子有点高傲。母亲让我走,去上学,我也想走,但我看到一个老太太朝着我们的白菜走了过来。风迎着她吹,使她的身体摇摆,仿佛那风略微大一些就会把她刮起来,让她像一片枯叶,飘到天上去。她也是像母亲一样的小脚,甚至比母亲的脚还要小。她用肥大的棉袄袖子捂着嘴巴,为了遮挡寒冷的风。她走到我们的篓子前,看起来是想站住,但风使她动摇不定。她将袄袖子从嘴巴上移开,显出了那张瘦瘦的嘴巴。我认识这个老太太,知道她是个孤寡老人,经常能在集市上看到她。她用细而沙哑的嗓音问白菜的价钱。母亲回答了她。她摇摇头,看样子是嫌贵。但是她没有走,而是蹲下,揭开那张破羊皮,翻动着我们的三棵白菜。她把那棵最小的白菜上那半截欲断未断的根拽了下来。然后她又逐棵地戳着我们的白菜,用弯曲的、枯柴一样的手指。她撇着嘴,说我们的白菜卷得不紧。母亲用忧伤的声音说:"大婶子啊,这样的白菜您还嫌卷得不紧,那您就到市上去看看吧,看看哪里还能找到卷得更紧的吧。"

我对这个老太太充满了恶感,你拽断了我们的白菜根也就罢了,可你不该昧着良心说我们的白菜卷得不紧。我忍不住冒出了一句话:"再紧就成了石头蛋子了!"

老太太抬起头,惊讶地看着我,问母亲:"这是谁?是你的儿子吗?"

"是老小,"母亲回答了老太太的问话,转回头批评我,"小小孩儿,说话没大没小的!"

老太太将她胳膊上挎着的柳条筅斗放在地上,腾出手,撕扯着那棵最小的白菜上那层已经干枯的菜帮子。我十分恼火,便刺她:"别撕了,你撕了让我们怎么卖?!"

"你这个小孩子,说话怎么就像吃了枪药一样呢?"老太太嘟哝着,但撕扯菜帮子的手却并不停止。

"大婶子,别撕了,放到这时候的白菜,老帮子脱了五六层,成了核了。"母亲劝说着她。

她终于还是将那层干菜帮子全部撕光,露出了鲜嫩的、洁白的菜帮。在清冽的寒风中,我们的白菜散发出甜丝丝的气味。这样的白菜,包成饺子,味道该有多么鲜美啊!老太太搬着白菜站起来,让母亲给她过称。母亲用秤钩子挂住白菜根,将白菜提起来。老太太把她的脸几乎贴到秤杆上,仔细地打量着上面的秤星。我看着那棵被剥成了核的白菜,眼前出现了它在生长的各个阶段的模样,心中感到阵阵忧伤。

终于核准了重量,老太太说:"俺可是不会算账。"

母亲因为偏头痛,算了一会也没算清,对我说:"社斗,你算。"

我找了一根草棒,用我刚刚学过的乘法,在地上划算着。

我报出了一个数字,母亲重复了我报出的数字。

"没算错吧?"老太太用不信任的目光盯着我说。

"你自己算就是了。"我说。

"这孩子,说话真是暴躁。"老太太低声嘟哝着,从腰里摸出一个肮脏的手绢,层层地揭开,露出一叠纸票,然后将手指伸进嘴里,沾了唾沫,一张张地数着。她终于将数好的钱交到母亲的手里。母亲也一张张地点数着。我看到七姥爷的尖锐的目光在我的脸上戳了一下,然后就移开了。一块破旧的报纸在我们面前停留了一下,然后打着滚走了。

等我放了学回家后,一进屋就看到母亲正坐在灶前发呆。那个蜡条篓子摆在她的身边,三棵白菜都在篓子里,那棵最小的因为被老太太剥去了干帮子,已经受了严重的冻伤。我的心猛地往下一沉,知道最坏的事情已经发生了。母亲抬起头,眼睛红红地看着我,过了许久,用一种让我终生难忘的声音说:

"孩子,你怎么能这样呢?你怎么能多算人家一毛钱呢?"

"娘,"我哭着说,"我……"

"你今天让娘丢了脸……"母亲说着,两行眼泪就挂在了腮上。

这是我看到坚强的母亲第一次流泪,至今想起,心中依然沉痛。

二〇〇五年

说说俺们山东人

我生在山东,长在山东,二十一岁时才借着当兵的机会离开家乡。当兵的头三年也没离开山东的地盘。可以说我是地地道道的山东人。

山东人在中国人中口碑很好。正直、勇敢、豪爽,个头高大,体魄强健,是山东人留给中国其他省份人民的形象。山东人之所以给国人留下这样的印象,我猜想大概与中国历史上一部著名的小说《水浒传》有关。这部小说描写了一百零八个因为受到官府和恶霸压迫而造反的英雄好汉,他们聚集在山东境内一个叫作梁山泊的地方,替天行道,劫富济贫,大碗喝酒,大块吃肉,风风火火,名震天下。中国人大多读过这部书,大概就自然地把这些梁山泊好汉与山东人联系在一起了。

山东人的性格,较之南方各省的人,的确要豪爽刚烈一些。山东人好饮烈酒,在全中国也是大大有名的。山东人的身高的平均值,比其他省份的人大概也要高一些。但这都是大概而言,因为在山东人中,有高大魁梧的,也有小巧玲珑的。山东人有豪侠仗义的,也有工于心计的。山东人有尚武的习惯,历朝历代,出了无数的英雄好汉。

但山东人更崇文。影响了中国社会数千年,至今还在发挥着重大影响的儒家学说的创始人孔丘和孟轲就是山东人。在过去几千年的历史中,山东人在政治、经济、军事、文学、艺术等各个方面,都有杰出的代表人物。

当然,绝大多数山东人,都是普普通通的平民百姓,与其他省份的人,并无明显的区别。我在这篇文章里要向法国读者介绍的,也是这些普通人的生活状况和他们的精神面貌。

我出生于1955年,伴随着我生活过的,有我的祖父祖母那一代人,有我的父亲母亲那一代人,有我的兄弟姐妹这一代人,有我的儿子女儿这一代人,以及这一代人的那些正在童年或襁褓中的儿女。这样,我可以大概地知道五代山东人的生活状况,时间跨度约有百年。尽管我无法亲历我的祖父祖母们的年少时光,但通过他们的讲述和我的想象,可以大概地知道他们那时的生活状况。那是二十世纪初叶,德国人在山东修建了胶济铁路,在济南和青岛之间来回奔驰的钢铁怪物,让我爷爷我奶奶他们那一代山东人胆战心惊,他们眼望着火车喷吐着浓烟飞驰而过,眼睛里闪烁着惊恐和迷惑的光芒。他们误以为火车是吃草的动物,曾经在铁路边上挖掘了一个巨大的陷阱,上边置放青草,妄图将火车引诱到陷阱里去。那是一个愚昧的时代,但文明的曙光伴随着血与火开始照耀山东大地。那时候山东人以农民为主,从事商业和工业的人为数极少。那时候女人都裹着小脚,步履艰难,男人都穿着裤裆肥大的土布衣服,起初还留着辫子,后来都剃成了光头,偶有一个留分头的,那他的身份如果不是知识分子就应该是政府官员。这一代人经历了长期的战乱,先是中国人自己打,然后是中国人与日本人打。我的小说《红高粱》中描写了"我爷爷""我奶奶"这些与日本侵略者英勇斗争的英雄,但我真正的爷爷、奶奶都是胆小怕事的农民,他们听到日本人要来扫荡的消息便牵着毛驴、抱着母鸡落荒而逃。我祖父、祖母都在二十世纪七十年代去世。他们这一代山东人，是苦难深重的一代。

我父母他们这一代山东人，是在饥饿、战乱中长大成人的。他们参加了共产党领导的人民公社，参加了带着荒诞色彩的政治运动。他们经历了二十世纪六十年代初的饥饿，许多人被饿死。到了二十世纪八十年代，山东农村与中国其他省份的农村一样进行了改革，把土地承包给农民。从此之后，这一代人才获得精神和肉体的双重解放；他们的物质生活，也有了巨大的改善。

我们这一代山东人，儿童时期，与我们的父母一样，生活在一个狂热的政治社会中。我们亲历了六十年代的饥饿，亲历了"文化大革命"的疯狂，亲历了八十年代的变革。在饥饿的年代里，我们吃野草和树皮；吃光了野草和树皮后，我们曾经在学校里吃过煤块。法国的儿童大概无法想象一群孩子在老师的带领下吃煤块的情景吧？我们这一代人的一个共同的心愿就是要逃离农村，逃离土地，到城里去，跻身到另外的阶层去。因为中国存在着巨大的城乡差别、工农差别。农民是社会最底层的阶级，生活贫困，没有任何社会福利可以享受。进入九十年代后，大量的工人下岗失业，缓解了农民想逃离土地的愿望。过去那些被认为是端着国家发给的"铁饭碗"的人的失业，使农民心理上得到了部分平衡。

我们的儿女们这一代人，大部分都受到了比较完整的教育。有许多人通过高考进入大学，然后被分配到全国各地的各行各业。由于耕地面积的日益减少，农业机械化生产程度的提高，大量的农村剩余劳动力涌入了城市。从二十世纪八十年代至今，中国的城市快速膨胀，到处都在盖高楼大厦，到处都在修高速公路，这些建筑工地上的劳动者，绝大多数都是农村青年。他们旺盛的劳动力和低廉的工资，是中国经济快速发展的基础，也是投资者巨大利润的源头。

现在那些正在小学和幼儿园里学习着的孩子，那些正在牙牙学语、蹒跚学步的孩子，他们是我的孙子辈，这是几百年来最幸福的一代人。城里的孩子较之乡村的孩子，生活条件更为优裕。因为中国从二十世纪八十年代开始推行的计划生育，使人口出生率大大降低。城里人都是"一对夫妻一个孩"，农村的政策稍微宽松一些，但最多也只允许生两个孩子。过去那种一对夫妻生一群孩子的情况不复出现。孩子少了，孩子也就珍贵起来。我们小时候，几乎就像小狗小猫一样无人照看，现在的孩子大部分都得到了极大的关爱，甚至是过分的关爱。山东人对孩子都抱有过高的期望，都希望孩子能成龙成凤。用在孩子教育上的投资也大大提高。

山东是中国的发达省份，经济快速增长，有强大的生产能力。但我认为外国人不要对快速发展的中国心怀恐惧。中国的产品便宜，主要原因是劳动力便宜，但这样的廉价劳动力不会维持太久。今年春节我回山东，发现那里的劳工工资已经有了大幅度提高，前年每天二十元，去年增长到每天三十元。中国政府今年初也颁布了提高农民工待遇的法令。我认为，随着劳动力价值的提高，中国产品的竞争力必将减弱。法国更没有必要怕中国，中国人尤其是山东人富了，法国的香水和葡萄酒就有了更加广阔的市场。

山东是中国的人口大省，现在约有人口9082万，是法国人口的一倍半。中国有句俗语叫作"千人千思想，万人万模样"。因此，要用短短几千字的文章，向法国读者介绍山东人的生活和精神状况，实在是一个巨大的困难。我只能用一种介绍我的家族的方式，介绍我熟悉的几代人，但愿能有"窥一斑而略知全豹"的效果。

总之，亲爱的与山东省建立了密切的友好的关系的卢瓦尔大区的人民，我以一个山东人的身份对你们说，我以一个在法国出版过十五部著作的作家身份对你们说：山东人因为饱经忧患，因之更加向往和平、富裕、安宁的生活；山东人因为受提倡仁义道德的孔孟之道熏陶数千年，因之更重视友谊、诚信和合作精神；山东人热情豪放，山东人勤劳勇敢，山东人热爱朋友。与山东人交往，如饮美酒，不知不觉中就会醉倒。山东人中当然也有坏蛋,但即使是坏蛋,对法国人也会非常友好——这句话听起来像一个玩笑,但其实是真的。

二〇〇五年十二月
为法国南特市刊物《303》山东特刊作

我 的 老 师

  这是一个千万人写过、还将被千万人写下去的题目。用这个题目作文一般地都抱着感恩戴德的心情,当然我也不愿例外。但实际生活中学生有好有坏,老师也一样。在我短暂的学校生活中,教过我的老师有非常好的,也有非常坏的。当时我对老师的坏感到不可理解,现在自然明白了。
  我五岁上学,这在城市里不算早,但在当时的农村,几乎没有。这当然也不是我的父母要对我进行早期教育来开发我的智力,主要是因为那时候我们村被划归国营的胶河农场管辖,农民都变成了农业工人,我们这些学龄前的儿童竟然也像城里的孩子一样通通地进了幼儿园,吃在那里睡也在那里。幼儿园里的那几个女人经常克扣我们的口粮,还对我们进行准军事化管理。饥肠辘辘是经常的,鼻青脸肿也是经常的。于是我的父母就把我送到学校里去,这样我的口粮就可以分回家里,当然也就逃脱了肉体惩罚。
  我上学时还穿着开裆裤,喜欢哭,下了课就想往家跑。班里的学生年龄差距很大,最小的如我,最大的已经生了漆黑的小胡子。给我留下了印象的第一个老师是一个个子很高的女老师,人长得很清爽,经常穿一身洗得发了白的蓝衣服,身上散发着一股特别好闻的肥皂味儿。她的名字叫孟宪慧或是孟贤惠。我之所以记住了她,是因为一件很不光彩的事。那是这样一件事:全学校的师生都集中在操场上听校长做一个漫长的政治报告,我就站在校长的面前,仰起头来才能看到他的脸。那天我肚子不好,内急,想去厕所又不敢,将身体扭来扭去,实在急了,就说:校长我要去厕所……但他根本就不理我,就像没听到我说话一样。后来我实在不行了,就一边大哭着,一边往厕所跑去。一边哭一边跑还一边喊叫:我拉到裤子里了……我自然不知道我的行为带来的后果,后来别人告诉我说学生和老师都笑弯了腰,连校长这个铁面人都笑了。我只知道孟老师到厕所里找到我,将一大摞写满拼音字母的图片塞进我的裤裆里,然后就让我回了家。十几年之后,我才知道她与我妻子是一个村子里的人。我妻子说她应该叫孟老师姑姑,我问我妻子说你那个姑姑说过我什么坏话没有,我妻子说俺姑夸你呢!我问她夸我什么,我妻子严肃地说:俺姑说你不但聪明伶俐,而且还特别讲究卫生。

给我留下深刻印象的第二个老师也是个女的,她的个子很矮,姓于名锡惠,讲起话来有点外地口音。她把我从一年级教到三年级——我自己也闹不清楚上了几次一年级——从拼音字母教起,一直教到看图识字。三十多年过去了,我还经常回忆起她拖着长调教我拼音的样子。今天我能用微机写作而不必去学什么五笔字型,全靠着于老师教我的那点基本功。于老师的丈夫是个国民党的航空人员,听起来好像洪水猛兽,其实是个和蔼可亲的老人。他教过我的哥哥,我们都叫他李老师,村子里的人也都尊敬他。"文化大革命"期间,兴起来往墙上刷红漆写语录,学校里那些造了反的老师,拿着尺子排笔,又是打格子,又是放大样,半天写不上一个字。后来把李老师拉出来,让他写,他拿起笔来就写,一个个端正的楷体大字跃然墙上,连那些"革命"的人也不得不佩服。于老师的小儿子跟我差不多大,放了学我就跑到他们家去玩,我对他们家有一种特别亲切的感情。后来我被剥夺了上学的权利,就再也不好意思到他们家去了。几十年后,于老师跟着她的成了县医院最优秀的医生的小儿子住在县城,我本来有机会去看她,但总是往后拖,结果等到我想去看她时,她已经去世了。听师弟说,她在生前,曾经看到过《小说月报》上登载过的我的照片和手稿,那时她已经病了很久,神志也有些不清楚,但她还是一眼就认出了我,师弟问她我的字写得怎么样,她说:"比你写得强!"

第三个让我终生难忘的老师是个男的,其实他只教过我们半个学期体育,算不上"亲"老师,但他在我最臭的时候,说过我的好话。这个老师名叫王召聪,家庭出身很好,好像还是烈属,这样的出身在那个时代里,真是像金子一样闪闪发光。一般的人有了这样的家庭出身就会趾高气扬,目中无人,但人家王老师却始终谦虚谨慎,一点都不张狂。他的个子不高,但体质很好。他跑得快,跳得也高。我记得他曾经跳过了一米七十的横杆,这在一个农村的小学里是不容易的。因为我当着一个同学的面说学校像监狱,老师像奴隶主,学生像奴隶,学校就给了我一个警告处分;据说起初他们想把我送到公安局里去,但因为我年龄太小而幸免。出了这件事后,我就成了学校里有名的坏学生。他们认为我思想反动,道德败坏,属于不可救药之列,学校里一旦发生了什么坏事,第一个怀疑对象就是我。为了挽回影响,我努力做好事,冬天帮老师生炉子,夏天帮老师喂兔子,放了学自家的活儿不干,帮着老贫农家挑水,但我的努力收效甚微,学校和老师认为我是在伪装进步。一个夏天的中午——当时学校要求学生在午饭后必须到教室午睡,个大的睡在桌子上,个小的睡在凳子上,枕着书包或者鞋子。那年村子里流行一种木板拖鞋,走起来很响,我爹也给我做了一双——我穿着木拖鞋到了教室门前,看到同学们已经睡着了。我本能地将拖鞋脱下提在手里,赤着脚进了教室。这情景被王召聪老师看在眼里。他悄悄地跟进教室把我叫出来,问我进教室时为什么要把拖鞋脱下来,我说怕把同学们惊醒。他看了我一眼,什么也没说就走了。事后,我听人说,王老师在学校的办公会上,特别把这件事提出来,说我其实是个品质很好的学生。当所有的老师认为我坏得不可救药时,王老师通过一件小事,发现了我的内心深处的良善,并且在学校的会议上为我说话。这件事,我什么时候想起来什么时候感动不已。后来,我辍学回家成了一个牧童,当我牵着牛羊在学校前的大街上碰到王老师时,心中总是百感交集,红着脸打个招呼,然后低下头匆匆而过。后来王老师调到县里去了,我也走后门到棉花加工厂里去做临时工。有一次,在从县城回家的路上,我碰到了骑车回家的王老师,他的自行车后胎已经很瘪,驮他自己都很吃力,但他还是让我坐到后座上,载我行进了十几里路。当时,自行车是十分珍贵的财产,人们爱护车子就像爱护眼睛一样,王老师是那样有地位的人,竟然冒着轧坏车胎的危险,载着我这样一个卑贱的人前进了十几里路,这样的事,不是一般的人能够做出来的。从那以后,我再也没见到过王老师,但他那张笑眯眯的脸和他那副一跃就翻过了一米七十横杆的矫健身影经常地在我脑海里浮现。

二〇〇五年

北海道的人

2004年12月26日，在旅日作家毛丹青和北海道首府札幌市驻北京经济交流室室长高田英基先生的精心策划下，我随中国作家、记者采风团一行，踏上了神往已久的北海道土地。旅途十二天，行程三千里。其间见过无数奇景，吃过许多美食，体验过"露天风吕"之类的独特感受，见识过"库里奥乃"①之类的神奇生物。这些，都在辑录于本书中的同行记者们的美文和照片中得到了展示，自知笔拙，不敢重复。但关系此书体例，必须有我一篇文章，只好就诸位先生女士没写到的，敷衍成文，滥竽充数。

窃以为世间旅游观光胜地，吸引游客的，除了美景美食之外，还有美人。这里的美人，并不仅指美丽的女人，也并不仅指人的美好外貌，能够久远地慰藉旅人之心的，还是当地人民表现出来的淳朴、善良、敬业等诸多美德。

整理思绪，犹如翻看数码相机里储存的照片。最先浮现出来的，是札幌市大通公园的石川啄木。这是个死去的诗人，与我合影的，是

---

① 一种名为"冰海天使"的裸海蝶，学名 Clione Limacina。

他的青铜塑像。因为他的俳句"秋天的夜晚,街上洋溢着烤玉米的香气",我感到他与我心心相印。那宁静幽暗的秋夜,那街角的烤玉米的炉子,那明亮的灯光,那缭绕的烟雾,那清香的气味,那孤独的夜行人和寂寞的烤玉米的人,都凝固在简单的诗句里,在想象中,马上就可以还原,就像那神奇的绿球藻,哪怕干燥一百年,泡到水中,即可复活。因为诗歌,他事实上获得了永生。

然后是大苍山滑雪场的那个芳名小浅星子的女大学生,身穿着红色的滑雪服,涂了睫毛油的长睫毛上结着白色的霜花,红彤彤的脸,宛如雪中的红梅,洋溢着健康向上的精神。我与她谈话,摄影机在后边拍摄,记者们绕着圈拍照。她有些羞涩,真是个好姑娘。她说自己是北海道大学二年级的学生,专业是物理,来这里滑雪,不为功名,是因为兴趣,是希望冒险,是为了锻炼自己的勇气。我们在山下和山上都看到了她凌空飞下的矫健身影。我问她,在凌空飞跃的瞬间,有没有像鹰一样展翅翱翔的感觉,她笑而不答,笑容纯真而稚拙。

接着出现的,是笑容可掬的绿球藻茶屋的老板娘高田郁子,一个羸弱的中年女子。她的茶屋,场面狭窄,一圈桌子,包围着工作台。房顶因多年的烟熏火燎,像涂了釉彩一样漆黑发亮。这样小的地方竟然挤下了我们十八个食客。围着她,看着她操作,等着她把美食分给我们吃。她既是老板娘,又是主厨,又是招待。当时的场景让我想起了一个母亲和她的围桌而坐的孩子,也想起了一个鸟巢,巢中有抻着脖子的小鸟,等待着母鸟前来喂食。这联想与我们的身份和年龄都不相符,似乎有些矫情,但这联想,直至今日,依然让我感动。日本女人的勤劳和谦恭,日本买卖人对客人那种发自内心的热情和感激,都让我难以忘怀。那天晚上,我们品尝了许多可以拍案叫绝的美味,美味终会遗忘,但老板娘那张笼罩在烟雾中的疲惫的笑脸,会让我们铭记终生。

日高地区肯塔基牧场的养马人石田勇先生,此时仿佛站在了我的面前。高大魁梧的身体,能够驯服烈马的人那种特有的豪迈神情。寒风凛冽,雪原茫茫,纯种英国马在马场上奔驰。这是一个懂马语的人,也是一个雄心勃勃的企业家。他在北京通州区也有一个马场,并且计划在中国的西北地区,再建几个马场。他相信不久的将来,中国大陆地区,也将会有许多场所,需要像天鹅一样优雅的骏马。在他的温暖如春的海边别墅里,我们喝着滚烫的咖啡,与他谈马。他对世界上的各种名马如数家珍,对中国各地的马场了如指掌。这是一个真正懂马的人、爱马的人,连他的许多表情,都跟马相似。他为我们提供了一份马的食谱:燕麦、苜蓿、葵花子、蜂蜜、大蒜、大酱……吃得真好啊,这些幸福的马。从他家出来,我们登上了牧场的瞭望台,看到几个骑手,正在为几匹刚刚运动过的马淋浴。在他家房后,太平洋的灰色浪花冲击着礁石,发出懒洋洋的轰鸣。

　　与养马人接踵而至的,是阿寒町草笛牧场的养牛人佐久间贯一。他穿着高腰防滑胶鞋,单薄的工作服,紫红的脸膛和脖子,粗大的手指,开裂的皮肤,身上散发着饲草与牛粪混合的气味。我们穿着厚重的衣服,还感到瑟瑟发抖,但他神情坦然,似乎感觉不到寒冷。他带着我们,看了奶牛,看了饲料场,看了挤奶车间与牛奶储藏罐。这是一个质朴的人,让我联想到家乡的那些大哥大叔。这是个对社会有用的人,他为人民提供牛奶。据说,因为政府提倡孩子喝牛奶,三十年来,日本的儿童平均身高增高了两厘米。其实,这个人的年龄未必有我大;其实,如果我不是当兵离开故乡并干上文学创作这一行,也许就是我故乡的一个养牛专业户。人民群众更需要能向他们提供牛奶的人,至于小说家,多一个少一个都无关紧要。养牛人佐久间贯一和他的牛,唤起了我对土地对牛的深厚感情。其实,我骨子里还是一个农民。

　　在冒着咝咝作响、散发着浓烈气味的灼热气体的硫黄山下,有一对卖硫黄蛋的老夫妇。风口里,燃着一堆篝火,支起一个小小的帐篷。穿着破旧肮脏的衣服，满手满脸的灰土，在那里，平静地等待着游客，来购买他们放在硫黄蒸气孔边烤熟的鸡蛋。艰苦的环境，沉重孤寂的工作，微薄的利润，他们干了几十年。这一对相依为命的老夫妇，已经构成了硫黄山风景的一部分。许多人买他们的蛋，未必是真想吃，倒像是履行一个仪式。这样的人，是真正的下层百姓。生活艰辛，但他们脸上没有多少凄苦之色，而是一种乐天知命的平静。这平静，使我深深感动。如果每个人都想出人头地，都想轰轰烈烈，都不想做平凡的工作，那这个世界也就不得安宁了。

比卖硫黄蛋的老夫妇更老的人，是当别町的老猎户、88岁的侉田清治先生。他已经缠绵病床多日，听说我要来访，特意坐了起来。其实他不是为我坐了起来，而是为我那位在北海道过了十三年野人生活的非凡老乡刘连仁坐了起来。据他的家人说，他的记忆力已经严重衰退，但提起四十多年前发现并参加救助刘连仁的事情，他黯淡的目光突然放出了光彩，记忆被激活，含混的口齿也变得清晰起来。这是一个相貌平常的小个子男人，如果不是偶然发现刘连仁栖身的山洞，中国人大概很难知道他的名字。但现在，他的名字和刘连仁的名字紧紧地捆绑在一起，在我的故乡，他差不多是个家喻户晓的人物。战争就像巨浪拨弄两粒沙子一样，让这两个互不相干的人，碰撞在一起，成为传奇。当别町为刘连仁建立了纪念碑和雕塑，并成立了一个宣讲刘连仁事迹委员会，许多热心人也在义务地干着这些工作。纪念碑和雕塑都用黑色的石头制成，虽不高大，但在皑皑白雪的映衬下，显得庄严而沉重。车要出发时，老人的脸贴在窗玻璃上看着我们。我下车过去，隔着玻璃喊：撒哟纳拉，撒哟纳拉……话是这么说，但我知道，我再也看不到这个老人了。

只要一上车，札幌市观光文化局的职员引地志保小姐，就不厌其烦地对我们讲话，讲行程安排，讲饮食起居，讲地方掌故。有几次，因为过分疲劳，我们对她的讲解感到了厌烦。我甚至说她是"话痨"，但很快我就后悔了。引地小姐全程陪同我们十二天，事事操心，每天早起晚睡，十分辛苦。我们去滑雪场那天，她竟然早起上山，为我们踏雪探路。一个小女子，如此地敬业，如此地能吃苦，真是可敬可佩。临别晚宴，引地小姐任务即将完成，终于放松了，多喝了一杯啤酒，小脸通红，欢声笑语，方现出女儿本色。

纷至沓来的人物，还有用潇洒吓退严寒的札幌市观光文化局课长荒井功先生、系长浅村晋彦先生，还有为我们开车的两个师傅，还有美沙小姐，还有神情很像狸猫、能歌善舞的东海林早穗理小姐，还有当年救助过刘连仁的木屋路喜一郎先生，还有为刘连仁生还纪念碑题写碑文的泉亭俊彦町长和当别町的乡亲们，还有许许多多为我们服务过的北海道的人，他们的笑脸，他们的热情，与北海道的自然风光融为一体，存入我们的脑海。我们与他们中的大多数，都是萍水相逢，今生多半难得再见，但他们留给我们的印象和我们对他们的感激，将会伴随我们一生。

二〇〇四年十二月

与釜屋修先生伊豆半岛之行杂忆*

1999年深秋,我第一次访问日本时,有一次伊豆半岛之行,是釜屋修先生安排并亲自陪同的。在此之前,曾收到过先生数次信件,是用毛笔写的极秀丽的行书。中国人能写这样一手漂亮汉字的,现在也不多见,这让我颇为感慨。

初次见面,忘记了是在新干线的哪个车站,先生在月台上等待我与同行的毛丹青君。那车站的左侧,抬头可见到的就是"玉扇倒悬东海天"的富士山了。想到此,马上就想到了先生胸前那架看上去十分沉重的相机,当然先生的摄影技术也是很专业的。他给我拍了很多照片,质量都是好的。然后马上就想到了先生红润的脸膛和满头的白发,以及那只要有机会就要抽上一支的香烟。先生不但汉字写得好,汉语也讲得好,交谈起来,毫无窒碍。

住进旅馆前,先生带我们去参拜了川端康成写作《伊豆舞女》的房间,然后又去看了梶井基次郎的坟墓。在这些地方我都是灵感频发,浮想联翩。当夜在旅馆,也发生了几件颇为奇怪的事情,譬如那

---

* 釜屋修:日本中国当代文学研究会会长,驹泽大学外国语教授。

联结在一起的木筷子突然自行迸裂,那温泉内的推拉门竟然自行关闭等,这些,都在第三天下午的演讲中提到过。

第二天,先生带我们一路参观了川端康成小说中描写过的涵洞,还有井上靖的故居,以及伊豆森林和文学纪念馆等很多至今难以忘记的地方。井上靖的纪念碑上,刻着一段与"雪虫"有关的文字。井上靖在他的小说中,写了他少年时期,在放学回家的山路上,黄昏时刻,怎样一边迎着初升之明月,一边追赶着眼前飞舞的雪虫,一边赶路的情景。这情景激起我许多童年的记忆,尤其那雪虫,是不是就跟我在晚上的田野里,追赶过的萤火虫类似呢?

先生对于伊豆半岛的文学地理了如指掌。他带我们看过很多地方,如果我去查阅当时的笔记,是可以查到的。但现在是凌晨两点半,我睡醒一觉,起来写这篇小文,也就不愿意翻箱倒柜寻找,以免惊动家人了。

记得回到东京的当天晚上,先生就打电话过来,说他回家看报,恰好看到一篇介绍雪虫的文章,并附有照片。这又是一个巧合。第二天下午他来带我去驹泽大学演讲时,就顺便把那载有雪虫照片的报纸带来了。

下午的即席演讲,是我思维最活跃、口才表现最好的一次演讲。一家在日本出版的华语报纸的记者,根据录音整理出来的文字,在国内好几家报纸刊载过,近年来又被选进多种散文、演讲集。

我对釜屋修先生怀有很深的感情。但我是个懒惰的人,回国后没主动跟他联系过。后来收到过他的一封来信,说脸部很痛,现在一定痊愈了吧。还有许多跟先生有关的事,一时我也记不起来了。祝先生退休之后做出更多的促进中日文学交流的事,当然更要祝他健康。记得先生动辄大汗淋漓,不知现在是否还是如此。

二〇〇五年八月二十三日

感念吉田富夫教授

　　已经忘记了与吉田教授初次见面是在哪年哪月,也忘记了到目前为止与吉田教授一共见过几次面。这很失敬,也很荒唐,但没有办法,我的记忆涉及时间数字就怠工。那么,关于吉田教授,我记住了什么呢?

　　我记住了吉田教授翻译我的第一本书是在中国备受争议和曲解的《丰乳肥臀》。这本书篇幅很长,内容庞杂,人物众多,语言不规范,有"泥沙俱下"之说,欧美翻译家都说这本书比较难译。但吉田教授在工作之余,用两年的时间翻完了这本书。我的一些懂日文的朋友都对我说这本书翻译得很出色。我早就预感到吉田教授会翻译得很好。他是农民出身,对我小说中描写的生活,有感同身受的理解。我在成名作《透明的红萝卜》中写过一个在铁匠炉边拉火的黑孩子。这个黑孩子沉默寡言,富于幻想。许多人说我就是那个黑孩子,对此我很认同。吉田教授说,他也是个黑孩子,一个打铁出身的黑孩子。吉田教授是铁匠世家,从小就帮助父母打铁。而《丰乳肥臀》中的上官家,就是一个铁匠世家。我写了上官家的女人掌钳打铁,这是我的虚构,在中国的现实生活中没有。我以为全世界都不会有女人掌钳打铁这回事。但吉田教授说,他的母亲,就掌钳打铁。他从十几岁开始,就给打铁的母亲当助手。于是,少年吉田,与他的母亲一起打铁的情景,就栩栩如生地出现在我的面前了。这想象中的情景让我很是感动。我知道,我的运气很好,将《丰乳肥臀》翻译成日文,大概没有比吉田教授更合适的人了。

我还记得,为了弄清楚我小说中描写的教堂,为了我小说中所描写的神乎其神的"高密东北乡",在一个春天,吉田教授专程去高密考察的情景。那几天似乎比冬天还要寒冷。吉田教授拿着相机,不断地拍照,不断地大笑。他没有看到我小说中反复描写过的高粱,更没有看到我小说中描写过的沙梁、芦苇与滔滔的大河。真实的高密东北乡是一马平川,河流干涸。小说中的高密东北乡,基本上是我的想象。吉田教授当时还是佛教大学的常务副校长,这样的职位在中国,是绝对的高官,无论到了什么地方,都会前呼后应,但我们只是像接待一个自家的亲友一样,简朴地接待了他。他的朴实和平易,让我的一些在教育系统服务的朋友感叹不已。

我还记得去日本参加《丰乳肥臀》日文版发行式的情景。吉田教授为了我的此行,付出了大量的劳动。他让我听到了日本的尺八演奏,他让我深入到了日本的民间。在场面狭小的白桦酒吧,那个经营酒吧的年轻人,一个纯粹的读者,发表了他读《丰乳肥臀》的感想。这个年轻人的读解,让我深受感动。接下来的几天里,吉田教授和我一起,骑着自行车,在京都的大街小巷转悠。我汗流浃背,气喘吁吁,吉田教授却十分轻松,可见他的身体素质之好,这与他注意锻炼有关,也与他从小打铁有关。

我还记得《檀香刑》日文版发行时我去日本的情景。一个日本财团的老板和一个电影评论家与我一起吃饭,谈到了《檀香刑》。评论家说:这是一本有声音的书,而且这声音是从耳朵里发出来的。老板说,他也听到了声音,是那种不绝如缕的小猫的叫声。他们的读后感,使我知道,吉田教授的翻译又成功了。此书翻译之初,我最大的忧虑就是如何把小说的戏曲因素转换过去,吉田教授说他借助了他故乡的小戏,实现了这种对应转换。

我记得吉田教授带着我去了他在广岛之南大山深处的故乡。吉田教授的家,坐落在大山的怀抱里,门前是一条水声响亮的河。按照中国的堪舆之学,背山面水,是大好的风水。吉田教授的弟弟,一个像我在故乡务农的二哥一样紫红脸膛的农民,双手粗大有力,性格豪爽。他烤鱼给我们吃,一种黑皮的鱼,大概是真鲷鱼,中国叫黑加吉鱼,不加任何调料,味道鲜美无比。那是我吃到的最好的鱼。

我当然还记得吉田教授翻译了我的两本中短篇小说集,一本书名叫做《幸福时光》,一本书名叫做《白狗秋千架》。

我当然记得吉田教授翻译我的《四十一炮》时那一贯的认真负责精神。现在,《四十一炮》已经出版,吉田教授又开始翻译我的新作,长达四十九万字的《生死疲劳》。

我更不会忘记,两次去日本住在吉田教授家,受到了夫人和老奶奶的热情款待。九十多岁的老奶奶,亲手制作了风味独特的小鱼和海带,用瓶子精心装好,让我带回北京给我的女儿吃。

现在,吉田教授从教学的岗位上光荣退休,但他的翻译工作和他自己的研究工作不会停止。他是个勤恳朴实的劳动者,是个清正严明的君子。他是我的师长,是我的朋友,更是我学习的榜样。

二〇〇六年

"人"字的结构

2008年5月12日,地震那会儿,我正在飞往西班牙的飞机上。舷窗外白云朵朵,苍茫大地上的山川河流依稀可辨。到达阿姆斯特丹机场转机时打开了手机,十几条与地震有关的信息争先恐后地跳出来。因为信息简短,再加旅途劳顿,说实话也没太当一回事。

转机飞抵巴塞罗那时已是当地时间凌晨一点。飞机降落时,看到迎面扑来的万家灯火,首先想到的是生活在这座城市里的前国际奥林匹克主席萨马兰奇。十几年前,北京争办奥运会时,某校发动小学生给萨老写信,一位朋友的儿子写道:"萨爷爷,如果你让奥运会在北京举办,我会请你到我的家吃饺子,我外婆包的饺子可好吃啦……"现在,北京奥运会即将举办,中国人都希望在开幕式上,看到这个白发苍苍的慈祥老人。

北京奥运会开幕式的导演是我的朋友张艺谋,从上世纪八十年代他拍摄根据我的小说改编的电影《红高粱》时,我们就结下了深厚的友谊。自从他接任奥运开幕式导演,我就一直替他想主意。去年的夏天,我自认为想出了一个精彩的方案,便约他见面。他很兴奋,于百忙中与我共进晚餐。当我把自己的"方案"呈给他时,他看罢便笑了。他说，你这些想法，网络上早就连篇累牍了。有许多方案，比你的详细多了。我感到很尴尬，为耽搁了他宝贵的时间。现在，开幕式已经进入紧张的彩排阶段了吧？我相信张艺谋一定能够呈现给世界一个精彩的开幕式，因为他有过人的才华和疯狂的工作精神，因为他特别善于从别人的意见中汲取创作灵感。

第二天中午，在西班牙亚洲之家接受埃菲社、《国家报》《世界报》等媒体采访时，才意识到问题的严重。因为，几乎每一个记者，都神色凝重、语调沉痛地提到了发生在中国的地震。为我做翻译的中国留学生，也向我报告了地震发生的地点，以及伤亡的大概人数。接下来的两次演讲，主持人都首先表示了他们对中国地震的关切以及对死难者的哀悼。演讲效果非常好，观众掌声非常热烈。我知道这并非是我的演讲有多么精彩，而是某些西方媒体对中国的扭曲报道、地震等诸多事件综合的效果。这是2008年春天，世界给予中国的掌声。行走在北京街头，我只不过是一个普通百姓，但到了国外的某种场合，身份就发生了变化。这也让我体会到了公民与国家的关系。

应对听众提问时，我借着会场后悬挂的西班牙亚洲之家的会徽做了很多发挥。那是一个汉字"人"，字很僵硬，仿佛两根支在一起的木棍，显然是画出来的而不是写出来的。我便从前些年甚为流行的一部电视剧的插曲中一句词儿谈起："'人'字的结构就是互相支撑。"不但灾难中的人要互相支撑，和平中的人也要相互支撑。不但中国人要互相支撑，全世界的人，甚至是政治观点相左、宗教信仰不同的人也要互相支撑。只有互相支撑，才能有生存空间。地震灾难中的幸存者，多数是借了建筑材料支撑形成的空间而得以呼吸，然后，又在互相支撑着的人们的救助下重获生机。你用自己的身体支撑着别人时，别人的身体也在支撑着你。你在用真诚的善意抚慰着他人的创痛时，你自己的灵魂也得到了升华，一旦你也遭逢劫难，必会有人来抚慰你。

第二天,在马德里火车站,正当朋友们对我介绍着几年前发生在这里的恐怖爆炸时,忽听到身后一声惨叫,猛回头,看到一个白发苍苍的老妇跌倒在地。周围的人们,扔下手中的行李,一窝蜂地扑上去救助。他们脸上那种发自内心的关切表情,让我深深感动;好像跌倒的,是他们的祖母。

二〇〇八年七月

北九州印象

2010年12月3日至7日，我参加了在日本北九州召开的日中韩三国文学论坛，并做了题为《悠着点，慢着点》的演讲。演讲所讨论的问题"贫富与欲望"是论坛预先设定的。这是一个宽广无边的话题，可以上天入地，也可以谈古论今。当然，最终还是关乎人性，因而也是文学的一个根本问题。我的演讲，现场反应不错，在中国一家报纸发表后，数十家网站转载，跟帖很多，可见还是言中了时弊。

北九州我第一次去，印象很好。据日本朋友介绍说此地原为工业重镇，上世纪六十年代时污染极为严重，但现在呈现在我面前的，是青山绿水和蓝色的海湾，阳光灿烂，空气清新，由此可证环境治理之成功。污染一个地区只需几年时间，但治理污染，却需几十年甚至几代人的持续努力。北九州被污染又被治理的事实，正与我的演讲之意相符。我是一个保守的人，希望社会发展的节奏，尤其是科学发展的速度放慢一点，被利润的鞭子抽打着的快速发展，是对子孙后代的犯罪。

我们下榻的饭店，在门司港码头。房间的窗户外边，就是海湾。有大小船只来回航行，还有一道钢丝斜拉大桥如展翅的大鸟飞架在海湾之上。夜晚,海湾对面灯火璀璨,犹如繁星点点。听着那涛声,看着那灯火,不由得想象起对岸的风景。人总是要向对岸张望,这一望里便有了希望和理想。我望向对岸时,也许对岸有人正往这边望,我这边是那边人的对岸。

会议的日程安排得很紧,但还是挤出了两个小时,约上几个朋友,坐班船到对岸去转了一圈。早就听说那边有个春帆楼,是当年清朝大臣李鸿章与日本首相伊藤博文签订《马关条约》的地方,谈判的房间用玻璃密封着,可以观望不可以近玩焉。那桌子、那椅子,让我联想到当年的那些人,那些当时的风云人物,已是历史的一部分。过去的教科书告诉我们,李鸿章是一个完全的坏人,他丧权辱国,几乎是十恶不赦;但近年来对他的评价有所变化,人们终于学会了设身处地、推己度人,也就是说,在那样的情况下,把你和我推到李鸿章的位置上,能否比他做得更好?

那边真正让我兴奋的是那个巨大的市场,卖各种各样的鱼和海产品,眼花缭乱,香气扑鼻,摊主们用竹签扎着刚烤出的鱼片请我品尝,每一种产品滋味都鲜美,都值得一买,但终究是只吃不买,那些摊主们也并无不悦之色,只是我心中感到有些愧意。最后买了的,是海苔,还有鲸鱼肉罐头。日本人捕食鲸鱼,历来被环保主义者诟病,我的演讲稿中,也对人的过度欲望痛加批判,但还是买了,因为从没吃过这种肉,便抑制不住好奇。回国后开罐一尝,味道实在一般,甚至有点腻味,但远路买来,弃之也属暴殄天物,也就夹在馒头里吞了下去。

让我难忘的是与平野启一郎一起去他的母校演讲。平野君是日本风头甚健的青年作家,母校视他为荣。另一位中国影迷所熟知的电影演员高仓健也出自该校。在学校的廊壁上,挂着他们的大幅照片。我与平野君联袂开讲,面对着近千名中学生,讲题是:出生、成长的场所与文学。因为涉及故乡、童年、高仓健,可讲的话很多,学生们听得快乐,作为讲者,自然也来劲儿。

临行前一日,又与平出隆君在一俱乐部联合演讲,题目是:语言与自然。平出隆、平野启一郎、青山真治,这三位都是北九州人,此次三国论坛之所以能在北九州召开并得到市政府的赞助,全仗了这三位的努力。论坛的规模虽然不如两年前在韩国的规模大,但日本朋友们付出的劳动确是很多。

这次论坛,对我来说,与其说是来讨论文学问题,毋宁说是来与日本、韩国诸多老友相会,虽然有语言障碍,但一个笑容、一个眼神,也就把心里的意思表达了。

二〇一一年三月五日

在毁灭中反思

我从不讳言对日本的喜欢。尽管在当今的中国说自己喜欢日本要冒着被网上"愤青"们詈骂的风险,但我还是要这样说。我喜欢日本的优美环境,喜欢日本的健康饮食,喜欢日本的温泉,喜欢日本人一丝不苟的严谨作风和接人待物的礼貌周全。当然,就像任何国家都有自己的负面一样,日本也有自己的负面;就像任何伟大的民族中都有败类一样,日本人中也有败类。但本文不想论述这方面的问题。如果要让我在诸多的对日本的喜欢当中选出一项最喜欢的,我会毫不犹豫地说:温泉。

我很早就从电视上看过有关日本温泉的节目。那场景是在北海道拍摄的:露天的温泉里,一群猴子头上顶着雪花在温泉中沐浴。那是中国人洗热水澡十分困难的年代,看到日本有如此丰富的地热资源,心中对那些泡温泉的猴子,确有几分羡慕。后来读川端康成的《伊豆舞女》,对日本的温泉文化有了更进一步的了解,对亲身体验日本温泉的向往也更加迫切。

1999年10月,借我的小说《丰乳肥臀》日文版出版之机,我终于踏上了日本国土,并在友人的陪同下赴伊豆半岛访游,参观圣迹般地参观了川端康成写作《伊豆舞女》时居住的汤本馆,并在他住过的房间里拍照留念。那些日子里,我经常独自一人凌晨时分去温泉洗浴,泡在温泉里,听着山谷中溪流的响亮喧哗,心中回忆着川端笔下有关温泉的描写,感觉到这个文学前辈仿佛就躺在池中闭目养神。

后来我多次去日本,几乎每次都要去温泉洗浴,箱根、有马、北海道……诸多的温泉里都浸泡过我疲惫的身体。我总想找机会写一篇关于日本温泉的文章,但至今也没写,因此心中怀有歉疚,是对友人的歉疚,更是对温泉的歉疚。

日本因为多火山多地震,因此也多温泉。大自然在毁灭时总是同时馈赠。温泉就是大自然对日本的馈赠。千百年来,一次次的地动山摇、墙倒屋倾、生灵涂炭,总是伴随着一次次的温泉涌出、生命复苏、市镇繁荣。日本的文化、日本的民族精神从根本上是与大自然的暴虐与温柔的两面性息息相关的。

去年3月11日,日本福岛地震,起初我并没在意,因为地震在日本是经常的事情,日本人应对地震有丰富的经验,一般不会造成重大的伤亡。但接下来的海啸让我深感震惊与悲痛,许多好莱坞影片中出现过的画面,在现实生活中出现了。大自然显露出狰狞面貌,人类无法抗衡。随后又出现的核电站事故,则又使自然灾害升级为人祸,并由此引发了全球性的关注和痛苦的反思。关于核问题,在全球范围内,大概没有比日本人更纠结的了。当年美国人以正义的名义投掷在日本国土上的那两颗核弹,屠杀的基本上都是手无寸铁的平民百姓,毁灭的基本上是老百姓的家园;这样的屠杀,无论是因什么样的原因引发和以什么样的名义进行,都是不可饶恕的罪恶。据说爱因斯坦晚年也为他打开盒子放出魔鬼而深深忏悔。和平利用核能的呼声几十年来一直震耳欲聋,但暗地里的核军备、核竞争从来没有平息,人们将魔鬼放出了盒子,要想将它送回盒子是绝对不可能的。人们试图给魔鬼拴上鼻绳,让它像牛一样为人拉犁耕地的愿望是美好的,但总是有这样那样的原因,导致疯牛鼻绳脱落,为祸人类。如果是因为纯粹的技术原因或天灾导致的祸端,倒还可以原谅,如果是政府和利益集团为了政治的目的和利润的驱动而侥幸从事,那就是不可原谅的罪恶。

2010年12月,在日本北九州举办的东亚文学论坛上,我发表了题为《悠着点,慢着点》的演讲,对人类日渐膨胀的欲望进行了批判。正是因为人类病态的欲望,导致了科学技术的病态发展,并由此导致了人类对大自然的无休无止的疯狂攫取。尽管保护地球、保护环境已是全世界的共识,但基本上是高调空谈,每个国家都不会克制自己,都不愿放慢发展速度,都不会放弃对资源的霸占和抢夺。每个国家都在唱着减碳低排的高调,实际上干着以邻国为壑的恶事。所以我在那篇演讲稿中说,与个人的欲望相比,资本的欲望与国家的欲望更加可怕。这次日本的核事故,就给全世界上了活生生的一堂课。日本核事故,受害最重的自然是日本老百姓,但大气是环流的,海水也是环流的,任何一国,都没有能力将自己的国土用玻璃罩起来,当然也没有能力用堤坝将海水拦起来,假如日本的核事故程度更为严重,势必殃及周边国家乃至全球。因此,日本的地震、海啸和核事故是一件十分悲惨的坏事,但也为全世界敲响了警钟,也向每一位地球人发出了警示:地球是全人类的家园,所谓国家,是历史的概念;所谓国家利益,在当今世界并不是至高无上的,至高无上的是全人类的利益。这道理十分简单,老百姓清楚,政治家更明白,但真要实施贯彻,则几乎是不可能的。作家的责任,就是要把这道理用各种方式来宣扬,尽管没有效果,也要声嘶力竭地呐喊。

在日本震后不久,我就去东京等地参加了我的《蛙》的日文版发行仪式,有日本朋友曾问我怕不怕核污染,我说日本人民都不怕,我怕什么?我当然也怕核泄漏,但我对日本核泄漏造成的危害程度有清醒的估计。当我的国家的群众听信谣言而近乎疯狂地抢购含碘食盐时，身处灾区的日本人民所表现出的冷静和理性，的确令人深思。能否用自己的头脑分析现实而不是盲信盲从，是一个人素质高低的重要标志，当然也是衡量一国之民素质的重要标志。在这一点上，我认为日本人民值得全世界学习。

日本在二战之后的迅速崛起，与日本人民的深刻反思有关。面对着一片废墟，面对着成千上万的死者，许多庄严的神话都会土崩瓦解。人类生存在这个地球的根本目的，是让生者幸福，让死者尊荣，让后代儿孙尽可能长久地繁衍，而要保证这一切，最根本的是要和平。任何一种把自己的族群的幸福建立在别的族群的痛苦之上的行为，都是可耻的和必受报应的，在这个问题上，我认为应该相信上帝的存在，上帝就是公理，就是规律。上帝不仅反对国与国、人与人之间的争斗，也反对人与自然的争斗，他允许人的恶在一定限度内存在，但越过了这个限度，必有惩罚。

思考人类的命运，我深感绝望，我担心在人类尚未有能力移民外星球之前，地球资源就会用尽，人类将无法生存，或者另有局面：当资源耗尽，环境破坏之后，大部分物种死亡，只有极少数生物适应了新环境生存下去，慢慢进化成智慧生物，新的轮回由此开始。——去年发生在日本的地震海啸核事故，或许会使人们有所节制。我一听某国某地经济快速发展就反感，我认为人类发明的东西已经使人类享受到了比其他物种高许多的尊荣，接下来，应该进入一个慢的时代，慢一点，再慢一点。——这简直是梦话了。

二〇一二年元旦

栏外看斗牛

斗牛，几乎是西班牙的一个文化符号。当年读美国作家海明威的小说就知道了这件事。后来有了电视，看到了画面，似乎能嗅到血腥味。这事儿确实够残忍，确实够刺激，但也确实是好看。这件事，到底该算文化活动，还是该算体育运动，比较难以归类。现在，围绕着这件事的废存，起了纷争。按说这是西班牙自己的事，外人不该插嘴，但塞万提斯学院的朋友让我谈谈，那就简单地说几句。

斗牛的实质是什么？这事还真不好说。是张扬和倡导一种英雄主义精神吗？是显示斗牛士的勇敢和风度吗？好像都不是。这事儿的实质，就是狡猾的人引逗着那可怜的牛发疯，然后把它杀死，以此来满足人们的嗜血心理，然后是背后组织斗牛的人赚钱。这事儿的源头，大概要追寻到远古，那时候的人，为了生存而狩猎，运用原始的武器，与野牛肉搏，不是人死，就是牛伤。牛死了，成为人的食物；人死了，成为别的食肉类猛兽的食物，这样的搏杀，倒也公平合理。但在今天，人类早已不需要用这样的方式获取食物。斗牛已与生存无关，仅与娱乐和满足人们的病态心理有关，如此说来，废了这活动倒也顺理成章。但如果要废，不仅仅是要废斗牛，连斗鸡、斗羊、斗蟋蟀都应该废。这些活动虽不是由人和动物斗，但似乎更可恶，斗牛还要冒生命危险，而斗鸡、斗羊、斗蟋蟀，则完全是人用邪恶的智慧，挑动动物互斗，人不冒一点险，即可坐收渔利。甚至，连那拳击比赛，似乎也该禁止。两个毫无仇恨的人，非要拼死将对方打倒，尽管戴着手套牙套，但被对手击打得鼻青脸肿，头破血流都是经常的事。这一切野蛮或近乎野蛮的活动，其背后都是金钱在驱动，从这样的意义上说，这些比赛还是一律禁止了的好。

但世界上的事儿，总是那么复杂难办。譬如吸烟，坏处多多，但一时也难禁绝。斗牛这事，对我这个中国人来说，禁了也就禁了，但对西班牙人来说，就不会这么简单。这事儿，总还是有一些文化含量，说是西班牙国的一项文化遗产也能成立，崇拜斗牛士的人，想看斗牛的人，想参与斗牛的人，都不会是个小数。这些人的爱好与权利，也应该尊重和捍卫。我看过一部有关斗牛士的电影，说一个穷小伙斗牛斗出了名，马上就有贵妇人来投怀送抱。可见喜欢这件事的人中，女人很多，而禁止一件女人喜欢的事，似乎更加麻烦。

我想，能不能造一些电子仿真牛，让斗牛士们去斗，如此既能继承这项古老的活动，满足人们斗牛或看斗牛的愿望，又不会杀戮无辜之牛。这样，是否会两全其美呢？

陪 考 一 日

7月6日晚,带着书、衣服、药品、食物等诸多在这三天里有可能用得着的东西,搭出租车去赶考。我们很运气,女儿的考场排在本校,而且提前在校内培训中心定了一个有空调的房间,这样既是熟悉的环境,又免除了来回奔波之苦。信佛的妻子说,这是佛祖的保佑啊!我也说,是的,这是佛祖的保佑。坐在出租车上,看到车牌照上的号码尾数是575,心中暗喜,也许就能考575分,那样上个重点大学就没有问题了。车在路口等灯时,侧目一看旁边的车,车牌的尾数是268,心里顿时沉重起来。如果考268分那就糟透了。赶快看后边的车牌尾数,是629,心中大喜。但转念一想,女儿极不喜欢理科而学了理科,二模只模了540分,怎么可能考629?能考575就是天大的喜事了。

车过了三环路,看到一些学生和家长背包提篮地向几家为高考学生开了特价房间的大饭店拥去。虽说是特价,但每天还是要400元,而我们租的房间只要120元。在这样的时刻,钱是小事,关键的是这些大饭店距考场还有一段搭车不值、步行又嫌远的尴尬距离,而我们的房间距考场只有一百米!我心中满是感动,为了这好运气。

安顿好行李后,女儿马上伏案复习语文,说是"临阵磨枪,不快也光"。我劝她看看电视,或者到校园里转转,她不肯,一直复习到深夜十一点,在我的反复劝说下,才熄灯上床。上了床也睡不着,一会儿说忘了《墙头马上》是谁的作品,一会儿又问高尔基到底是俄国作家还是苏联作家。我索性装睡不搭她的话,心中暗暗盘算,要不要给她吃安定片。不给她吃怕折腾一夜不睡,给她吃又怕影响了脑子。终于听到她打起了轻微的鼾,不敢开灯看表,估计已是零点多了。

凌晨,窗外的杨树上,成群的麻雀齐声噪叫,然后便是喜鹊喳喳地大叫。我生怕鸟叫声把她吵醒,但她已经醒了。看看表,才四点多钟。这孩子平时特别贪睡,别说几声鸟叫,就是在她耳边放鞭炮也惊不醒,常常是她妈扳着她的脖子把她扳起来,一松手,她随即躺下又睡过去了。但现在几声鸟叫就把她惊醒了。拉开窗帘,看到外边天已大亮,麻雀不叫了,喜鹊还在叫。我心中欢喜,因为喜鹊叫是个好兆头。女儿洗了一把脸又开始复习,我知道劝也没用,干脆就不说什么了。离考试还有四个半小时,我很担心到上考场时她已经很疲倦了,心中十分着急。

早饭就在学校食堂里吃,这个平时胃口很好的孩子此时一点胃口也没有。饭后,劝她在校园里转转,刚转了几分钟,她说还有许多问题没有搞清楚,然后又匆匆上楼去复习。从七点开始,她就一趟趟地跑卫生间。我想起了我的奶奶。当年闹日本的时候,一听说日本鬼子来了,我奶奶就往厕所跑。新中国成立后许多年了,我们恶作剧,大喊一声"鬼子来了!"我奶奶马上就脸色苍白,把提着裤子往厕所跑去。唉,这高考竟然像日本鬼子一样可怕了。

终于熬到了八点二十分,学校里的大喇叭开始广播考生须知。我送女儿去考场,看到从培训中心到考场的路上拉起了一条红线,家长只许送到线外。女儿过了线,去向她学校的带队老师报到。

八点三十分,考生开始入场。我远远地看到穿着红裙子的女儿随着成群的考生拥进大楼,终于消失了。距离正式开考还有一段时间,但方才还熙熙攘攘的校园内已经安静了下来,杨树上的蝉鸣变得格外刺耳。一位穿着黄军裤的家长仰脸望望,说:北京啥时候有了这玩意儿?另一位戴眼镜的家长说:应该让学校把它们赶走。又有人说:没那么玄乎,考起来他们什么也听不到的。正说着蝉的事,看到一个手提着考试袋的小胖子大摇大摆地走了过来。人们几乎是一起看表,发现离开考还有不到十分钟了。几个带队的老师迎着那小胖子跑过来,好像是责怪他来得太晚了。但那小胖子抬腕看看表,依然是不慌不忙地、大摇大摆地向考场走。家长们都被这个小子从容不迫的气度所折服。有的说,这孩子,如果不是个最好的学生,就是个最坏的学生。穿黄裤子的家长说,不管是好学生还是坏学生,他的心理素质绝对好,这样的孩子长大了可以当军队的指挥官。大家正议论着,就听到从学校大门外传来一阵低声的喧哗,于是都把身体探过红线,歪头往大门口望去,只见两个汉子架着一个身体瘦弱的男生,急急忙忙地跑了进来。那男生的腿就像没了骨头似的在地上拖拉着,脖子歪到一边,似乎支撑不了脑袋的重量。一个中年妇女——显然是母亲——紧跟在男孩的身后,手里拿着考试袋,还有毛巾药品之类的东西,一边小跑着,一边抬起胳膊擦着脸上的汗水与泪水。一群老师从考试大楼里跑出来,把男孩从那两个男人手里接应过去,那位母亲也被拦挡在考试大楼之外。红线外的我们,一个个都很感慨很同情的样子,有的叹气,有的低声咕哝着什么。我的觉悟不高,心中有对这个带病参加考试的男生的同情,但更多的是暗自庆幸,不管怎么说,我的女儿已经平平安安地坐在考场里,现在已经拿起笔来开始答题了吧。

考试正式地开始了,蝉声使校园里显得格外安静。我们这些住在培训中心的幸运家长,站在树荫里,看到那些聚集在大门外强烈阳光里的家长,心中又是一番感慨。因为我们事先知道了培训中心对外营业的消息，因为我们花了每天120元钱，我们就可以站在树荫里看着那些站在烈日下的与我们身份一样的人，可见世界上的事情，绝对的公平是不存在的。譬如这高考，本身也存在着很多不公平，但它比当年的推荐工农兵大学生是公平得多了。对广大的老百姓的孩子来说，高考是最好的方式。任何不经过考试的方式，譬如保送，譬如推荐，譬如各种加分，都存在着暗箱操作的可能性。

有的家长回房间里去了，但大多数的家长还站在那里说话。话题飘忽不定，一会儿说天气，说北京成了非洲了，成了印度了，一会儿又说当年的高考是如何的随便，不像现在的如临大敌。学校的保安过来干涉，让家长们不要在校园内说话，家长们很顺从地散开了。

将近十一点半时，家长们都把着红线，眼巴巴地望着考试大楼。大喇叭响起来，说时间到了，请考生们立即停止书写，把卷子整理好放在桌子上。女儿的年级主任跑过来，兴奋地对我说：莫先生，有一道18分的题与我们海淀区二模卷子上的题几乎一样！家长们也随着兴奋起来。一位不知是哪个学校的带队老师说：行了，明年海淀区的教参书又要大卖了。

学生们从大楼里拥出来。我发现了女儿，远远地看到她走得很昂扬，心中感到有了一点底。看清了她脸上的笑意，心中更加欣慰。迎住她，听她说：感觉好极了，一进考场就感到心中十分宁静，作文写得很好，题目是"天上一轮绿月亮"。

下午考化学，散场时，大多数孩子都是喜笑颜开，都说今年的化学题出得比较容易，女儿自觉考得也不错。第一天大获全胜，赶快打电话往家报告喜讯。晚饭后，女儿开始复习数学，直至十一点。临睡前，她突然说：爸爸，下午的化学考卷上，有一道题，说"原未溶解……"，我审题时，以为卷子印错，在"原未"的"未"字上用铅笔写了一个"来"字，忘记擦去了。我说这有什么关系？她突然紧张起来，说监考老师说，不许在卷子上做任何记号，做了记号的就当作弊卷处理,得零分。我说你这算什么记号？如果这也算记号,那作文题目是不是也算记号？另外,即便算记号,你知道谁来判你的卷子？她听不进我的话,心情越来越坏,说,我完了,化学要得零分了。我说,我说了你不信,你可以打电话问问你的老师,听听她怎么说。她给老师打通了电话,一边诉说一边哭。老师也说没有事。但她还是不放心。无奈,我又给山东老家在中学当校长的大哥打电话,让他劝说。总算是不哭了,但心中还是放不下,说我们是在安慰她。我说：退一万步说,他们把我们的卷子当成了作弊卷,给了零分,我们一定要上诉,跟他们打官司。爸爸认识不少报社的人,可以借助媒体的力量,把官司打赢……

凌晨一点钟,女儿心事重重地睡着了。我躺在床上,暗暗地祷告着：佛祖保佑,让孩子一觉睡到八点,但愿她把化学卷子的事忘记,全身心地投入到明天的考试中去。明天上午考数学,下午物理,这两项都是她的弱项……

二〇〇〇年八月

学 书 漫 谈

少时,父亲就多次教育我们兄弟:一定要把字写好!人生来相貌丑陋,命运不济,出身贫困,那是没有办法的事。但字写不好,则完全是个人的原因。我父亲认为,只要肯下功夫,肯勤学苦练,就一定能把字写好。从书法艺术的角度来考虑,我父亲的话不一定正确,因为,一个没有艺术天分的人,无论如何努力,也成不了书法家,但即便是没有任何艺术天分的人,只要肯努力,也会把字写得好看一些,而只要字写得好看,即便不名一文,亦可走遍天下。为了说服我们,我父亲还举过很多例子,其中一例说我们的一位先祖,去参加县太爷举办的社饮,因衣衫破旧,被那些身着绫罗绸缎的乡绅蔑视。酒过数巡之后,县太爷令众乡绅赋诗写字。乡绅们先是相互推让,继而踊跃献技。我那位先祖在一旁冷笑。有人注意到了,便向县太爷汇报。最后的场面是我那位先祖将身上的破棉袄甩掉,赤膊捉笔,饱蘸墨水,不是往纸上,而是往那白粉壁上,尽情地挥洒,龙飞凤舞,满壁生辉,不但字好,词也好。于是众人刮目相看,我那先祖也被县太爷请坐上席。还是说我这先祖,有一年,去为青州某大户人家写匾,因东家招待不周,心中郁闷,只写了三字,尚余一字未写,即呼手腕病发,不能握笔,然后买驴回乡。东家心中大恼,但看看已经写出的那三个字,的确是好得不得了,只好忍气吞声,备厚礼来请。我那先祖却礼数次,终于答应将那剩下的一个字写完。东家请我先祖上车,我先祖道,上什么车? 东家道:去写那个字啊。我先祖笑道:写一个字,何必跑那么远? 言毕,从炕席下抽出一片纸,用一块破瓦片磨了一点墨,从墙角捡来一支秃笔,蘸墨挥毫,顷刻便成。见东家面有狐疑之色,我那先祖道:拿回去贴上吧,若有丝毫差池,我从今往后就不写字了。时隔多日,远隔数百里,只写一个字,如何能保持与那三个字的风韵、气势、大小的统一性? 对此疑问,我父亲的解答是:他已经把手靠死了!"靠"字是我故乡土语,大意是经过长期训练,手上已经有了感觉。也就是孔夫子所说的"随心所欲不逾矩"。很可惜现在已找不到我先祖所写的字,因而也就无法领略他写得到底有多么好。尽管我没能在书法方面下功夫,但通过我父亲这种讲故事式的教育,还是使我从小就对书法多了一些兴趣,对能写出一手好字的人自然也格外地尊敬和羡慕。

我记得 1960 年代初上小学时,学校里是有"写仿"这门课程的,每周好像有两节课。老师先教我们握笔的方法,然后发给我们每人一张字帖,让我们将白纸蒙在上边摹写。讲到握笔方法,我又想到我父亲讲过的故事,说我先祖教孩子写字,经常悄悄地走到正写字的孩子身后,猛力拔笔,如能拔出,即予重罚。也就是说:写字时要牢牢地将笔捏住。后来我试验过,这种握笔方法未必科学。那时只要上"写仿"课,我们的脸上和手上都会抹满墨渍,放学时街上的大人都会说:看,今日又"写仿"了。"文化大革命"一开始,书法课就取消了。尽管我统共也没上几节书法课,但今日回忆起来还是印象深刻。也可以说,后来我之所以还能拿起毛笔写字,与童年时期这几节书法课是有关系的。"文化大革命"开始后,学校里让学生写大字报,每天规定要写出一定的字数来,这自然是一件很荒诞的事,但多少也有些正面的效应,那就是逼着我们用毛笔写字。我后来在县棉花加工厂工作时结识了一个毛笔字写得很好的人,每到春节,大家都买来红纸,请他写对联。围观者赞不绝口。他说他的字就是"文化大革命"时抄大字报练出来的。

在棉花加工厂工作时,有一天厂门口新换了一幅标牌,牌上的大字,是我们县最著名的书法家所写。此人姓邹,在县文化馆工作。他们家上溯三代都是写字的,并且自创了一种优美简练的书体,扁而欹斜,是从隶书化来,但似乎又吸收了魏碑的风骨。近百年来,我们县的公文告示,政府机关事业单位的牌匾,几乎都出自邹氏之手。当时,听着人们关于邹氏书法的议论,我心中确有过当一名书法家的梦想,但在农村那种条件下,即便有恒心大志,真要练字,也不容易。

许多年后,我成了作家,经常外出参加一些活动,人们错以为作家都可以挥毫泼墨,总是热心地准备好文房四宝,但大多数情况下大家都不敢动手。偶尔有几个手上有点功夫的作家捉笔题词,赢得掌声,又令我羡慕不止。我甚至想,何时下决心,拿出半年时间,啥都不干,天天练字,总可以练到像用硬笔一样自如地使用毛笔吧?

2004年底,我要去日本北海道访问,想不出带什么礼物。正好有教育部两个朋友在我家玩,我说请他们帮我找书法家写几幅字送给日本朋友。他们说,你的钢笔字写得不错,你何不自己写?第二天他们就给我送来了纸、笔、墨、砚,后来又给我送来了图章,一应家伙俱全,就这样写了起来。我没拜师,也没临过碑帖,有人要字,便在饭桌上铺一块小毡子开写。有时笔下无感觉,写出来的字自己也觉得丑陋无比。偶尔一次有感觉,似乎笔笔得意,字字有趣,自我陶醉。后来有一天,突然想,都说我的字是用毛笔写的钢笔字,原因是钢笔用了几十年,手上的感觉改不了了。既如此,何不用左手写写看?就像儿童初学写字一样。试了几次,果然有点意思,如是就这样用左手写了起来。

我这辈子永远成不了书法家,但对书法的热爱肯定会伴我终生。写字确实有迷人之处,有瘾,见到了纸笔手就痒。应该说,喜欢写字是高雅的爱好,而且,因为爱写字,自然也就留心这方面的事,见到这方面的文章就读,见到这方面的书就买,即便外出旅游,见到一块写得有味道的牌匾,也会多看几眼,并在心中暗自揣摩。因书法而读文读诗读联,自然也能增添一些文史知识。而且,有了一些这方面的修养,也就多了几分理解古人的可能性。一个用毛笔写字的人与另一个用毛笔写字的人,大概会更容易沟通吧。

在当今这个电脑时代,多数人已经连钢笔都不用了,遑论毛笔。当然十指在键盘上翻飞也是一种技艺,但这种技艺所产生的是电脑屏幕上的标准字体。许多人已经提笔忘字。能够充分表达个性,不仅具有实用功能而且具有审美功能的书法已经成为少数人的爱好,据说正在申请联合国的非物质文化遗产,一门艺术,到了需要申报遗产的时候,也就岌岌可危了。我想,毛笔书法不仅仅是一种书写方法,而且还是一种民族文化心理的养成方式,更是一种审美的训练。计算机要学,不学不能与世界同步;毛笔书法也要学,不学不能很好地传承中华文明。计算机要从娃娃学起,书法也应从娃娃学起。既然京剧和地方戏已经作为课程进了课堂,那么,书法也应该作为必修的课程进课堂。现在的应试教育搞得怨声载道,那何不用书法这种有趣的课程挤掉一点学数理化的时间?让孩子们抹在手上脸上一点墨汁,沾一点纸墨的香气,是多可爱的现象啊。纸和墨的香气是醉人的,养人的,让孩子们嗅嗅,可以促使他们健康地成长。

话是这么说,但要想恢复到以前那种时代显然是梦想。我这篇文章,不过是根据自己的一些经历,谈一点我对书法的理解,难免惹方家笑话。没有关系,多一点我这样的书法爱好者,基本上是好事。我斗胆说一句:能用毛笔书写的人,更像一个中国人。

我再斗胆地说几句:一个真正的书法家,必须是一个不错的诗文联句的创作者,如果一个人一辈子只写"宁静致远""天道酬勤""厚德载物",只抄录唐诗宋词,而写不出一首基本中规中矩的诗词,编不出一副大体工整的对联,这样的人,充其量也就是个写字匠,无论如何自吹自擂,无论头上有多少名衔,那也不能让我服气。连我这样的业余爱好者都不服气,那真正的书法家更会嗤之以鼻。

再自炫一下:去年春节,我在故乡高密。前文提到过的那个书法世家的后人,找我写字。我这人皮厚胆大,明知是班门弄斧,但还是编了两句写给他:"三代翰墨龙凤体,万家门户邹氏书"。据说他拿回家给他父亲看了,那老书法家观看良久,感叹道:词不错,墨很黑,纸上乘。

人们将老书法家的话传给我,我听后,目眩良久。

二〇一〇年五月十二日

人好社才好

第一次进入绍兴路74号,并爬上那座幽静的小楼,是1999年初冬。那时我刚转业不久,也许解放军文艺社的人感觉着我还是一个军队作家,所以让我跟着他们去上海采风。

那时的上海,已经发生了巨变,尤其是浦东,起了那么多的高楼大厦,修了那么多的文化景观,繁华而现代,喧嚷而热闹,令人眼花缭乱,流连忘返。但我更喜欢绍兴路那样的环境,那样的氛围,有几分寂寞、几分冷落、几分凉意,是一种很文学的感觉。

小楼下有一棵很大的树,虽初冬但未落叶,庞大的树冠,笼罩着小楼的阳台。阳台上有桌椅,好像是白色的。记得有一个女编辑对我们介绍过这几把椅子上曾经坐过的风流人物,张三李四,俱往矣,遂生出无限感慨。这绍兴路74号,是个挺合适怀旧的地方。

就是这次,认识了上海文艺出版社的诸多优秀人物。如当时是总编辑后来当了社长的郏宗培兄,当时还是个普通编辑、现在已经是副总编辑的曹元勇兄。还有依人小鸟般的小谢。小谢名锦,编过白先勇的文集。那文集装帧大方,有雅气,我很喜欢。后来小谢跟我约稿,我答应写,并开出了诸如"海洛英表情"之类的题目,但终究没写成,愧对小谢,抱歉抱歉。

　　后来编过我短篇小说全集的是曹元勇兄。曹兄是华师大博士,小谢等称他"曹博"。曹博英文很好,翻译过很多书,对外国文学动态跟踪及时,了解甚多。每次见到,都能从他那里得到很多信息,受到很多教益。

　　跟我关系最"铁"的,还是郑宗培兄。此人豹头环眼,南人北相,乍一看似个莽汉,久交往才知道端详。2004年末,我们一行十余人,组成一团,去日本北海道采风。相处十几日,方知郑兄是个敢于做事、善于做事、既有胆识而又思维缜密的人。他豁达幽默,常有奇态,与之同行,其乐无穷。郑兄是一位段位不低的摄影爱好者,同时兼具表演才能。他模仿身着和服的日本女性的步态身段可谓惟妙惟肖,不上山寨版春晚秀一把实在可惜。我们此行的记录,就是那本图文并茂的《莫言·北海道走笔》。文章是众人写的,书名却让我一人掠美,惭愧。文是美文,景是妙景,只是主角形象稍逊,但这是没有办法的事了。

　　作家与出版社的关系,说到底还是与出版社里人的关系。人好社才好。上海文艺出版社里好人多多,因此这家出版社是一家好出版社。当然,环境也很重要。上海文艺出版社与绍兴路74号,可谓珠联璧合相得益彰。楼内一层是一个可以喝茶的地方,我在那里喝过薰衣草茶。楼外不远处有一家寂寞的书店,里边设有茶座,可以约三五好友,在那里喝茶论文。路边泡桐树上,有一个不知什么人刻的"心"字,几年不见,那"心"已经被树皮涨破了吧。

　　我真的经常想念这个地方。

二〇一一年

两 封 信

因为搬家,华苓老师写给我的两封信找不到了。我坚信那两封信没丢,它们一定是藏在不知哪个箱子里或是夹在哪本书或是杂志里,等待着有一天我突然发现它们。

华苓老师给我写信是邀请我去爱荷华参加她的国际写作计划。第一封信收到后,我托词婉拒了。其实也不是我托词,那些日子的确比较忙。另外最重要的是那几年睡眠不好,出国后时差一乱,好些天倒不过来,长夜难眠,苦不堪言。过了一年,华苓老师的第二封信来了。我再也不好意思婉拒,答应去,去美国那个因为诗人安格尔与聂华苓夫妇而成为许多国家的作家心向往之的小城爱荷华。据说这美妙的译名是华苓老师的杰作。

因为不懂外语,一出国门,我就紧张,尤其是怕在中途转飞机时出错。为此,华苓老师特意为我写了一张英文的"护身符"随信寄来。那"护身符"上写着"我是中国作家莫言,来美国参加爱荷华国际写作计划,我不懂英文,希望您能帮助我"。这是大概的意思,等找到原件再订正吧。读着这"护身符",我联想到抗日战争期间美国飞虎队员身上的"护身符"。当然,我有可能遇到的问题远没有当年那些飞虎队员们有可能遇到的问题严重。曾听说上世纪八十年代浙江省有一些连汉字都认识不了几个的老太太，就敢去海外闯荡。与她们相比，我总还认识几个英文单词，紧张什么，焦虑什么？但心理素质是天生带来的，要改变也不是容易事。有了华苓老师赐我的"护身符"，心里还是踏实了许多。

然后就去大使馆签证。美国驻中国大使馆签证处，是一个似乎永远人头攒动、充满了希望也令人绝望的地方。那地方似乎遍布陷阱，好像也盛产故事。每次去那儿我都感到忐忑不安，虽然心里边念叨着，签上就去，签不上就不去，没有什么好忐忑的，但忐忑依然。那一次还真拒签了我，理由是我不懂英语。我立即给华苓老师发邮件，说拒签的事，并说我就不去了。我同时又给使馆发了一封传真，驳斥他们拒签我的理由。我说：难道你们美国来中国的人都懂中文吗？大使馆当然不会理睬我。华苓老师告诉我不许借机放弃，说她已让国际写作计划负责人与驻华使馆联系，并说葛浩文教授也给使馆发了邮件。我只好再次预约了签证时间。这次去签，很是顺利，接待我的那位签证官是一位华裔，他说上次拒签是误会。其实，我也不认为拒签是误会，因为我申请的签证类型大概是需要申请者懂一点英语的。另外我想，语言其实也是不平等的。我国在机场、车站的汉语标识下都有英语，但在外国的机场、车站里，都没有汉语的标识。现在，随着中国经济的发展与国际地位的提高，很多国外的机场里已经有了中文标识与中文广播，懂中文的人也愈来愈多。由此可见，邓小平那句"发展才是硬道理"真是至理名言。

拿到签证后，我去买了几本供旅游者使用的简易英语小册子，同时买了"快译通"之类的小机器。当然，这又是老故事重演。英语当然是可以学会的，但可惜我不能坚持。直到现在，年过花甲，依然还会有学点英语的想法，但这些想法也仅仅是想法，不可能落到实处了。

实际上我的焦虑是多余的，飞机没有因为我不懂英语而不让登，乘务员分盒饭时也没把我落下。（2000年我第一次去美国，从纽约机场回京时，坐在机尾最后边的一个座位上，乘务员分发食物时真把我忘了。但我还是连说带比画地跟她要了一个面包、一杯饮料。）出海关时，把邀请信和华苓老师的"护身符"往海关官员面前一摊，他看都没看就把我放进去了。

华苓老师为了省却我在芝加哥机场转飞机的麻烦，特意安排定居在芝加哥的台湾诗人非马先生接我到他家住了一夜，第二天由非马先生开车直接把我送到爱荷华她家中，吃过午饭后，再由写作计划的人把我带到下榻之处。那是一栋灰色的朴素的楼房，有几十个国家的数百位作家在那儿住过，与我同时期住在那儿的有上海作家张献、唐颖夫妇和陈丹燕。我在那儿住了两周，参加了国际写作计划组织的几次活动。十几个国家的作家，大部分是来自非洲的，穿着特色鲜明的民族服装，朗诵诗歌，后来还跳起舞来。华苓老师为我组织过一个朗诵会，亲自为我担任翻译，在一栋小楼的一层。这楼的产权好像属于国际写作计划，客厅里有一个基座，基座上是保罗·安格尔先生的青铜雕像。

在爱荷华的两周时间里，我记忆最深的是去华苓老师家吃晚饭。人少时上海三位我一位，人多时满屋都是人。2008年夏天华苓老师来京发布她的新书《三生三世》时，我写了一首打油诗送给她："华苓红楼开夜宴，四个馋虫尽开颜。叽叽喳喳陈丹燕，嘟嘟囔囔管莫言。开瓶倒酒小唐颖，刷锅洗碗老张献。更有一群梅花鹿，隔窗频频劝加餐。"大概是这些词儿，事过七年，记不太清楚了。陈丹燕活泼多语，但用"叽叽喳喳"来形容未必合适。张献是剧作家，年纪比我小，在他名前加一"老"字，实在是为了凑字数。至于那群梅花鹿，在多位去过"安寓"做客的作家笔下都有描述，我就不多言了。

华苓老师还带我去她的好几位朋友家吃过饭，还带我去过离爱荷华城很远的一个"德国小镇"吃过牛排。那些善良的面孔和精美的饭菜，有时会被我突然回忆起来，仿佛刚刚见过刚刚吃过。

2014 年 11 月，我与女儿从波士顿飞芝加哥又从芝加哥转飞爱荷华，一出机场就看到华苓老师瘦弱的身影。这次华苓老师让我和女儿住在她家，18 日来，21 日离开。早饭都在家里吃，午饭和晚饭出去吃。上次来都是华苓老师自己开车，这次，华苓老师不开车了。要么是写作计划的娜塔莎开，要么就是叫出租车。小楼内的摆设依旧，但华苓老师的记忆力明显衰退了。那群鹿也不来了。

那几日爱荷华下了大雪，天气寒冷，华苓老师用旧报纸引燃了壁炉里的干柴，火苗跳动，热量散发出来，客厅里十分温暖。我和女儿喝着茶，听华苓老师讲一些往事，讲到高兴处，她还是像当年那样大笑，但笑声的确不那么响亮了。我们一直不提她的年龄，但她不时地提到自己的年龄。一个即将满九十岁的人，经历了多少事，见证了多少事，创造了多少奇迹，又帮助别人创造了多少奇迹，波澜壮阔，大浪淘沙，犹如大河，即将汇入大海前，变得那么宽阔安详。

我们回国那天，华苓老师非要到机场送我们。天不亮就起身，一路上没遇到一辆车，到爱荷华机场时，红日初升，照耀着皑皑白雪，冷得真美。华苓老师站在无声的寂寞的辉煌的寒冷里，挥手与我们告别。她的确很老了，但老得很美。

再见，华苓老师！九十刚过，百岁可期。

二〇一五年

马 的 眼 镜

  1984年解放军艺术学院创办文学系，徐怀中老师是首任主任，我是首届学员。我们是干部专修班，学制两年。怀中老师只担任了一年主任，便被调到总政文化部任职去了，但他确定的教学方针，以及他为这届学员所做的一切，却让我们一直牢记在心。今年三月初，文学系邀请怀中老师去讲课，因老人家年近九秩，怕他太累，便让我与朱向前学兄陪讲。讲座上，我忆起北京大学吴小如先生给我们讲课的事，虽寥寥数语，但引发了怀中师的很大感慨。于是，我就写下这篇文章，回忆往事，以防遗忘。

  吴先生为我们讲课，应该是在1984年的冬季，前后讲了十几次。他穿着一件黑色呢大衣，戴一顶黑帽子，围一条很长的酱紫色的围巾。进教室后他脱下大衣解下围巾摘下帽子，露出头上凌乱的稀疏白发，目光扫过来，有点鹰隼的感觉。他目光炯炯，有两个明显的眼袋，声音洪亮，略有戏腔，一看就知道是讲台上的老将。因为找不到当年的听课笔记，不能准确罗列他讲过的内容。只记得他第一节讲杜甫的《兵车行》。杜诗一千多首，他先讲《兵车行》，应该是有针对性的，因为我们是军队作家班。这首诗他自然是烂熟于胸，讲稿在桌,根本不动,竖行板书,行云流水——后来才知道他的书法也可称"家"的——他的课应该是非常精彩的,他为我们讲课显然也是十分用心的,但由于我们当时都发了疯似的摽劲儿写作,来听他讲课的人便日渐减少。最惨的一次,偌大的阶梯教室里,只有五个人。

这也太不像话了,好脾气的怀中主任也有些不高兴了。他召集开会,对我们提出了温和的批评并进行了苦口婆心的劝说。下一次吴先生的课,三十五名学员来了二十多名,怀中主任带着系里的参谋干事也坐在了台下。吴先生一进教室,炯炯的目光似乎有点湿,他说:"同学们,我并不是因为吃不上饭才来给你们讲课的!"这话说得很重,许多年后,徐怀中主任说:"听了吴先生的话,我真是感到无地自容!"吴先生的言外之意很多,其中自然有他原本并不想来给我们讲课,是徐怀中主任三顾茅庐才把他请来的意思。那一课大家都听得认真,老先生讲得自然也是情绪饱满,神采飞扬。记得在下课前他还特意说:我读过你们的小说,发现你们都把"寒"毛写成了"汗"毛,当然这不能说你们错,但这样写不规范。接下来他引经据典地讲了古典文学中此字都写作"寒"。最后他说,我讲了这么多课,估计你们很快就忘了,但这个"寒"字请你们记住。

现在回想起来,吴先生让我们永远记住这个"寒"字,是不是有什么弦外之音呢?是让我们知道他寒心了吗?还是让我们知道自己知识的浅薄?

其实,我从吴先生的课堂里,还是受益多多的。他给我们讲庄子的《秋水》和《马蹄》,我心中颇多合鸣,听着他绘声绘色的讲演,我的脑海中便浮现出故乡一望无际的荒原上野马奔驰的情景,还有河堤决口、秋水泛滥的情景。后来,我索性以《马蹄》为题写了一篇散文,以《秋水》为名写了一篇小说。《马蹄》发表在 1985 年的《解放军文艺》上,《秋水》发表在 1985 年的《莽原》上,这都是听了吴先生的课之后几个月的事儿。

这两篇作品对我来说都有非常重要的意义。《马蹄》表达了我的散文观，发表后颇受好评，还获得了当年的"解放军文艺"奖。《秋水》中，第一次出现了"高密东北乡"这个文学地理名称，从此，这个"高密东北乡"就成了我的专属文学领地。我在很长一段时间内都以为我是在《白狗秋千架》这篇小说中第一次写下了"高密东北乡"这几个字，在国内外都这样讲，后来，我大哥与高密的几位研究者纠正了我。《秋水》写了在一座被洪水围困的小土山上发生的故事，"我爷爷""我奶奶"这两个"高密东北乡"的重要人物出现了，土匪出现了，侠女也出现了，梦幻出现了，仇杀也出现了。应该说，《秋水》是"高密东北乡"的创世纪篇章，其重要意义不言自明。

吴先生讲庄子《秋水》篇那一课，就是只来了五个人那一课。那天好像还下着雪——我愿意在我的回忆中有吴先生摘下帽子抽打身上的雪花的情景。我们的阶梯教室的门正对着长长的走廊，门是两扇关不严但声响很大的弹簧门。吴先生进来后，那门就在弹簧的作用下"哐当"一声关上了。我们的阶梯教室有一百多个座位，五个听课人分散开，确实很不好看。我记得阶梯教室南侧有门有窗，外面是礼堂前的很大一片空场。因为我坐在第七排最南边的座位上，侧面便可见到窗外的风景，那天下雪的印象多半由此而来。我记得我不好意思看吴先生的脸，同学们不来上课造成的尴尬却要我们几个来上课的承受，这有点不公平，但世界上的事情就是这样。有一次学校组织学员去郊区栽树，有两位同学躲在宿舍里想逃脱，被我揭发了，从此这两人再也没跟我说过一句话。毕业十几年后，有一次在街上碰见了某一位，我热情地上前打招呼，他却一歪头过去了，让我落了一个大大的没趣。由此我想到，揭发别人，是一件得罪人最狠的事，但不揭发，心里又恨得慌，这也算做人之难吧。

虽然只有五个人听讲，但吴先生那一课却讲得格外地昂扬，好像他是赌着气讲。我当时也许想到了据说黑格尔讲第一课时，台下只有一个学生,他依然讲得慷慨激昂的事,而我们有五个人,吴先生应该满足了。

"秋水时至,百川灌河,泾流之大,两涘渚崖之间,不辩牛马。于是焉,河伯欣然自喜,以天下之美为尽在己……"先生朗声诵读,抑扬顿挫,双目烁烁,扫射着台下我们五个可怜虫,使我们感到自己就是目光短浅不可以语于海的井蛙、不可以语于冰的夏虫,而他就是虽万川归之而不盈、尾闾泄之而不虚,却自以为很渺小的北海。

讲完了课,先生给我们深深鞠了一躬,收拾好讲稿,穿戴好衣帽,走了。随着弹簧门"哐当"一声巨响,我感到这老先生既可敬又可怜,而我自己,则是又可悲又可耻。

因为当时我们手头都没有庄子的书,系里的干事便让我将《秋水》《马蹄》这两篇文章及注解刻蜡纸油印,发给每人一份。刻蜡纸时我故意地将《马蹄》篇中"夫加之以衡扼,齐之以月题"中"月题"的注释刻成"马的眼镜",其意大概是想借此引逗同学发笑吧,或者也是借此发泄让我刻版油印的不满。我没想到吴先生还会去看这油印的材料,但他看了。他在下一课讲完时说:"月题",是马辔头上状如月牙、遮挡在马额头上的佩饰,不是马的眼镜。然后他又说——我感到他的目光盯着我说——"给马戴上眼镜,真是天才!"——我感到脸上发烧,也有点无地自容了。

毕业十几年后,有一次在北大西门外遇到了吴先生,他似乎老了许多,但目光依然锐利。我说:吴先生,我是军艺文学系毕业的莫言,我听过您的课。

他说:噢。

我说:我听您讲庄子的《秋水》《马蹄》,很受启发,写了一篇小说,题目叫《秋水》,写了一篇散文,题目叫《马蹄》。

他说:噢。

我说:我曾在刻蜡纸时,故意把"月题"解释成"马的眼镜",这事您还记得吗?

　　此时,正有一少妇牵着一只小狗从旁边经过,那小狗身上穿着一件鲜艳的毛线衣。吴先生突然响亮地说:

　　"狗穿毛衣寻常事,马戴眼镜又何妨?"

二〇一七年三月

图书在版编目(CIP)数据

会唱歌的墙/莫言著.—杭州：浙江文艺出版社,2021.1
(2024.6重印)
(莫言作品全编)
ISBN 978-7-5339-5956-2

Ⅰ.①会… Ⅱ.①莫… Ⅲ.①散文集—中国—当代
Ⅳ.①I267

中国版本图书馆CIP数据核字(2019)第291254号

策划统筹　曹元勇
责任编辑　王丽荣
封面设计　Compus·道辙
责任印制　吴春娟

会唱歌的墙
莫言　著

出版	浙江文艺出版社
地址	杭州市环城北路177号　　邮编　310000
网址	www.zjwycbs.cn
经销	浙江省新华书店集团有限公司
印刷	杭州富春印务有限公司
开本	650毫米×970毫米　1/16
字数	210千字
印张	18
插页	5
版次	2021年1月第1版
印次	2024年6月第6次印刷
书号	ISBN 978-7-5339-5956-2
定价	48.00元

版权所有　　侵权必究
(如有印、装质量问题,请寄承印单位调换)